AF235113

Mordtiefe

Von H.C. Scherf

Thriller

Bibliografische Information der Deutschen Nationalbibliothek:
Die Deutsche Nationalbibliothek verzeichnet diese Publikation in der
Deutschen Nationalbibliografie; detaillierte bibliografische Daten sind im
Internet über http://dnb.dnb.de abrufbar.

Mordtiefe

Band 3 aus der Serie Spelzer/Hollmann

Aktives Mitglied im Selfpublisher-Verband e.V.

Covergestaltung: VercoDesign, Unna
Bilder von: donsimon (clipdealer)
artifirsov (adobestock)

Herstellung und Verlag:
BoD – Books on Demand, Norderstedt

ISBN: 978-3752834215

MORD TIEFE

Spelzer/Hollmann-Serie – Band 3

von H.C. Scherf

Element des Lebens.
So hat der Tod
das Wasser genannt,
um seine Identität zu verbergen

- Kapitel 1 -

Energisch zog Astrid den Reißverschluss ihrer Kapuzenjacke hoch, um sich vor dem eisigen Wind zu schützen, der kräftig über den See trieb. Ihr Kajak schaukelte bedenklich, als sie sich in die Sitzluke quetschte und den Spritzschutz verschloss. Heute hielt Klaus nicht das Boot am Ufer, um ihr das Einsteigen zu erleichtern. Der Kundentermin war für ihn sehr wichtig, musste unbedingt in die frühen Abendstunden gelegt werden. Doch das wöchentliche Fahrvergnügen, das einen Teil ihres umfangreichen Fitnessprogramms ausmachte, sollte zumindest bei ihr nicht darunter leiden.

Die eintretende Dämmerung legte sich bereits wie eine Haut über das Wasser, durch den böigen Wind entstanden geheimnisvolle Pfeiftöne. Astrid liebte diese Ruhe am Wasser, die entstand, wenn sich die Besucher am Haus Scheppen allmählich an den heimischen Herd zurückzogen und das letzte Segelboot im kleinen Hafenbecken vertäut war. Es waren die ruhigen Schläge des Paddels, die sie runterkommen ließen. Sie vertrieben alle schlechten Geister, die sich im Laufe des betriebsamen Tages angesammelt hatten. Schlag für Schlag trieb sie das Kajak weiter hinaus auf den Baldeneysee, der sich mit seiner Strömung gegen die Spitze des Bootes stemmte. Die kleinen Wellen brachen sich am Bug und erzeugten ein beruhigendes Plätschern. In Gedanken sang sie diesen Ohrwurm *Perfect* von Ed Sheeran mit, der sie schon seit dem Frühstück begleitete und einfach nicht weichen wollte.

Nur schemenhaft konnte sie die Kampmannbrücke erkennen, da sich leichter Dunst über das Wasser legte, der die Umgebung in ein geisterhaftes Licht tauchte. Astrid fühlte sich wohl in dieser Stille des anbrechenden Abends. Sie summte jetzt das Lied laut mit und sah im Geiste wieder diese Szenen aus dem wunderschönen Musik-Video, als Sheeran mit seiner Freundin über den Skihang glitt, gefangen in unendlicher Glückseligkeit. Genau das hatte sie sich immer mal mit Klaus gewünscht, wenn der nur nicht diese verfluchte Höhenangst hätte. Keine zehn Pferde brachten ihn in einen Sessellift oder eine Gondel.

Der Gedanke verlor sich, als sie mit dem Bug gegen ein Hindernis stieß. Das Kratzen unter dem Boot endete so plötzlich, wie es gekommen war. Sie suchte die Wasseroberfläche ab und kam zu dem Entschluss, dass es sich um einen Ast gehandelt haben musste, der nun weiter mit der Strömung trieb. Sie entspannte sich wieder und vergaß den Vorfall. Sie umfasste ihr Paddel kräftiger und bereitete sich auf einen kurzen Sprint gegen die Strömung vor. Das Holz tauchte tief ein in das schwarze Wasser und erzeugte kräftige Wirbel. Die Front des Kajaks hob sich für einen Augenblick aus dem Wasser, um sofort wieder einzutauchen. Als sie zwei, drei Züge gepaddelt war, hatte sie das Gefühl, nicht einen Zentimeter von der Stelle gekommen zu sein.

Nein, nur das nicht! Spontan schoss ihr der Gedanke durch den Kopf, dass sich ihr Steuerblatt am Heck wieder einmal in dieser verfluchten Wasserpest verfangen hatte, die einen großen Teil des Sees befallen hatte. Diese schnellwachsenden Pflanzen hatte der Teufel als Plage auf die Menschheit losgelassen. Als sie das Steuerblatt mit dem Schnurzug hochklappte, war nichts von dem Grün zu sehen. Diese verfluchten Pflanzen waren zwar erst vor gar nicht langer Zeit mit einem Spezialboot gemäht und abtransportiert worden, doch sie musste natürlich genau eine Stelle erwischen, die vergessen wurde. *Ganz großartig. Jetzt kann ich zusehen, wie ich diesen Mist wieder loswerde.*

Astrid versuchte, durch Rückwärtsfahren, das sperrige Gewächs wieder zu lösen. Keine Chance. Fluchend löste sie den Spritzschutz und drehte sich vorsichtig zum Heck. Ein Bad in dieser kalten Brühe war für den heutigen Abend eigentlich nicht eingeplant gewesen. Sie war sich jedoch nicht mehr so ganz sicher, als sie vorsichtig zum Heck kroch. Das Kajak schaukelte bedenklich. Jetzt konnte sie das Steuerblatt erkennen, das jedoch völlig frei vor ihr lag. Da war es wieder, dieses Scharren und Kratzen. Diesmal kam es von Backbord. Etwas bewegte sich unter dem Boot und erzeugte einen großen Schatten. Astrid hatte davon gehört, dass es große Welse in diesem See geben sollte, doch erzählt wurde viel. So groß konnte ein Fisch doch nicht sein, dass er einen derartigen Schatten im Wasser erzeugte. Jetzt befand er sich auf der anderen Seite und ... er erzeugte tatsächlich Luftblasen.

Bevor sich Astrid darüber Gedanken machen konnte, tauchte direkt neben ihr der Kopf mit der Tauchermaske auf.

Reflexartig riss sie die Arme nach hinten, was dazu führte, dass sie rücklings im Wasser landete. Ihre Kleidung saugte das Nass begierig auf. Die Kälte des Wassers lähmte für einen kurzen Moment ihre Atmung, ihre Schwimmversuche drohten bei aufsteigender Panik zu versagen. Sie schluckte Wasser und ruderte wie eine Wilde mit den Armen. Verzweifelt versuchte sie, wieder die lebensspendende Oberfläche zu erreichen. Den trüben Himmel konnte sie durch die bräunliche Brühe nur noch schwach erkennen. Ihre Hände suchten verzweifelt nach einem Halt an dem Boot. Die Fingerspitzen fanden schließlich die Öffnung des Sitzes. Kurz bevor sie den Rand umklammern konnten, spürte Astrid eine feste Hand an ihrem rechten Fußknöchel. Mit aller Kraft trat sie nach unten, rang nach Luft, die ihren Lungen nun endgültig auszugehen drohte. Todesangst breitete sich wie eine lähmende Droge in ihr aus. Panik erfüllte sie, als das Wasser in die Lunge eindrang. Sie konnte nicht verhindern, dass immer mehr folgte und das regelmäßige Atmen verhinderte.

Das Gehirn gab den Gliedmaßen verzweifelt Befehle, die diese jedoch nicht mehr ausführen konnten. Mit angsgeweiteten Augen blickte sie nach unten und erkannte diesen großen Schatten, der sie immer tiefer in die Dunkelheit des Sees zog. Die Konturen verschwammen, alle Bewegungen erstarben. Ein erfüllender Frieden stellte sich ein, als Astrid verstand, dass sie ihren letzten Weg in ein nasses Grab einschlug. Eine einzelne Blase verließ noch ihren Mund, zerplatzte an der jetzt wieder ruhigen Oberfläche. Der Baldeneysee glättete sich, hatte sein Opfer dankbar aufgenommen.

Ein einzelnes Kajak trieb führerlos über den See. Erst das Stauwehr in Werden stoppte die einsame Fahrt.

- Kapitel 2 -

Peter Krüger, Leiter des Drogendezernats, hatte sich in den letzten Monaten zu Svens bestem Freund entwickelt. Die gemeinsame Ermittlung im Fall des ›Serben‹ schweißte die beiden Oberkommissare auf eine angenehme Art zusammen. Sven lehnte am Fenster und betrachtete das Treiben vor dem gegenüberliegenden Gerichtsgebäude, als ihn die Frage des Freundes wieder in die Realität zurückholte.

»Haben euch die drei Wochen in Thailand wenigstens was gebracht? Du hast noch kein Wort darüber verloren. Erzähl mal, wo habt ihr euch rumgetrieben? Vielleicht kenne ich ja den einen oder anderen Ort. War ja schließlich schon etliche Male dort unten.«

Ohne sich umzudrehen, fasste Sven seinen Urlaub in wenigen Worten zusammen.

»War ganz gut. Wir hatten für eine Woche eine Gruppenreise gebucht, die von Bangkok ganz in den Norden bis zum Goldenen Dreieck führte und wieder zurück nach Hua Hin. Von Chiang Mai aus sind wir wieder nach Süden gefahren. Die zweite Woche in Hua Hin im Hilton hat uns ganz gutgetan.«

»Ja und? Ist das alles, was du zu berichten hast? Du hast eines der schönsten Länder dieser Erde besucht, tausend Tempel gesehen und kannst nicht mehr berichten, als dass die Reise ganz gut war? Verdammt, dann hättest du auch ins Allgäu fahren können. Was ist los mit dir, Sven? Da ist doch was. Hat es mit diesem Pehling zu tun, mit dieser Geschichte am Baldeneysee?«

Svens Körper straffte sich. Er spürte die fragenden Blicke in seinem Rücken, wollte dem Thema ausweichen.

»Ich weiß ja, dass es mich nichts angeht, aber die Sache mit Karin und diesem Killer hat uns verdammt nochmal alle sehr beschäftigt. Jeder hier im Präsidium hat sich seine Gedanken gemacht. Wir können ...«

»Ihr macht euch Gedanken? Schön, dass ihr euch alle solche Sorgen über unsere Zukunft macht. Doch damit werden wir schon alleine fertig.«

»Da bin ich aber anderer Meinung, Sven. Ob es dir passt oder nicht, du wirst es dir anhören müssen, was die Kollegen darüber denken. Dieser Pehling ist nicht nur euer Problem, mein Lieber, den sucht die halbe Nation. Keiner von uns kann sich ein Urteil darüber erlauben, warum Karin seine Flucht womöglich gedeckt hat. Außerdem ist es ja überhaupt nicht bewiesen, dass sie es wirklich tat.«

»Sie hat ihn nicht aufgehalten, hat uns nicht über seine Flucht informiert. Das reicht doch, oder?«

»So, so, dir reicht das, du eifersüchtiger Hahn. Wie schön für dich. Was hätte sie deiner Meinung nach tun sollen? Sie hatte doch keine Chance gegen das Tier. Sollte sie ihn mit bloßen Händen aufhalten, ihn mit ihren spitzen Schuhabsätzen bedrohen? Sie konnte ihm doch nur folgen und hilflos zusehen, wie er flüchtet. Anstatt dankbar dafür zu sein, dass sie den Vorfall überlebt hat, verurteilst du sie noch. Er hat sie verschont, mein lieber Freund. Dank dem Herrn dafür, dass er sie nicht mitgenommen und umgebracht hat. Du tust ja fast so, als hätte sie ihm ins Boot geholfen und seine Flucht vorbereitet. Hast du sie noch alle?«

Peter erkannte deutlich, wie sich Svens Hände in den Taschen zu Fäusten ballten, sich seine Gesichtszüge verhärteten. Er erwartete jeden Augenblick, dass er sich auf ihn stürzte. Krassnitz öffnete die Tür und blieb einen Moment abwartend stehen. Sie spürte deutlich das Knistern zwischen den Freunden. Vorsichtig klopfte sie an den Türrahmen.

»Hallo, Erde an die kämpfenden Truppen. Darf ich die Herren dienstlich ansprechen oder soll ich den Ausgang des Gefechtes abwarten? Hier gibt es noch ganz alltägliche Dinge zu erledigen. Wir hätten da möglicherweise einen kleinen Mord im Angebot.«

»Das ist Angelegenheit von diesem Sturkopf. Ich werde mich dann mal um meine Drogenkunden kümmern. Krassnitz, haben Sie Kernseife da? Dann waschen Sie diesem Trottel mal den Kopf. Und nicht vergessen, hinter den Ohren auch.«

Peter Krüger duckte sich geschickt unter dem heranfliegenden Locher weg und sortierte seinen Pferdeschwanz wieder über die Schulter. Grinsend verließ er das Büro. Krassnitz meldete sich noch einmal zu Wort.

»Chef, wir haben eine vermisste Frau in Werden.«

»Wo treibt sich Hörster rum? Ich brauch den Besitzer des Bootes. Der soll die Nummer überprüfen und herausfinden, wo der normale Liegeplatz des Kajaks war. Selbst wenn es zuhause gelagert wird, muss es ja irgendjemandem gehören. Wer hat das Kajak gefunden?«

»Die Frau steht da hinten an der Bank neben dem Kollegen. Die hat wohl ihren Hund ausgeführt und das Boot vor der Staumauer entdeckt. Vorsicht bei dem Hund, der ist ziemlich nervös und fletscht die Zähne. Habe die Frau schon deutlich darauf hingewiesen, dass ihr Hund einen Maulkorb benötigt. Bin froh, dass die mich nicht anschließend selbst gebissen hat. Vielleicht haben Sie mehr Glück bei der Furie.«

»Lieber Kollege, Sie sollten etwas vorsichtiger mit Ihren Ausdrücken umgehen. Der Hund hat vielleicht nur auf Ihre Uniform reagiert, was häufig vorkommt. Und die Frau wird vielleicht nicht gerne von oben herab belehrt. Ich kümmere mich darum. Und Sie bemühen sich bitte um die Besitzer des Bootes.«

Sven war es egal, ob er nun einen Feind mehr unter den Polizeikollegen hatte. Er mochte es nicht, wenn man Menschen in dieser unziemlichen Weise bezeichnet. Es sei denn, sie hatten es auf Grund ihrer Taten verdient. Auch ihm rutschte bei seinen *Kunden* hier und da mal ein Schimpfwort raus. Am Boot fand er endlich seinen Stellvertreter Hörster.

»Was sagen denn die Ämter über die Fließgeschwindigkeit der Ruhr hier vor dem Wehr? Vielleicht können wir, wenn wir das Bootshaus gefunden haben, einen Zeitpunkt ermitteln, an dem das Boot führerlos wurde. Es besteht ja immerhin noch die Möglichkeit, dass sich das Kajak von allein selbstständig machte und der Besitzer es noch nicht bemerkte. Ich möchte jetzt noch nicht die Taucher rausschicken, bevor das nicht geklärt ist. Sagen Sie Krassnitz, sie möchte bitte sämtliche Vermisstenmeldungen aus der Nacht durchgehen. Das könnte uns ja Hinweise geben. Wie ich sehe, sind die Kollegen von der Wasserschutzpolizei schon fleißig und suchen das Ufer ab.«

»Der Kahn ist auf einen Klaus Wehring aus Wattenscheid zugelassen. Zumindest steht das auf dem Schild im Boot. Jetzt können wir nur hoffen, dass er es nicht zwischenzeitlich verkauft hat und der neue Besitzer vergaß, das Schild zu aktualisieren. Krassnitz sucht schon nach einem solchen Mann in der Vermisstenliste.«

»Gut, Hörster. Ich hatte das gerade auch in Auftrag gegeben. Adresse haben wir?«

Das Telefon unterbrach das Gespräch der Beiden.

»Chef. Bingo. Dieser Klaus Wehring hat seine Frau noch in der Nacht als vermisst gemeldet. Sie wollte ihre übliche Kajaktour abreißen. Das gehörte zu ihrem Fitnessprogramm. Er selbst hatte gestern Abend eine geschäftliche Besprechung und konnte nicht teilnehmen. Soll ich Ihnen die Telefonnummer geben?«

»Danke Krassnitz. Dann können wir ja mit der Suche im Wasser beginnen. Hörster, Sie fordern bitte die Taucher an. Klären Sie bitte mit den Kollegen der Wasserschutzpolizei, wo die Frau ins Wasser gefallen sein kann, wenn wir die Fließgeschwindigkeit und die Zeit in Relation setzen. Natürlich bleibt immer noch der Unsicherheitsfaktor, wie lange das Boot schon hier liegt. Egal, ich fahre zu diesem Wehring.«

- Kapitel 3 -

Unbändige Wut stieg in ihm auf. Diese verfluchte Sensationspresse hatte einmal mehr einen Aufmacher geliefert, der Elmar Pehling in Rage versetzte. *Irrer Mörder richtet mutmaßlichen Bandenboss.* In dem Artikel beschrieb ein Journalist seine Sicht der weitestgehend erfolglosen Ermittlungen der Polizei bis zum gewaltsamen und schrecklichen Tod eines Mannes, den bisher noch kein Gericht schuldig gesprochen hatte. Eine eigens dafür gegründete Soko war nicht in der Lage, einen mutmaßlichen Gewaltverbrecher zur Strecke zu bringen. Erst ein langgesuchter Serienmörder machte kurzen Prozess mit einem Mann, dessen Schuld bisher nie bewiesen werden konnte. Welche stillen Verbindungen gibt es zwischen der Polizei und diesem irren Mörder? Handelt es sich bei dem brutalen Rächer, der Selbstjustiz übt, um den langgesuchten Massenmörder Pehling? Warum schont die Justiz diesen Irren? Alles Fragen, denen man seitens der Presse nun nachgehen würde.

Auf der gleichen Seite veröffentlichte man ein Statement eines Mannes, der eigens aus Serbien angereist war, um die Umstände des Todes seines geliebten Bruders zu hinter-

14

fragen. Für Hinweise, die zur Ergreifung des Killers führten, hatte er privat eine Belohnung in Höhe von siebzigtausend Euro ausgesetzt. Eine Telefonnummer, unter der man sich melden konnte, war ebenfalls abgedruckt worden. Die Jagd auf den Mörder eines bisher Unschuldigen war eröffnet. Der Journalist ließ in dem Artikel sogar zu, dass sich dieser Stojan Kladicz darüber ausließ, dass es zu einer Vorverurteilung seines Bruders in der Öffentlichkeit gekommen war, da er einen Migrationshintergrund besaß. In Deutschland erführe man allein damit schon eine Stigmatisierung.

Pehling fuhr sich über den noch ungewohnten Bart, den er sich in den letzten Wochen hat wachsen lassen. An die Brille, die er mit Fensterglas hatte anfertigen lassen, konnte er sich einfach nicht gewöhnen. Immer wieder rückte er sie auf der Nase zurecht. Wann immer es möglich war, verzichtete er auf das Tragen dieses Folterwerkzeugs, wie er sie nannte. Einige Gäste an den Nebentischen blickten entrüstet zu ihm rüber, als er, heftiger als beabsichtigt, die Zeitung auf die Tischplatte knallte. Man schätzte ihn als ruhigen, zufriedenen Gast, der immer wieder ein nettes Wort für das Personal übrig hatte. Niemals wäre man auf die Idee gekommen, dass sich hinter dem derzeit überall angesagten Rauschebart, das Gesicht eines Massenmörders verbergen könnte.

Durch den Ärger, den er beim Lesen der Titelstory verspürte, verpasste er die kleine Meldung auf einer der folgenden Seiten, dass man im Baldeneysee seit gestern nach einer vermissten Frau suchte, die vom Bootsausflug nicht zurückgekehrt war. Die Mordkommission war eingeschaltet worden, da ein Gewaltverbrechen nicht ausgeschlossen werden konnte. Die Polizei ermittelte in alle Richtungen.

Die Suche im Internet, als er den Namen Stojan Kladicz eingab, ergab nichts, was ihm bei seiner Recherche weiterhalf. Es handelte sich bei dem Mann um ein ehemals hochrangiges Mitglied der serbischen Armee, das sich um die Befreiung des serbischen Volkes verdient gemacht haben soll. Das konnte alles oder nichts bedeuten. Auf die Verdienste ging man nicht im Besonderen ein. Lediglich seine Teilhaberschaft an etlichen in Deutschland und international tätigen Firmen weckte Pehlings Neugierde. Für ihn stand fest, dass sich auch die deutschen Behörden nach diesem Artikel mit dem Mann beschäftigen würden. Belohnungen aus privater Hand wurden nicht gerne gesehen, zumal in diesem Fall die Informationen nicht direkt an die Polizei geliefert werden sollten. Selbstjustiz war hier, wie überall auf der Welt, strafbar.

Pehling nahm sich vor, diesen ominösen Geschäftsmann genauer unter die Lupe zu nehmen. Einerseits konnte er verstehen, wenn Familienmitglieder Rachepläne schmiedeten, doch hierbei ging es schließlich um seinen Arsch. Doch zuvor wollte er eine Herzensangelegenheit erledigen.

Karin erkannte die hochgewachsene Gestalt schon lange, bevor sie den Mini in die Parklücke setzte. Es würde ihr immer ein Rätsel bleiben, woher dieser Mann stets wusste, wo sie sich genau in diesem Augenblick aufhielt oder aufhalten wollte. Es war kein angenehmes Gefühl, sich ständig beobachtet zu fühlen. Allmählich entwickelte sich bei ihr eine Phobie. Sie konnte sich gut vorstellen, wie sich eine Person fühlen musste, die permanent von einem Stalker bedrängt wurde. Sie hatte noch mindestens eine Stunde Zeit, bis ihre Freundin Katja zum Quatschen im Café erschien. Langsam ging sie auf den Mann zu, in dem sie auf Anhieb Pehling erkannte. Er konnte sich in das Kostüm eines Pottwals pressen, sie würde ihn immer darin spüren. Es existierte eine Ausstrahlung, die kein zweites Wesen für sie besaß. Karin konnte sich dieser nicht entziehen.

»Gehen wir ein paar Schritte?«

Sie widersprach ihm nicht, als er sich umdrehte. In stiller Erwartung folgte sie ihm zur Bank eines Spielplatzes.

»Woher wussten Sie, wo ...?«

Pehling überging die Frage und betrachtete sie von der Seite. Ein warmer Schauer lief ihr über den Rücken, als er ihr die unerwartete Frage stellte.

»Hat er dich gut behandelt? Du trägst wieder ein Problem in dir – erzähl mir mehr davon.«

Karin hatte genau in diesem Augenblick aufgegeben, sich darüber Gedanken zu machen, warum dieser Mann auch ihre tiefsten Gefühle erkannte. Es machte ihr nichts aus, sich zu öffnen. Pehling wusste mehr von ihr, als ihre beste Freundin.

»Wenn Sie Sven meinen – ja, er hat mich in diesen Wochen in Thailand gut behandelt. Er hat es vermieden, mich unter Druck zu setzen. Ich meine damit diese Szene am See. Doch ich weiß, dass er darunter leidet. Er kann sich ihre Reaktion an diesem Abend genau so wenig erklären, wie ich es kann. Warum haben Sie wieder getötet? War es wieder dieser andere Elmar? Warum wehren Sie sich nicht gegen das Böse in Ihnen? Sie sind stark, Sie müssten es schaffen. Und ich frage mich immer wieder – warum ich?«

Immer noch betrachte er sie von der Seite, fast mitleidig, schließlich amüsiert. Doch seine Stimme besaß plötzlich eine unüberhörbare Traurigkeit. Sie schmeichelte sich fast in sie ein, fesselte sie in einer besonderen Art.

»Du kennst ihn nicht. Er ist sehr schlau. Jetzt in diesem Augenblick hört er uns aufmerksam zu, sucht nach unseren Schwachstellen. Aber ich bin fest davon überzeugt, dass er dich ein wenig mag. Du wirst es dir nicht vorstellen können, aber dieser Mistkerl da drin mag dich tatsächlich. Verstehe das bitte nicht falsch, Karin. Ich mache dich jetzt nicht auf eine billige Art an. Nein. Ich freue mich tatsächlich darüber, dass du dich mit Sven so gut verstehst. Doch du hast ein Recht darauf, es zu erfahren. Dieser Teufel in mir schätzt dich. Und ich kann ihn gut verstehen.«

Karin sprang auf, wollte sich entfernen. Ihre Augen zeigten plötzlich Panik. Pehling zog sie am Arm zurück und sah ihr bittend ins Gesicht.

»Sei mir nicht böse, aber du wolltest doch die Wahrheit wissen. Jetzt hast du sie gehört. Damit müssen wir beide leben. Doch du bist mir ausgewichen. Was steht zwischen dir und Sven? Du musst darüber reden, sonst frisst es dich auf. Wir sprachen doch schon einmal darüber. Ich möchte dir helfen, weil auch du mir geholfen hast.«

»Ich habe Ihnen nicht geholfen. Sie verstehen das völlig falsch.«

»Du hättest schreien können. Du hättest zulassen können, dass er mich auf dem Boot erschießt. Du hast dich ihm in den Weg gestellt. Das werde ich dir niemals vergessen. Lass mich dir helfen, so es mir möglich ist – bitte. Du hast es ihm erzählt?«

Die letzte Frage traf Karin völlig überraschend. *Warum wechselte dieser Pehling immer wieder das Thema? Konnte er tatsächlich in ihren Gedanken lesen?* Er legte seine Fingerspitzen zärtlich unter ihr Kinn, als sie sich abwenden wollte, drehte ihr Gesicht zu sich. Sie blickte in Augen, die ehrliche Sorge ausdrückten.

»Er weiß von meinem Bruder. Es war nicht schlimm. Es tat gut, es ihm endlich sagen zu können.«

»Siehst du, ich habe es dir gesagt. Du musst Vertrauen zu denen haben, die dich mögen, die dich um deiner selbst lieben – ohne Vorbehalte. Dein Misstrauen ist grundsätzlich berechtigt, denn die Menschen sind egoistischer geworden. Sie nutzen deine Schwächen zu ihrem Vorteil. Doch richte dich an denen auf, die dich vorbehaltlos mögen. Doch genug philosophiert. Wie war deine Zeit in Thailand?«

Dankbar sah sie zu Pehling auf, der einmal mehr geschickt das Thema gewechselt hatte.

»Ich danke Ihnen für Ihre ehrlichen Worte. Doch die Antwort darauf müssen wir verschieben auf ein anderes Mal. Meine Freundin wird schon warten. Gibt es ein anderes Mal?«

Sein Lächeln genoss sie beim Weggehen, verpasste jedoch seine leise gesprochenen Worte.

»Lass Katja nicht warten. Es gibt immer ein nächstes Mal, Karin. Ich bin stets in deiner Nähe.«

Pehling ließ eine nachdenkliche Frau zurück.

- Kapitel 4 -

Der dunkelblaue Maserati Levante war in der breiten Auffahrt zum schicken Einfamilienhaus nicht zu übersehen. Sven parkte seinen Passat direkt daneben und lief eine Runde um dieses außergewöhnliche SUV. In dem Augenblick, als er seine Nase an die Scheibe der Beifahrertür drückte, erreichten ihn die Worte vom Hauseingang.

»Ist erst sechs Wochen alt. Gefällt Ihnen das Auto?«

Sven erkannte einen sportlich gekleideten, großgewachsenen Mann durch die Frontscheibe, der auf ihn zuschlenderte.

»Sie sind bestimmt der Oberkommissar, der sich angemeldet hat. Habe ich recht?«

»Sie haben recht. Und Sie sind Klaus Wehring. Freut mich. Ja, das ist wirklich eine Sahneschnitte. Das ist doch ein Levante, oder? Hatte mal das Vergnügen, das Werk in Modena besuchen zu dürfen. Wenn ich mich recht erinnere, hat man einmal mehr diesen Maserati nach einem Wind benannt. Ich glaube, dass Levante ein Ostwind ist, oder?«

»Wow, ich bin beeindruckt, Herr Spelzer. Das wissen die wenigsten, dass dieser Hersteller immer Windbezeichnungen für seine Typen aussucht. Der Schlitten hat mich von Anfang an begeistert. Gesehen und schon war es ein *Must have*. Doch Sie sind bestimmt nicht den weiten Weg gefahren, um sich meine Schwärmerei anzuhören. Gehen wir rein?«

Einen letzten, sehnsüchtigen Blick auf die teuren Alufelgen werfend, die alleine schon mehr kosteten, als sein Passat an Zeitwert besaß, folgte er dem Mittdreißiger ins Haus. Auch hier bewies die Familie Wehring ein gutes Auge für geschmackvolle und teure Einrichtung. Sven sank in die breite Wohnlandschaft, in der ihm Klaus Wehring einen Platz anbot.

»Wasser, Limo? Oder lieber was Alkoholisches?«

»Nur einen Kaffee, wenn es keine Umstände bereitet.«

»Kein Problem. Ich muss gestehen, dass ich zu den Müllschaffenden gehöre, die Kapseln benutzen. Dafür trenne ich allerdings sorgfältig den verbleibenden Abfall.«

Während Wehring für einen Augenblick in der Küche verschwand, studierte Sven die Inneneinrichtung. Als er eine kleine Bildergalerie auf dem weißen Sideboard erspähte, stand er auf und nahm eines der Fotos in die Hand. Eine wahre Schönheit, die ihr Gesicht lachend an das des Hausherrn gelegt hatte. Der freche Bubischnitt umrahmte ein feingeschnittenes Gesicht, das ihn spontan an die junge Audrey Hepburn erinnerte. Die anderen gerahmten Fotos zeigten vor allem Klaus Wehring mit allen möglichen Geschäftsleuten, von denen Sven der eine oder andere bekannt vorkam.

»Das ist der ehemalige Maserati General Manager Europa Giulio Pastore. Den besuchte ich einmal, bevor er von Alberto Cavaggioni abgelöst wurde. Wir sollten eine Software für ihn entwickeln. Die neue Firmenleitung hat das damals abgelehnt. Schade eigentlich. Hätte unsere kleine Firma schon früher aus den roten Zahlen holen können.«

»Interessant. Ich nehme an, das hier ist Ihre Frau?«

»Natürlich, das ist Astrid. Setzen wir uns doch wieder. Sie können mir sicher schon Ergebnisse mitteilen, oder? Haben Sie meine Frau, ich meine Astrid, schon gefunden?«

Sven musste sich eingestehen, dass er seine anfangs positive Meinung über diesen attraktiven Mann mit dem gepflegten Drei-Tage-Bart korrigieren musste. Die gefühllose Art, wie er das Problem seiner vermissten Frau anging, stieß bei ihm auf Widerwillen. Coolness gehörte zwar zum Business, doch das konnte man doch nicht eins zu eins auf das Privatleben übertragen. Die Sorge um seine schöne Frau, wenn sie überhaupt vorhanden war, konnte Wehring hervorragend verbergen. Sven ging auf diese Frage nicht ein.

»Sie führen ein IT-Unternehmen, habe ich den Unterlagen entnommen. Erfolgreich?«

»Was meinen Sie damit, Herr Spelzer? Möchten Sie damit wissen, ob mein Unternehmen verschuldet ist und dringend eine Lebensversicherungssumme benötigt? Ist es das?«

Kein Muskel zuckte in Svens Gesicht. Er wartete geduldig auf die Antwort. Die anfängliche Freundlichkeit war bei seinem Gastgeber wie weggewischt.

»Nein, Herr Oberkommissar, wir können uns über fehlende Aufträge nicht beklagen. Ich sehe im Augenblick auch keinerlei Zusammenhang zwischen dem Verschwinden meiner Frau und der Auftragslage meines Unternehmens. Fallen Sie eigentlich immer in dieser Art über die Angehörigen her, die ein Familienmitglied als vermisst melden? Ich persönlich halte das für ziemlich taktlos. Während sich unsereins Sorgen um das Wohlergehen der Familie macht, recherchieren Sie mir gegenüber offen in Richtung einer Täterschaft. Kein guter Einstieg für Sie. Ich wiederhole deshalb meine Frage. Haben Sie irgendetwas Neues zu berichten, was mir eventuell die Sorge nehmen könnte? Wenn nicht, darf ich Sie bitten, erst wiederzukommen, wenn das der Fall ist.«

»Wo liegen Ihre Boote eigentlich? Ich nehme an, dass auch Sie eines besitzen, da ich Sie auf einem der Fotos neben Ihrer Frau gesehen habe. Also, wo sind die Boote stationiert?«

Wehring, der sich bereits erhoben hatte, setzte sich wieder und starrte Sven an.

»Unsere Kajaks haben wir im Yachthafen von Haus Scheppen deponiert. Einige Geschäftsfreunde haben ...«

»Warum sind Sie an diesem Abend nicht gemeinsam gefahren? War das nicht üblich bei Ihnen?«

»Das liegt an einem Geschäftstermin, einem sehr wichtigen, von dem viel für die Firma abhing.«

Sven zog den kleinen Notizblock aus der Jackentasche und sah Wehring fragend an.

»Wie gesagt, ein Geschäftstermin. Sonst noch was?«

»Sie werden mir sicher den Namen und die Telefonnummer Ihres Geschäftspartners nennen können. Ich höre.«

»Jetzt hören Sie mir mal genau zu, Herr Oberkommissar. Die Art, wie Sie mit mir umgehen, gefällt mir überhaupt nicht. Ich werde das mit meinem Anwalt ...«

Sven erhob sich, steckte die Schreibutensilien wieder weg und wandte sich zur Tür.

»Tun Sie das, Herr Wehring. Ihr Anwalt wird Ihnen bestätigen, dass Sie verpflichtet sind, mir diese Auskünfte zu geben. Sie dürfen mir dann alles auf dem Präsidium ... sagen wir so um Neunuhrdreißig in meinem Büro ... darlegen. Ich denke, dass Sie ein hervorragendes Navi in Ihrem Superschlitten haben. Wünsche Ihnen noch einen schönen Tag.«

Kurz bevor Sven Spelzer die wuchtige Haustür öffnete, hielt ihn die Stimme von Wehring, jetzt schon wesentlich kleinlauter, zurück.

»Es war eine Frau.«

Sven stoppte und drehte sich wieder Wehring zu.

»Name, Adresse? Warum machen Sie daraus so ein Geheimnis?«

»Es war ... also, meine Frau durfte ... verdammt, es war eine Freundin. Muss das denn unbedingt sein, dass dies an die große Glocke kommt? Wir machen doch alle mal was Falsches, oder? Hatten Sie denn noch nie eine Affäre? Das hat überhaupt nichts mit dem Verschwinden meiner Frau zu tun.«

»Wusste Ihre Frau von dieser Affäre? Könnte das der Grund sein, warum sie verschwunden ist? Das würde uns die Sache plausibler machen und die Suche eingrenzen. Vielleicht hat Sie ihren Mann ja nur im Stich gelassen und fordert in ein paar Tagen die Trennung?«

»Astrid würde sich nie trennen lassen. Dafür lieben wir uns zu sehr. Ihr muss was passiert sein.«

Ungläubig starrte Sven in Wehrings Gesicht, das den Eindruck vermittelte, als würde dieses Arschloch wirklich daran glauben, was er gerade daherfaselte. Wieder kramte er seinen Notizblock hervor.

»Also, Name, Adresse, Telefonnummer. Ach, darf ich Sie noch um etwas bitten? Dürfte ich mir ein Bild Ihrer Frau ausleihen. Wäre sehr hilfreich für die Suche.«

Noch lange saß Sven in seinem Wagen und betrachtete das große Haus, in dem ein Egomane wohnte, der in dem Wahn lebte, dass er mit Geld und beruflichem Erfolg seinen beschissenen Lebenswandel rechtfertigen konnte. Immer wieder begegnete er bei seinen Ermittlungen dieser erbärmlichen Dekadenz. Ihm wurde übel.

- Kapitel 5 -

Hörster hatte den Passat schon bemerkt, als dieser sich neben den Einsatzfahrzeugen der Polizei einsortierte. Sven sah sich suchend um, bemerkte das Winken seines Kollegen im Uferbereich.

»Na, was gefunden?«

»Wir können uns vor Fundstücken kaum retten. Vier Fahrräder, zwei Mopeds, sogar drei Tresore. Noch einige Monate, und wir haben die Fahrrinne wieder sauber. Scheiße. Ich glaube nicht daran, dass wir hier in der Nähe des Bootes auch die Besitzerin finden werden. Die Leiche müsste ja dann ebenfalls vor der Wehrmauer auftauchen. Ich denke, dass wir weiter oben suchen müssen. Haben Sie denn herausfinden können, wo das Boot gestartet ist? Vielleicht finden wir was am Liegeplatz.«

»Das ging mir auch schon durch den Kopf. Wir verlegen die Suche zum Haus Scheppen und arbeiten uns von dort weiter vor. Diese Astrid Wehring könnte irgendwo flussabwärts im Gestrüpp hängen. Immer vorausgesetzt, die hat das Boot überhaupt betreten. Haben Sie schon einmal daran gedacht, dass ein möglicher Täter uns nur Glauben machen will, dass sie ertrunken ist? Vielleicht sogar sie selbst. Wir könnten noch Wochen nach ihr suchen, was wir natürlich nicht tun werden. Und genau darauf könnte der Täter hoffen. Tod durch Ertrinken. Leiche wurde nicht gefunden, trotzdem irgendwann für tot erklärt. Fertig.«

Hörster sah seinen Chef wortlos an und ließ das Gesagte sacken.

»Ein interessanter Aspekt. Der fast perfekte Mord, in der Tat. Was ist das denn für ein Typ, dieser Ehemann? Sie waren doch heute bei ihm. Leidet der wenigstens?«

»Ein komplettes Arschloch. Er leidet unter Selbstsucht.«

Mit dieser Bemerkung ließ Sven seinen Stellvertreter zurück und näherte sich dem Boot der Wasserschutzpolizei.

»Hi, Mertens. Bevor wir hier zu Müllsammlern werden, würde ich Sie darum bitten, Ihre Männer weiter oben am Haus Scheppen einzusetzen. Dort hat das Boot gelegen. Vielleicht ist die Frau, wenn sie denn tatsächlich über Bord ging, dort schon ins Wasser gefallen und die Strömung hat sie irgendwo unter eine Wurzel gezerrt.«

»Das wäre gut möglich. Wir sind auch hier am Wehr durch. Hatte den Männern schon gesagt, dass wir jetzt flussaufwärts weitermachen. Also dann packen wir mal zusammen.«

»Ich fahr mit Hörster vor und befrage nochmal die Anlieger. Ich habe ein Gefühl, dass wir dort eher zur Lösung kommen. Kann mir vorstellen, dass Ihre Leute froh sind, mal wieder für kurze Zeit aus dem kalten Wasser zu dürfen.«

Sven wartete ab, bis der letzte Besucher am Imbissstand des ›Griechen‹ sein Essen in Empfang genommen hatte.

Erwartungsvoll wendete sich der Verkäufer dem neuen Gast zu. Statt eine Bestellung aufzugeben, hielt Sven ihm den Dienstausweis unter die Nase.

»Polizei? Hier nix passiert, alles gut.«

»Ich bin von der Mordkommission Essen und möchte Sie nur etwas fragen.«

»Mo ... Mordkommission? Christos, komm mal her, hier Polizei von Kommission.«

Aus dem hinteren Bereich der Hütte erschien ein korpulenter Mann, der sich die fettigen Hände an der Schürze abputzte. Gleichzeitig drehten sich alle Köpfe der umstehenden Gäste zum Schalter. Der Ruf hatte aber auch jeden auf dem Vorplatz erreicht.

»Ja, was ich kann für Sie tun? Bei uns stimmt alles, Kasse in Ordnung.«

»Stopp, stopp, ich bin weder von der Steuerbehörde noch vom Gesundheitsamt. Wir suchen eine Frau, die sich möglicherweise gestern Abend hier aufgehalten hat. Kennen Sie das Gesicht?«

Noch bevor Sven das Foto auf die Theke gelegt hatte, schüttelte Christos den Kopf.

»Schauen Sie sich das doch wenigstens an, verdammt. Vielleicht war sie ja gestern an Ihrem Stand.«

»Astrid. Das ist auf jeden Fall Astrid.«

Die Stimme kam von der Seite und gehörte einem Kahlkopf, dessen untere Gesichtshälfte komplett zugewachsen war. Die Lederkluft wies ihn untrüglich als Biker aus, von denen sich jetzt drei weitere dem Schalter näherten. Dem allgemeinen Gemurmel ließ sich mit viel Fantasie eine Zustimmung entnehmen.

»Seid ihr euch sicher? Und war Astrid gestern Abend auch hier?«

Wieder zuckte der Bart des Bikers und ließ die Worte durch.

»Ob die gestern Abend hier war, können wir nicht sagen. Wir hatten Versammlung. Aber die ist mindestens drei bis vier Mal in der Woche hier. Die kommt immer mit einem Kerl. Dann paddelt sie mit dem Arschloch etliche Runden auf dem See.«

»Wieso Arschloch?«

»Ach weißt du, wir erkennen diese verfickten Snobs schon an ihrer Nase. Astrid ist ja ganz in Ordnung und quatscht ab und zu mit uns. Aber der Kerl hat nen Stock im Arsch. Für den existieren wir nicht. Der stellt seinen bepissten Maserati jedes Mal auf den Behindertenparkplatz und scheucht Astrid übers Wasser. Der Kleinen wird doch wohl nix passiert sein, oder? Hat die vielleicht den Typen gekillt? Dann wird die sofort Ehrenmitglied im Club.«

Allgemeines Gegröle bewies die volle Zustimmung der Kumpels. Sven grinste. Er mochte diese Sprache des Ruhrgebiets. Klar und ehrlich. Er legte die Hand auf die Schulter des Bikers.

»Ich schmeiß glatt ne Runde Pommes, wenn ihr mir sagen könnt, welchen Wagen Astrid fährt, wenn dieses Arschloch nicht dabei ist.«

Der Kreis der Biker schloss sich um Sven. Jeder wollte einen Blick auf das Foto werfen. Endlich trat ein Mann nach vorne, dem die Lederkluft locker um den ausgemergelten Körper flatterte. Das Gesicht war mit Pickeln übersäht, obwohl die Pubertät mindestens dreißig Jahre hinter ihm lag.

»Die kommt immer mit dem roten Mazda, so einen MX5, glaube ich. Der steht dann oben auf dem Besucherparkplatz. Die hat ne total geile Figur. Wäre schon mein Typ.«

»Mensch *Akne*, die wird sich zum Ficken bestimmt was anderes als dich aussuchen. Die lässt dich Klappergestell bestimmt nicht ran.«

Das Gelächter der Männer erfüllte nun den gesamten Vorplatz. Gegenseitig schlugen sie sich auf die Schulter und nahmen *Akne* spielerisch in den Schwitzkasten.

»Christos, die Jungs bekommen ne Portion Pommes mit Matsche. Die haben sie sich verdient. Ich danke euch. Das hat mir verdammt geholfen. Ach übrigens, wenn das Mädel hier plötzlich auftaucht, sagt ihr mir Bescheid? Hier ist meine Karte. Ihr habt einen gut bei mir. Danke.«

Sven warf einen Zwanziger auf die Theke und winkte Hörster herbei, mit dem er den Aufstieg zum Besucherparkplatz in Angriff nahm. Lange mussten sie nicht suchen, um den kleinen Sportflitzer zu finden.

»Ich würde sagen, wir bestellen mal Ruhnert hierher. Die Spurensicherung sollte sich den Wagen mal vornehmen. Sind die Taucher schon da? Sorgen Sie bitte dafür, dass die Uferzone während der Suchaktion komplett gesperrt wird. Ich sehe mich mal im Yachthafen um. Die Kajaks sollen ja dort gelagert worden sein.«

- Kapitel 6 -

»Stojan, es gibt keine Möglichkeit, an diesen Pehling ranzu-
kommen. Seit Monaten sucht der gesamte Polizeiapparat in
Deutschland nach dem. Wie sollen wir ihn dann finden? Wir
müssen diesen Verrückten aus seiner Defensive heraus-
locken. Jeder Mensch, wenn man bei dem überhaupt davon
sprechen kann, muss eine Schwäche haben. Die müssen wir
finden, sonst warten wir bis in alle Ewigkeit.«
»Was seid ihr denn für Pfeifen? Ich bezahle euch nicht
dafür, dass ihr mir sagt, dass irgendwas nicht geht, sondern
dafür, dass ihr Lösungen findet. Sag mir nie wieder, dass
etwas nicht machbar ist ... nie wieder! Dobrica, du wirst
genau diese Schwäche finden. Ich will diesen Kerl haben,
koste es, was es wolle. Zur Not erhöhe ich die Prämie auf
Hunderttausend. Ich zahle aber nur, wenn er lebt. Ist das
klar? Die Szene wird alles daran setzen, mir das Schwein zu
liefern.«

Dobrica entging einer Stellungnahme dadurch, dass er das
große Fenster schloss, das der Männerrunde einen Blick in
die riesige Halle erlaubte, in der die Schweinehälften von
Heerscharen von Mitarbeitern tranchiert wurden. Der

Maschinenlärm erstarb augenblicklich. Der Geruch von Tod, Blut und rohem Fleisch blieb jedoch im Raum und erzeugte Übelkeit.

»Wie kann man es bloß den ganzen Tag in einer solchen Umgebung aushalten? Das ist eine Scheißarbeit.«

»Wenn du mir diesen Pehling nicht in absehbarer Zeit vor die Füße legst, wirst du dort unten in Zukunft mitarbeiten, oder du wirst selbst an einem dieser Haken hängen. So langsam habe ich die Schnauze voll vom Warten. Bewegt jetzt eure Ärsche. Ich will wieder zurück in die Heimat, Deutschland gefällt mir nicht. Ich werde nie verstehen, warum Milan unbedingt in dieses verfickte Land ziehen musste.«

Stojans rechte Hand wusste aus Erfahrung, dass der Boss hier keine leeren Sprüche abließ. Er hatte selbst miterleben müssen, wie grausam dieser Mann im damaligen Kosovo-Konflikt mit Gefangenen umgegangen war. Ihn zum Feind zu haben, war das Schlimmste, was er sich vorzustellen vermochte. Dagegen war sein Bruder Milan ein Pfadfinder. Er beeilte sich, neue Ideen vorzutragen.

»Mir geht irgendwie nicht ein, warum dieser Pehling überhaupt gegen Milan tätig wurde. Er hatte doch überhaupt keinen Grund dafür. Der hat einem Bullen geholfen, der ihm selbst ans Leder wollte. Das macht für mich keinen Sinn. Da muss es irgendeine Beziehung zwischen dem Bullenschwein und Pehling geben. Ich denke, genau da müssen wir ansetzen.«

»Dann bewege deinen Arsch und finde es heraus. Freunde dich mit dem Kerl an, vögel ihn, seine Frau oder seine Kinder, aber liefer mir endlich Ergebnisse. Nimm dir so viele Männer, wie du brauchst. Nur, halte mich aus dieser

Scheiße raus. Ich will hier keinen Ärger mit der Polizei provozieren. Wenn wir den Killer haben, wird der still beiseitegeschafft. Erst danach werden wir den Bullen die Überreste vielleicht zukommen lassen. Die werden das in der Öffentlichkeit als ihren Sieg feiern und nicht nachforschen, wer tatsächlich dahintersteckt. Ruhm und Ehre werden sie für sich einheimsen und die Wahrheit vertuschen. Soll mir egal sein. Die Hauptsache ist, dass ich mich mit dem Irren vergnügen konnte.«

Die Männer am Tisch grinsten und hoben die Gläser. Sie wussten, was Stojan mit Vergnügen meinte. Niemand von ihnen konnte ahnen, wie nahe ihnen das Unheil bereits gekommen war.

- Kapitel 7 -

Etliche Bootsinhaber standen in Gruppen zusammen und diskutierten heftig darüber, ob die Polizei das Recht besaß, ihnen die Ausfahrt auf den See zu verbieten. Davon völlig unbeeindruckt beobachteten Sven und Hörster die Luftblasen, die an verschiedenen Stellen im kleinen Yachthafen an die Oberflächen traten. Die Taucher bemühten sich, jeden Meter des Ufers und der Anlage des Haus Scheppen abzusuchen. Bisher ohne jedes Ergebnis. Sven glaubte schon nicht mehr an einen Unfall oder sogar an eine Gewalttat, als er auf eine Unruhe aufmerksam wurde, die einige Meter entfernt am Hardenbergufer entstand. Polizisten sperrten den Wanderweg gegen neugierige Besucher ab und winkten die beiden Kriopleute herbei.

»Ich glaube, die Taucher haben was gefunden. Kommen Sie mit Herr Oberkommissar.«

Der Beamte der Wasserschutzpolizei führte die zwei zu einer Buschgruppe, deren Zweige weit über das Wasser hinausragten. Die Köpfe von drei Tauchern waren an der Wasseroberfläche zu erkennen. Sie hatten die Masken abgenommen und diskutierten aufgeregt.

»Was ist los, Männer? Habt ihr was gefunden?«

Sven und Hörster halfen einem der Taucher ans steinige Ufer, der sich erschöpft ins Gras gleiten ließ. Als er seine Kapuze des Taucheranzugs nach hinten abstreifte, konnte Sven das Entsetzen deutlich in dessen Gesicht erkennen. Ohne weiter auf ihn einzureden, warteten die Ermittler geduldig, bis der Mann den Atem beruhigt hatte. Sven setzte sich still neben ihn ins Gras. Das Warten zerrte an den Nerven.

»Da unten ist die Hölle!«

Hörster verdrehte ungeduldig die Augen. Sven signalisierte ihm jedoch, dass er abwarten sollte, bis der Mann bereit war, einen brauchbaren Bericht abzuliefern.

»Was genau haben Sie gefunden? Erzählen Sie uns alles ganz ruhig. Wir haben Zeit.«

»Ich schätze, dass da unten mindestens sechs bis sieben Leichen ... Scheiße. Die sind teilweise schon total verwest und angefressen. Da hat sich jemand extra einen Unterstand gebaut, damit die Toten auch bloß nicht wegtreiben können. Die sind alle festgebunden worden. Sowas habe ich noch nie gesehen, solange ich tauche. Die haben uns angesehen, als wenn wir sie da unten ... ich geh da nicht wieder runter. Auf keinen Fall.«

Die Hand von Sven legte sich beruhigend auf die Schulter des Mannes, spürte das Zittern. Er konnte sehr gut verstehen, welche Wirkung diese Bilder auf einen Menschen haben konnten. Dieses Trauma zu überwinden, kostete Zeit. Selbst diese harten Kerle waren davor nicht gefeit.

»Hörster, Ruhnert soll mit seiner Mannschaft sofort hier antreten. Der dürfte immer noch oben am Parkplatz sein.«

»Soll ich auch die Frau Doktor ...?«

»Nein, nein, Hörster, das mache ich selber. Die hat heute dienstfrei und dürfte sich in der City bewegen. Wir müssen ja sowieso erst Bilder von unten haben und dann die Opfer bergen. Ich freu mich schon. Lassen Sie durch den Einsatzleiter das gesamte Gelände abriegeln – komplett. Ich will hier keinen Wanderer und auch keinen Pressefuzzi sehen.«

Hörster warf noch einen Blick des Bedauerns auf den Taucher, der die Hände vor das Gesicht geschlagen hatte und weinte. Sven stand auf und wandte sich an die beiden Taucher, die noch im Wasser standen und auf Befehle warteten.

»Haben Ihre Kollegen zufällig eine Unterwasserkamera an Bord, mit der wir das da unten dokumentieren können? Ich brauche unbedingt Aufnahmen davon.«

»Sagen Sie dem Kollegen da hinten am Anlegesteg Bescheid, damit der das Boot anfunken kann. Ich glaube, sowas haben die. Aber der soll sich beeilen. Wir frieren uns den Arsch ab. Geht es dem Kollegen schon besser?«

»Wir werden ihn gleich in die Hände unseres Psychologen geben. Ich sage denen ebenfalls Bescheid. Keine Sorge.«

»Legt die vorsichtig hier auf die Plane. Langsam, damit ihr mir nichts kaputt macht!«

Einen Augenblick hielten die beiden Taucher inne, die etliche leblose Körper an die Oberfläche befördert hatten. Verständnislos blickten sie auf Ruhnert, der aufgeregt zwischen den Toten hin und her lief. Man benötigte viel Fantasie dazu, darin noch Menschen zu erkennen, die einmal gelacht, geweint, geatmet hatten. Die zumeist aufgeschwemmten, angefressenen Körper trugen teilweise noch

Kleidung, woran auszumachen war, dass es sich ausschließlich um Frauen handelte.

Die Stimmung verfinsterte sich zusätzlich, als der Himmel seine Schleusen öffnete und sich ein langanhaltender Platzregen über den See ergoss. Die Männer der Spurensicherung fluchten, obwohl gerade sie durch die weißen Plastiküberzüge geschützt wurden. Alle anderen Uniformierten klappten die Kragen hoch und suchten sich einen schützenden Unterschlupf. Sven war in kürzester Zeit völlig durchnässt und wusste zu diesem Zeitpunkt schon, dass er sich heute eine kräftige Erkältung zuziehen würde. Aus den Augenwinkeln beobachtete er, dass sich ein Minicooper einen Weg durch die vielen Polizeifahrzeuge suchte und nicht weit entfernt vom Ufer parkte. Unter dem breiten, schwarzen Herrenschirm, den er ihr für alle Fälle im Auto hinterlassen hatte, erkannte er Karin. Sie ließ sich von einem Polizisten den Weg zeigen. Während der Kollege ihren Schirm schützend über sie halten musste, zog sie sich die Schutzfolie über und tauschte ihre Stöckelschuhe gegen bequeme Treter.

»Es tut mir leid, aber ich dachte, dass es besser wäre, wenn ...«

»Das ist schon in Ordnung, Sven. Das ist eben unser Job. Außerdem war ich sowieso auf dem Weg nach Hause. Wie viele Leichen haben wir bisher?«

»Ich glaube, die Männer sind fertig. Wir haben acht geborgen. Liegen alle drüben auf der Plane, wo Ruhnert rumwuselt. Der ist in seinem Element.«

Karin näherte sich dem Ort des Schreckens, ohne jede weitere Bemerkung. Sven war es mittlerweile gewohnt, dass Karin das Private zurückstellte, wenn sie beruflich tätig war.

»Oh Gott, wie schrecklich! Die waren alle da unten? Da sind ja welche bei, die schon monatelang tot sind. Das sieht aus, wie das Futterlager eines Tieres. Wozu sind wir Menschen eigentlich noch fähig? Das ist ja unglaublich.«

Karin schritt die Reihe der Leichen ab und blieb an einer stehen. In diesem Augenblick war sie froh, dass es regnete und die relativ niedrigen Temperaturen eine weitere Verbreitung des Verwesungsgeruchs zumindest eindämmte. Mit einer Pinzette entfernte sie einige Egel aus der Mundhöhle des Opfers und strich damit auch Haarfetzen aus dem, was einmal ein Gesicht ausmachte. Der Tierfraß hatte bereits sein Werk beendet, sodass ihr lediglich ein kahler Schädel entgegenlachte. Ja, sie hatte wirklich das Gefühl, als würde dieser Knochenrest sie anlachen. Sie schrak hoch, als Svens Hand ihren Arm berührte.

»Die müssen ja schon lange da unten deponiert gewesen sein, oder irre ich mich da? Die haben ja schon teilweise keine Waschhaut mehr. Kannst du mir schon was zu der Ersten in der Reihe sagen? Das müsste diese Astrid Wehring sein, die wir suchen.«

»Ich habe mir die schon kurz angesehen. Die Frau liegt maximal zwei bis drei Tage im Wasser. Die hat erst eine minimale Waschhautbildung. Hattest du nicht ein Foto von der Frau? Das Gesicht hat sich noch nicht wesentlich verändert. So auf den ersten Blick konnte ich keinerlei äußere Verletzungen ausmachen. Allerdings drückt das Gesicht starkes Entsetzen aus, was auf einen langen Todeskampf hinweisen könnte.«

»Wir haben bisher auch keinerlei Abwehrspuren feststellen können. Keine Blut- oder Hautspuren unter den Nägeln, keine Prellungen durch Abwehr von Schlägen durch einen stumpfen Gegenstand. Nichts. Die Frau ist ertränkt worden. Was mir nur auffiel, ist eine Druckstelle am linken Fußgelenk. Es mag verrückt klingen, aber mir scheint, als wäre sie dort unter Wasser gezogen worden. Der Mörder hätte sich demnach unter ihr, also im Wasser befunden haben müssen. Um sie dann in dem Depot befestigen zu können, bedarf es einer Tauchausrüstung, zumindest eines Schnorchels.«

Ruhnert hatte sich zu den Beiden gesellt und seine Einschätzung dargestellt.

Die Vorstellung war derart abstrus, dass augenblicklich Ruhe einkehrte. Alle Beteiligten versuchten, sich diese Situation vor Augen zu führen. Einfach gruselig. Wieder war es Karin, die als Erste ihre Stimme zurückfand.

»Das klingt sicherlich verrückt, erklärt aber die Tatsache der Unversehrtheit recht gut. Klar, wir haben da noch die Möglichkeit, dass diese Frau schon tot ins Wasser geworfen wurde. Aber das werde ich erst zweifelsfrei nach der Obduktion sagen können. Dazu benötige ich Aussagen zur Lungenballonierung und eine Darstellung des Mageninhaltes. Bei den anderen Leichen sind weitere, umfangreiche Untersuchungen notwendig. Schön, meine Herren. Dann werden wir ja in den nächsten Tagen kaum Langeweile verspüren.«

Den umstehenden Kollegen war deutlich anzumerken, dass sie den heutigen Fund erst verarbeiten mussten. Sie standen in kleinen Gruppen zusammen und diskutierten den Vorfall. Heute fehlte die übliche Frotzelei, die man bei der täglichen Routinearbeit an den Tag legte. Jedem wurde sehr deutlich bewusst, wie sehr diese Menschen vor ihnen gelitten haben mussten. Zusätzlich drückte die Tatsache auf das Gemüt, dass es kein Mensch verdient hatte, unter solch unwürdigen Umständen die letzte Ruhe zu finden. Der eine oder andere bekreuzigte sich, wenn er sich unbeobachtet sah. Sven hatte sich näher an Karin herangeschoben, versuchte vorsichtig, nach ihrer Hand zu greifen. Es mochte Zufall sein, dass sie sich gerade in dem Augenblick bückte, als er sie fast berühren konnte. Enttäuscht versteifte sich sein Körper.

»Sieh mal, Sven, bei dieser Frau fehlt jegliche Bekleidung. Alle anderen Opfer sind noch bekleidet. Was könnte das bedeuten? Und ... einen Augenblick bitte.«

Karin stand auf und untersuchte die Kleidung der anderen Toten. Plötzlich schüttelte sie ungläubig den Kopf und kam auf Sven zu.

»Das ist völlig verrückt. Ich dachte schon, ich hätte mich getäuscht, aber es ist so.«

»Was ist so? Jetzt komm mal langsam raus damit.«

»Die haben zwar alle verschiedene Klamotten an, doch die sind alle von ein und demselben Hersteller. Der Mörder muss die Frauen neu eingekleidet haben, bevor er sie hier deponierte. Es gibt nur zwei Ausnahmen. Dazu gehören die nackte Person und die ganz frische Leiche. Nun liefert uns das viel Raum für Spekulationen.«

Ruhnert, der zufällig beim Näherkommen nur die letzten Worte verstanden hatte, mischte sich wieder ein.

»Was gibt es zu spekulieren? Meinen Sie die Klamotten der Toten? Das ist mir auch schon aufgefallen. Bei der Nackten fällt mir spontan kein Grund für ihre fehlenden Sachen ein. Aber bei der frischen Leiche besteht ja die Möglichkeit, dass diese Frau den Killer einfach nur gestört hat. Also, wie man so sagt: Sie war zum falschen Zeitpunkt am falschen Platz. Warum das Monster auch immer morden mag, ich weiß es nicht, aber da könnte ihn der Zufall zur Tat verleitet haben. Nur so ganz hypothetisch, Frau Doktor. Ich bin mal gespannt, wie die anderen Opfer getötet wurden.«

»Da müssen wir uns noch etwas gedulden, Ruhnert. Für mich ist es nun auch wichtig, zu wissen, wer die Opfer überhaupt sind. Ich denke, dass wir wieder einmal, wie im Fall Pehling, die Vermisstenlisten der letzten Jahre durchgehen sollten. Ich hoffe, dass wir durch die Obduktionen auch einen Zeitrahmen erhalten werden. Wir müssen dann die DNA bestimmen und abgleichen. Krassnitz wird ihre helle Freude haben, wenn sie davon hört – ist ja schließlich ihr Spezialgebiet.«

»So, ich bin dann mit meinem Team hier fertig. Werde Ihnen den Bericht samt Fotos zukommen lassen. Die Leichenwagen stehen schon bereit. Habt ihr auch genug Platz in der Rechtsmedizin? Hoffentlich hat der Irre nicht noch mehr Depots eingerichtet. Ich brauche unbedingt etwas Urlaub.«

Ruhnert entfernte sich kopfschüttelnd und ließ Sven mit Karin zurück.

»Du siehst besorgt aus, Karin. Ist was passiert, von dem ich wissen sollte?«

Lange sah sie Sven an, schien nachzudenken, bis sie endlich das aussprach, von dem sie wusste, dass es Sven schockieren würde.

»Ich habe ihn gesehen, Sven. Er war einfach da.«

- Kapitel 8 -

»Trinken Sie, solange der Kaffee noch heiß ist, Herr Spelzer. Zucker ist schon drin und alles wurde umgerührt.« Doktor Haller hob seine Tasse und prostete seinem Patienten zu. Über den Tassenrand hinweg beobachtete er den Oberkommissar.

»Haben Sie eigentlich schon einmal darüber nachgedacht, das Dezernat zu wechseln? Ich meine, dass die vielen Toten doch auf Dauer eine Belastung für Ihre angeknackste Psyche sein könnten. Da gibt es doch bestimmt ruhigere Jobs im Bereich Diebstahl, Betrug oder Sitte. Ich für meinen Teil würde sehr dazu raten. Ich bin mir ziemlich sicher, dass Sie im Augenblick schon wieder was mit sich rumschleppen, von dem ich eigentlich keine Details wissen möchte. Habe ich recht?«

»Was könnte einen Menschen, besser gesagt, was könnte einen Mörder dazu bringen, seine Opfer nach der Tat zu sammeln? Damit Sie wissen, wovon ich rede, möchte ich Ihnen den vorliegenden Fall schildern.«

Doktor Haller kannte Svens Art, Fragen unbeantwortet zu lassen, indem er Gegenfragen stellte. Diese Methodik hatte er aus der Verhörpraxis übernommen und zum festen Bestandteil seiner Gespräche werden lassen. Daher wunderte er sich gar nicht darüber, dass er plötzlich diesen grausigen Fund geschildert bekam.

»Das ist sehr komplex und kann zu vielen Hypothesen führen. Spontan kommt mir in den Sinn, dass er die Opfer als Trophäen sammelt. Das haben wir sehr oft bei Menschen, die eine ausgeprägte Machtbesessenheit besitzen. Die wiederum kann die unterschiedlichsten Ursachen haben. Das ist aber erst dann näher zu bestimmen, wenn wir klare Aussagen dazu haben, was er mit den Opfern angestellt hat. Meist stellen wir bei diesen Typen gewisse Ängste fest, die aber unterschiedlicher kaum sein können. Das zieht sich über Angst vor emotionaler Nähe, dieser geglaubten Vernichtung der eigenen Existenz, bis hin zur Angst vor Alleinsein und Distanz. Diese Menschen suchen oft die Schuld für ihre Einsamkeit bei den Anderen. Häufig verarbeiten sie Trennungsschmerz. Aber wir finden auch Ängste vor Veränderungen, vor Neuem oder sogar Anarchie. Ich habe allerdings auch schon Menschen erlebt, die in einem psychopathologischen Zustand der Hysterie lebten. Man muss sich das so vorstellen, dass sie emotional außer sich sind, weil sie befürchten, in Regeln leben zu müssen, also den Verlust der Eigenständigkeit vermuten.

Lassen Sie uns aber nicht jetzt schon mutmaßen, bevor wir die Tat selber kennen. Der Tathergang ist oft die Tür zur Seele des Mörders. Hier toben sich seine tiefen Gefühle, seine inneren Ängste aus. Wie war Ihr Urlaub?«

Zwar hatte Sven gut zugehört, musste allerdings eingestehen, dass er nur die Hälfte von dem verstanden hatte, was

Doktor Haller da vorgetragen hatte. Dennoch überraschte ihn die Frage des Doktors.

»Eigentlich hat uns der Urlaub ganz gutgetan.«

»Eigentlich? Höre ich da eine Einschränkung heraus? Was ist passiert?«

Sven hätte Haller gerne frei heraus gesagt, was er damit meinte. Doch er konnte es selbst nicht klar definieren. Die Dinge lagen in einem dichten Nebel, den weder er noch Karin durchdringen konnten – nein, besser ... nicht durchdringen wollten. Sie hatten vermieden, deutlich anzusprechen, was sie beide nicht erklären konnten. Ein Weg, der zu häufigen Missverständnissen führte und ihnen die Lockerheit nahm, mit der man eigentlich einen gemeinsamen Urlaub verbringen sollte.

»Die Landschaften waren wunderschön. Diese Traumstrände, die Inseln und nur freundliche Menschen. Wir sind viel rumgekommen auf unserer Fahrt nach Norden. Wir haben ...«

»Hallo, Herr Spelzer. Ich kenne Thailand sehr gut. Ich kann sehr gut verstehen, dass man sich in Land und Leute verliebt. Doch ich wollte eigentlich etwas ganz anderes hören. Was stimmt plötzlich nicht mehr mit den Menschen, die sich unsterblich ineinander verliebt haben und gemeinsam ins Paradies reisen wollten? Da steht etwas zwischen Ihnen Beiden, über das wir reden sollten. Wenn Sie es nicht mit mir tun, sollten Sie es auf jeden Fall mit Ihrer Frau Doktor versuchen. Probleme lassen sich nicht aussitzen. Es ist ein Mythos, dass Zeit das Unausgesprochene von sich aus heilt. Das Problem sollte einen Augenblick ruhen, ja, aber dann muss es irgendwann auf den Tisch. Also, ich höre.«

Sven nahm wieder seine Position ein, die er bei den Gesprächen mit Doktor Haller bevorzugte. Er stellte sich ans Fenster und starrte auf das Rathausgebäude.

»Es ist wegen Pehling.«

»Sie sprechen von diesem Serienmörder, der immer noch auf freiem Fuß ist. Was könnte der mit Ihrer Beziehung zu tun haben? Sie haben den Fall doch gar nicht mehr in Ihren Händen. Ist da nicht das LKA dran?«

»Ja, Sie haben recht. Eigentlich habe ich damit nichts mehr am Hut. Doch dieser Pehling ... er nimmt immer wieder Kontakt zu Karin auf.«

Sven spürte, dass es Haller, der auf seinen Rücken starrte, die Sprache verschlagen hatte. Er drehte sich zu ihm um.

»Der spricht mit Frau Hollmann? Was, worüber, wieso hält er den Kontakt aufrecht? Hat sie Ihnen davon erzählt?«

»Ja, das hat sie. Als wir die Reste von Milan Kladicz vor einigen Wochen in Pehlings Haus fanden, hatte sie dem sogar zur Flucht verholfen. Nein, warten Sie. Besser gesagt, sie hat ihn nicht aufgehalten. Er konnte in ihrem Beisein in einem Boot flüchten.«

Sven schilderte ausführlich die Situation.

»Was hätte sie denn Ihrer Meinung nach tun sollen, so als schwache Frau? Sie stand einem Serienkiller gegenüber. Sie war ihm völlig ausgeliefert.«

»Genau das ist ja das Problem. Warum hat er ihr nichts angetan? Zwischen den Beiden gibt es eine besondere Beziehung, die ich nicht zuordnen kann.«

»Nein, mein lieber Herr Spelzer. Jetzt bedienen Sie bitte nicht das Klischee des eifersüchtigen Freundes. Das kann doch nicht Ihr Ernst sein, dass sich Frau Hollmann in einen

Killer verliebt hat und deshalb von ihm verschont bleibt. Entschuldigen Sie bitte meine offenen Worte, aber diese Erklärung ist Ihrer nicht würdig. Da muss etwas Anderes hinterstecken. Haben Sie das niemals angesprochen? Ist es das, was Sie beide im Augenblick trennt?«

»Es trennt uns nicht, Herr Doktor, wir ...«

»Hören Sie damit auf, mir Dinge erklären zu wollen, von denen Sie selbst nicht überzeugt sind! Sie wohnen zusammen, sie essen und schlafen miteinander, aber sie verstehen sich nicht mehr. Da hängt ein wichtiges Band lose herum, das wieder verknüpft werden möchte. Bevor das nicht geschehen ist, können Sie die Tage zählen, bis Ihre Beziehung sich in ein Nichts auflösen wird. Sprecht miteinander, sonst wird dieser Pehling Sie beide zerstören. Er wird Sie innerlich töten. Lieben Sie Frau Hollmann?«

»Natürlich liebe ich sie. Mehr als alles ...«

»Dann fahren Sie zu ihr, verdammt nochmal und sprechen Sie mit ihr darüber. Sagen Sie ihr, dass Sie sie lieben. Sie verliert sonst irgendwann den Glauben daran. Das soll einer verstehen. Ein Mann, der die gewalttätigsten Kerle vor den Kadi zerrt, ist nicht in der Lage, mit seiner Angebeteten ein konstruktives Gespräch zu führen. Verurteilen Sie diese Frau nicht, sondern helfen Sie ihr. Und jetzt erzählen Sie mir bitte, worüber dieser Pehling mit Frau Hollmann spricht.«

- Kapitel 9 -

Geduldig wartete Pehling in seinem VW-Bus, den er, einsam an einer Raststätte geparkt, organisiert hatte. Die im Laderaum eingebauten Sitzbänke kamen ihm wie gelegen, um die Zeit, bis er seine neuen Papiere bei einem Fälscher abholen durfte, zu überbrücken. Proviant für mehrere Tage fand er in den eingebauten Schränken. Schlafen und essen war für die kommenden Tage garantiert.

Vier Mal wurde er befragt und weiterverbunden, bevor er endlich einen Ansprechpartner für sein Anliegen fand. Schon einige Leute vor ihm hatten versucht, das Lösegeld für seine Ergreifung zu erhalten. Doch niemand wusste so gut Bescheid über den Aufenthaltsort des Serienkillers wie er selbst. Ein bösartiges Grinsen zeigte sich auf seinem Gesicht, als er an die vielen Fragen dachte, die er beantworten musste, bevor er endlich mit einem kompetenten Mann sprechen durfte. Dobrica, wie er sich nannte, wollte seinen Nachnamen nicht preisgeben. Er war nur erpicht darauf, den Hinweis zu überprüfen, der ihn zu dem Gesuchten führte. Nur noch wenige Minuten bis zum Treffen. Pehling beobachtete die Umgebung durch den Feldstecher.

Die Scheinwerfer mehrerer Fahrzeuge näherten sich über die Münsterstraße aus Richtung Gelsenkirchen-Resse. Hinter einem Speditionsfahrzeug scherten zwei dunkle Mercedes aus und hielten in einem Abstand von fast zwanzig Metern an. Das Licht der Scheinwerfer, das zuvor die Straße ausleuchtete, erstarb. Nichts geschah. Pehling wartete geduldig ab. Nach mehreren Minuten des Wartens öffneten sich endlich die Türen und zwei Männer stiegen aus, kamen langsam, sich ständig umblickend, auf den Bus zu. Pehling sah die beiden vernarbten Gesichter an der Seitenscheibe auftauchen. Das Zeichen für ihn, die Tür aufzuschieben.

Da er nichts anderes erwartet hatte, sah er ohne jede Regung in die Läufe der Waffen, die auf ihn gerichtet waren. Auffordernd wies er mit der offenen Hand auf die gegenüberliegende Sitzbank, streckte dann aber die Hände über den Kopf. Gekonnt fuhren die großen Hände der Gangster über seine Kleidung. Erst als sie sich sicher waren, dass er keine versteckte Waffen bei sich trug, stiegen sie ein und schoben die Tür zu.

»Tut mir leid, Kumpel, aber das musste sein. So, da sind wir nun. Jetzt erzähle uns mal, was du über diese Drecksau weißt.«

»Langsam Männer, vorher will ich sicher gehen, dass ich auch die versprochene Belohnung kriege. Wer von euch ist denn dieser Dobrica, mit dem ich am Telefon sprach? Hast du die Hälfte der verabredeten Kohle dabei? Den Rest hole ich mir, wenn ihr den Penner habt. Also?«

»Hier sind die Mäuse. Fünfunddreißigtausend, wie abgesprochen. Aber wehe dir, mein Freund, wenn du uns jetzt ein Märchen servierst. Dann wirst du schneller bei den

Würmern sein, als dir lieb ist. Du solltest ab jetzt ganz vorsichtig sein, denn ich bin sehr nachtragend. Stimmt alles, bist du saniert. Lügst du, bist du mausetot. Stellt sich raus, dass du ein Bulle bist, kannst du dich ebenfalls von dieser schönen Welt verabschieden. Ich höre.«

Elmar Pehling war sich darüber völlig im Klaren, dass er ab sofort auch nicht den kleinsten Fehler machen durfte. Er streckte die Hand aus, um die Geldtüte entgegenzunehmen. Dobrica zog sie zurück.

»Erst ein Schwätzchen, dann die Kohle.«

»Wartet dein Chef schon im zweiten Wagen, um den Kerl fertig zu machen? Habt ihr es so eilig?«

»Wie kommst du darauf, dass der Chef mitgekommen ist? Der hat Besseres zu tun, als sich mit dir die Zeit zu vertreiben. Jetzt mach mal hin, ich hab nicht die ganze Nacht Zeit!«

Pehling umfasste den Griff der Machete, die er unter die Tischplatte geklebt hatte, fester. Er brachte Atmung und Puls auf Normalpegel und riss stumm die Waffe heraus. Die Hand des Mannes, der neben Dobrica saß, fuhr zur Manteltasche. Zu spät. Die Spitze der scharfen Klinge hatte längst seinen Kehlkopf durchtrennt. Nur ein Gurgeln verließ noch seinen Mund, dann kippte er rückwärts gegen den Sitz. Kurz vor Dobricas Hals stoppte Pehling die Machete und sah in zwei Augen, die ungläubig auf die Hand starrten, in denen der Griff dieser mörderischen Waffe ruhte. Mit dieser Attacke hatte er nicht gerechnet. Im Grunde hatte er überhaupt nicht damit gerechnet, in eine Falle zu laufen. Die einzige Gefahr hatte er darin gesehen, von Polizisten überrascht zu werden. Die pure Angst machte sich in ihm breit. Wer anders konnte

Interesse daran haben, den Verrat zu vereiteln, als der Gesuchte selbst. Wenn dies derjenige war, gab er keinen Pfifferling für sein Leben. Aus den Augenwinkeln betrachtete er, wie ein Blutschwall langsam, aber stetig aus der breiten Wunde des Kumpanen gepumpt wurde. Der Körper des Verwundeten zuckte nur noch selten. Das anschwellende Zittern in seinem Körper konnte Dobrica nicht verhindern. Der Hals war wie zugeschnürt.

»Angst?«

Die Frage holte ihn zurück in die Realität. Er wagte nicht einmal, zu nicken, da es die Nähe der Klinge nicht zuließ. Pehling nahm die Waffe etwas zurück.

»Ich habe mich schon seit Tagen gefragt, warum man so viel Geld auf den Kopf eines einzelnen Mannes aussetzt. Nun gut, dieser Milan war sein Bruder. Das kann ich ja noch halbwegs verstehen. Doch dein Boss ist doch bestimmt ein ähnliches Schwein wie sein verkackter Bruder. Der bringt laufend Menschen um. Doch trifft es einen aus ihrer Sippe, drehen die sofort durch und schreien nach Rache und Gerechtigkeit. Ich garantiere dir, du Laus, die wird er auch bekommen – Stück für Stück. Und mit euch fange ich an.«

Die letzte Silbe war gerade verklungen, da sah Dobrica die Klinge dieser furchterregenden Waffe auf sich zurasen. Es war nur eine kurze Bewegung mit der Machete, die den Kopf vom Hals trennte. Noch Sekunden später öffneten und schlossen sich die Hände des Gangsters, als würde er noch leben, nach etwas greifen wollen. Der Kopf war längst unter den Tisch gerollt, während der Rumpf über die Tischplatte kippte. Längst war Pehling zur Seite gerutscht, hatte nach einem kleinen Beutel gegriffen, der auf einer Ablage wartete. Dobricas ausströmendes Blut pulsierte genau dorthin, wo Pehling zuvor gesessen hatte. Er warf noch einen letzten Blick auf den Inhalt des Beutels, bevor er die Seitentür aufschob und den Wagen verließ.

Die Scheinwerfer eines herannahenden Fahrzeugs verrieten, dass die entstehenden Schatten von zwei vorne sitzenden Männern stammten. Pehling glitt an den erstaunt dreinblickenden Gangstern vorbei und setzte sich auf den Hintersitz.

»Dobrica meint, ich soll mit zur Zentrale kommen. Der sucht immer noch nach einem Mikrofon im Auto. Hat einer von euch Feuer?«

Noch völlig von der neuen Situation überrascht, griff der Fahrer in die Ablage und reichte Pehling sein Feuerzeug. Mit einem kurzen *Danke* nahm er es an und öffnete seinen Beutel. Er drehte den Verschluss eines Glases ab und kontrollierte noch ein letztes Mal den Inhalt. Kaum hatte die offene Flamme des Feuerzeugs die Flüssigkeit entzündet, warf er den Beutel gegen die Armatur des Mercedes. Das brennende Gemisch verteilte sich auch über die Anzüge der Gangster. Während Pehling in aller Ruhe den Wagen verließ, schlugen die beiden Männer verzweifelt nach den hochlodernden Flammen. Die irren Schreie verhallten in der Einsamkeit der dunklen Straße. Rasend schnell breitete sich der Brand über das gesamte Fahrzeug aus und erhellte die Umgebung.

Niemand konnte später Auskünfte über den VW-Bus machen. Der nahegelegene Ewaldsee würde die Männer, die in schweren Leinensäcken verpackt, darin ein nasses Grab fanden, erst viele Jahre später wieder preisgeben.

- Kapitel 10 -

»Chef, das wird Sie vielleicht interessieren. Sehen Sie mal in die Zeitung, die ich Ihnen auf den Tisch gelegt habe. Das ist die Ausgabe Gelsenkirchen, die mir mein Mann mitgebracht hat. Die berichten da von einem Massaker an mehreren Männern, die dem Kladicz-Clan zugeordnet werden.«

Sven hatte kaum das Büro betreten, als ihn Krassnitz mit der Neuigkeit und einem Kaffee empfing. Auf der ersten Lokalseite, die ihm Krassnitz schon aufgeschlagen hatte, prangte ein ausgebrannter Wagen, den man unschwer als Mercedes erkennen konnte. Davor ein unbeschädigter Wagen gleichen Fabrikats.

Berichtet wurde über die scheinbare Hinrichtung zweier Männer, die im Fahrzeug verbrannt waren. Dass es sich dabei um Brandstiftung handelte, bewiesen Spuren von Brandbeschleuniger im Innenraum. Das andere Fahrzeug war leer, von den Insassen fehlte jede Spur. Die Ermittlungen ergaben, dass die Fahrzeuge auf einen Essener Fleischzerlegungsbetrieb zugelassen waren, dessen Besitzverhältnisse noch nicht zweifelsfrei geklärt werden konnten. Vermutet wurde dahinter ein Konsortium verschiedener

Firmen, mit Sitz im europäischen Ausland. Dazu gehörte ein Familienverbund Kladicz aus Serbien. Einer der Inhaber, ein Milan Kladicz, fand vor wenigen Wochen einen gewaltsamen Tod. Ein Bruder des Getöteten, der sich zur Zeit in Essen aufhält, hat bekanntermaßen eine hohe Belohnung auf Hinweise ausgelobt, die zur Ergreifung des oder der Täter führen könnten. Die Zeitung stellte am Ende des Artikels die Fragen in den Raum, ob der Gesuchte bereits selbst zurückgeschlagen hat und was aus den Insassen des zweiten Fahrzeuges wurde.

»Scheiße. Hört dieser Mist denn nie auf? Jeden Tag ein neues Gemetzel. Ich glaube, Haller hatte recht.«

»Was sagt Haller denn?«

Sven Spelzer hatte völlig vergessen, dass Krassnitz immer noch neben ihm stand. Er überging die Frage und nahm einen kräftigen Schluck Kaffee, den er sofort wieder in den Becher spie.

»Vorsicht, Chef, der ist heiß!«

»Das hätten Sie mir auch früher sagen können. Haben wir schon die Vermisstenliste mit den Frauen erarbeitet? Warum dauert das so lange?«

»Weil ich noch keine Daten habe. Frau Hollmann hat zugesichert, dass ich die heute Vormittag bekomme. Und wenn sie das sagt, hält sie das auch. Und wenn Sie schlechte Laune haben, lassen Sie die gefälligst nicht an mir aus. Ich kann schließlich weder zaubern, noch hellsehen.«

Sven konnte nur noch verwundert auf den Rücken von Frau Krassnitz schauen, die kerzengerade in ihrem Büro verschwand. Als die Tür zuschlug, zuckte er zusammen. Hörster erschien dafür in der Eingangstür.

»Haben Sie schon ...?«

»Habe ich. Und machen Sie bitte die Tür leise zu. Hier herrscht ja mittlerweile pure Anarchie.«

»Was ist Ihnen denn über die Leber gelaufen? Ist das alles wegen Pehling?«

»Wieso Pehling? Krassnitz hat ...«

»Sie fragen noch, wer dieses Massaker angerichtet hat? Das stinkt doch förmlich nach diesem Killer. Der ist einfach zum Gegenangriff übergegangen und dezimiert sukzessive seine Gegner. Zumindest besitzt er Taktgefühl und hält uns da raus, indem er die hinter unserer Stadtgrenze killt. Ich mag den Kerl so langsam.«

»Sind Sie jetzt völlig durchgeknallt? Sie mögen diesen Wahnsinnigen?«

»Das war doch nur ein Scherz, Chef. Heute hat es Sie aber besonders hart erwischt. Waren Sie gestern noch zum Absacker im Marktbrunnen?«

»Jetzt hören Sie mal zu, Hörster. Ich war gestern ...«

Sven unterbrach seinen verbalen Angriff auf Hörster, als er die imposante Gestalt von Kriminalrat Fugger in der Türfüllung erkannte. Er hatte den Beiden wohl schon eine Weile zugehört.

»Sie scheinen ja sehr intensiv an einem Fall zu arbeiten. Trotzdem muss ich Sie einen Augenblick unterbrechen. Die Kollegen aus Gelsenkirchen haben um Amtshilfe bei mir ersucht, die ich Ihnen auch versprochen habe. Ich habe zugesagt, dass ich zwei meiner besten Männer für weitere Ermittlungen zum Kladicz-Fall abstellen werde. Und das sofort. Also meine Herren. Bevor Sie sich weiterhin mit Ihrem aktuellen Fall beschäftigen, rutschen Sie mal eben rüber nach Gelsenkirchen und sehen sich den Tatort an. Könnte ja sein, dass es irgendwann wieder unser Fall wird.«

»Und was passiert solange mit den Frauen vom Baldeneysee? Da muss doch auch was unternommen werden?«

»Das erledigt doch Krassnitz, wie ich gehört habe. Frau Hollmann sagte vorhin am Telefon, dass sie schon mit den Knochenresten der ältesten Leiche beschäftigt ist. Also, auf auf meine Herren!«

Fugger ließ, als er den Raum verließ, zwei wütende Ermittler zurück, die nach ihren Jacken griffen und die Tür hinter sich ins Schloss warfen. Krassnitz steckte erstaunt den Kopf rein und wunderte sich über die gähnende Leere.

»Jetzt kann ich wieder den ganzen Laden alleine schmeißen. Lieben Dank, meine Herren.«

Der ausgebrannte Wagen befand sich noch auf der Ladefläche des Abschleppfahrzeuges. Dahinter der zweite Mercedes. Sven und Hörster wechselten einen Blick und sprachen den Techniker an, der sich mit einem weißen Kleinbus beschäftigte.

»Mein Name ist Sven Spelzer, das ist mein Kollege Hörster, Morddezernat Essen. Wo finden wir jemanden, der uns was zu den beiden Fahrzeugen sagen kann, die da auf dem Schlepper stehen? Wir sollen Amtshilfe leisten.«

»Gut, dass ihr endlich kommt. Ich brauche Platz hier im Bereich. Ihr könnt dem Fahrer gleich sagen, wenn der aus der Kantine zurück ist, wohin er die Schrottkarren bringen soll. Mehr weiß ich nicht.«

»Habt ihr an den Karren noch keine Spurensicherung vorgenommen?«

»Was an der Fundstelle passiert ist, kann ich nicht sagen. Aber hier habe ich noch keinen daran arbeiten sehen. Die stehen da noch genauso, wie sie gebracht wurden. Fragt besser oben in der KK 11 nach. Die bearbeiten den Fall.« Sven hatte Mühe, seinen Zorn zu unterdrücken. Er zog Hörster am Ärmel hinter sich her und suchte den Wachhabenden, der sie ins Gebäude lassen sollte.

»Das glaube ich einfach nicht. Ihr lasst uns hierherkommen, nur um uns mitzuteilen, dass wir den Fall in Essen weiterbearbeiten sollen? Da hätte ein Telefonat gereicht. Amtshilfe habe ich mir irgendwie anders vorgestellt. Übrigens wird die Pehling-Sache vom LKA bearbeitet. Dann hättet ihr euch an die wenden sollen.«

»Lieber Kollege, ich kann deine Aufregung ja gut verstehen, aber das ist die Entscheidung von ganz oben. Ich wollte die Spusi darauf ansetzen, da kam die Order, dass Essen übernimmt. Da war wohl jemand der Meinung, dass du da besser im Thema bist als wir. Erzähl mal, wie war das damals, als dich der Pehling im Keller in der Mangel hatte. Da ging dir bestimmt ganz schön der Arsch auf Grundeis, oder?«

Jetzt war es Hörster, der Sven am Ärmel zurückhielt, sonst wäre er dem langen Schlacks an den Hals gesprungen. Der Gelsenkirchener Kommissar war einen Schritt zurückgewichen, seine Gesichtsblässe verschwand jedoch sofort wieder.

»Holla, habe ich da einen wunden Punkt getroffen, Herr Kollege? Der Pehling scheint sich wohl in deinen Körper verguckt zu haben, sonst würde er dir ja nicht laufend die

Täter aus dem Weg räumen. Das war wohl Liebe auf den ersten Blick.«

Hörster hatte Mühe, seinen Chef durch die Tür zu drücken, da der sich bereits mit geschlossenen Fäusten auf das Lästermaul stürzen wollte.

»Diese kleine, miese Ratte. Den sollte man in der Emscher ersäufen. Wie kann man einen solchen Sauhund zur Polizei holen? Den möchte keiner in der Mannschaft haben. Dann musst du ja noch auf deinen Rücken achten, wenn du mit dem im Einsatz bist. Lassen Sie uns den Fahrer suchen. Ruhnert wird sich über ein wenig Mehrarbeit bestimmt riesig freuen.«

- Kapitel 11 -

Einen Augenblick zögerte Sven, bevor er die Tür zu Karins Wohnung öffnete. Das Regenwasser tropfte aus den Haaren hinter den Mantelkragen. Wie konnten sich Menschen bei diesem Sauwetter pudelwohl fühlen und mit ihren Vierbeinern über die Wiesen stürmen? Er war definitiv ein Sonnentyp, brauchte die Helligkeit und Wärme des Sommers. Karin klapperte mit dem Geschirr in der Küche, summte eine eigene Kreation eines bekannten Schlagers vor sich hin.

»Noch zehn Minuten, dann gibt´s Essen. Habe dir den Bericht auf den Wohnzimmertisch gelegt.«

Sven trocknete sich das Haar notdürftig mit dem Handtuch und steckte die Nase in die Küche.

»Was machst du Leckeres? Innereien? Für mich bitte etwas mehr Chili dran.«

»Du hast schon bessere Witze gerissen, mein Hilfspolizist. Keiner zwingt dich, zu essen, was ich koche. Es steht dir frei, ins Restaurant ...«

Sven legte beide Arme um Karin und suchte mit den Lippen die Stelle hinter dem Ohr, an der sie besonders kitzelig war. Sie versuchte, sich kichernd aus der Umklammerung zu befreien, während sie weiter das Essen umrührte. Sven gab sie schließlich wieder frei.

»Jetzt sei mal nicht so empfindlich. Du kochst hervorragend und ich habe einen Mordshunger. Das sieht stark nach Schweizer Geschnetzeltem aus, lecker. Du sprachst von einem Bericht. Wie viele hast du schon seziert?«

»Hören Sie mir mal zu, Herr Oberkommissar. Wenn man seine Arbeit vernünftig machen möchte, darf man sich nicht unter Termindruck setzen lassen. Ich bin gerade einmal mit der ersten Leiche durch. Sie scheinen nicht zu wissen, wie viel Arbeit darin steckt, aus einer mindestens zwei Jahre alten Wasserleiche Informationen herauszuholen. Das wird besonders schwierig, wenn ihr einige schwimmenden Vierbeiner zuvor das Fleisch von den Kochen genagt haben. Diverse Fische werden noch geholfen haben.«

»Zwei Jahre, sagst du? Dann arbeitet dieser Wahnsinnige schon so lange, ohne dass wir es bemerkt haben? Ich darf mir das gar nicht vor Augen führen, wenn der mehrere Depots aufgebaut hat. Ich schau mir den Bericht mal an. Du rufst, wenn du fertig bist.«

»Dann brauchst du gar nicht erst abhauen. Der Basmati-Reis ist auch schon fertig. Setz dich hin und schalte mal einen Augenblick in den Leerlauf.«

Sven brachte es wirklich fertig, fast fünf Minuten an einem Stück nur schweigend zu essen. Dann brach es doch aus ihm heraus.

»Ich war heute bei Doktor Haller.«

»Schön für dich. Gibt es was Neues?«

»Kann man so nicht sagen. Wir haben uns über Gott und die Welt unterhalten.«

»Und wie ist Gott dabei weggekommen? Habt ihr ein gutes Haar an ihm gelassen?«

»Eigentlich war mehr der Teufel ein Thema. Wir sprachen über Pehling.«

Die Gabel stoppte kurz vor dem geöffneten Mund. Karins Blick richtete sich auf das Wasserglas, das immer wieder kleine Kohlensäureperlen zur Oberfläche schickte. Eine unübersehbare Starre hatte ihren Körper erfasst.

»Habe ich was Falsches gesagt? Was ist mit dir? Du wirkst plötzlich so ... so anders.«

»Was soll mit mir sein? Wieso kamt ihr gerade auf Pehling?«

Sie hatte sich wieder gefasst und stellte Sven die Frage, ohne ihn dabei anzusehen.

»Im Grunde war es Haller, der das Thema darauf brachte, da er meinte, dass ich mich seltsam benehmen würde. Ich musste eingestehen, dass er recht damit hatte. Ich war in der letzten Zeit wirklich anders. So würde ich es formulieren. Ich wollte mit dir darüber reden, weil ich es endlich loswerden möchte.«

»Jetzt machst du mich aber neugierig. Dann leg mal los.«

Der Teller stieß gegen die Wasserflasche, als Sven ihn langsam wegschob und seine Hand auf Karins legte. Er spürte deutlich, dass sie sich für einen kurzen Augenblick versteifte.

»Du hast mir davon erzählt, dass dieser Mensch dich in der Zeit vor dem Urlaub besuchte. Ich denke, dass du verstehen wirst, dass mich das beunruhigt hat. Ich habe auch heute noch nicht vollends verarbeitet, dass er unter deinen Augen über den See verduften konnte. Allerdings ist mir klar, dass du ja auch nichts hättest tun können, ohne dein eigenes Leben zu gefährden. Trotzdem habe ich mich in der letzten Zeit oft gefragt, warum geschieht das alles? Verdammt, wie soll ich das sagen? Das ist in meinen Augen alles nicht normal. Verstehe das bitte richtig, Liebes. Da zieht ein gefährlicher Massenmörder durch die Lande, meuchelt auf grausame Art und Weise seine vielen Opfer, und ...«

»... und dann macht ausgerechnet der deine Freundin an. Ist es das, was du damit ausdrücken möchtest?«

Die eintretende Stille ließ das Ticken der Küchenuhr durch den Raum dröhnen. Nur sehr selten befand sich dieser gewiefte Verhörspezialist in einer Situation, in der ihm die passenden Worte fehlten. Entsetzt blickte er in Augen, die ihm in diesem Augenblick fremd, so provokant entgegensahen. Er bekam Angst, dass er eventuell mit den nächsten Worten alles zerstören konnte, was ihm so viel bedeutete.

»Kannst du das denn nicht verstehen? Ich kann das zwischen euch nicht richtig zuordnen. Das ist einfach irreal.«

Karins Augen hielten seine fest, ließen sie nicht mehr los. Die nächsten Worte überraschten ihn.

»Ich werde auch zukünftig mit ihm sprechen, wenn er Hilfe sucht. Was ist schlimm daran?«

»Warum tust du das? Du bringst dich in Gefahr.«

»Warum tue ich was, Sven? Ich höre ihm doch lediglich zu. Dieser Mann sucht mich, nicht ich ihn. Er braucht einen Menschen, der ihm zuhört. Und der bin nun einmal ich. Sven, ich habe es nicht gewollt. Und es ändert auch nichts an dem, was ich für dich empfinde. Wenn du es hören willst, dann sage ich es dir hier und jetzt. Ich liebe dich. Und das soll auch so bleiben. Bitte interpretiere nicht Dinge in diese zugegebenermaßen seltsamen Treffen, die nicht existieren. Doch musst du endlich begreifen, dass ich mich nicht in Gefahr befinde. Ich glaube sogar, dass genau das Gegenteil der Fall ist. Pehling spielt meinen Schutzengel. Aus welchem Grund auch immer, versucht er, mich zu beschützen.«

Ihre Hand presste nun Svens bis zur Schmerzgrenze. Noch immer arbeitete es in ihm. Herz und Verstand führten einen Kampf, der noch andauerte. Etwas Unerklärliches hielt ihn davon ab, dieses Gesicht in beide Hände zu nehmen und den Mund zu küssen, der diese Erklärung formuliert hatte. Er bemerkte die Tränen in Karins Augen, die ihn genau dazu aufforderten. Die Türklingel riss beide aus dieser Situation, ließ sie zusammenfahren.

»Hallo Katja, hatte ich eine Verabredung vergessen? Was führt dich hierher? Komm doch rein.«

»Nein, nein, Karin. Du hast nichts vergessen, aber ich wollte dir etwas persönlich überbringen, was man schlecht mit der Post schicken kann. Sven ist auch da? Das ist gut.«

Vorsichtig, wie eine Granate, aus der man bereits den Sicherungsstift herausgerissen hatte, legte Katja einen Zettel auf den Tisch. Alle drei starrten wortlos auf die Worte, die mit krakeligen Buchstaben geschrieben wurden.

Wie ihr seht, wir kennen jeden von euch. Sage deiner Freundin, dieser Mörder-Geliebten, dass wir sie beobachten. Wir wollen nur Pehling. Sie soll ihn uns nur ausliefern, dann passiert ihr nichts.

– Kapitel 12 –

Nelly hätte ihn in diesem Augenblick töten können. Alles hatte sie von Bernd erwartet, nur nicht das. Seit Monaten trafen sie sich schon, anfangs heimlich, später sogar mit Wissen seiner Eltern. Sogar von Verlobung war die Rede – und jetzt das. Bevor sie ausstieg und die Wagentür ins Schloss knallte, schrie sie ihre ganze Wut heraus.

»Du hast sie nicht mehr alle. Niemals werde ich das Kind abtreiben – niemals. Es ist unser Kind. Es hat ein Recht darauf, zu leben. Deine beschissene Karriere ist mir völlig egal. Wir würden es auch mit Kind schaffen. Verdammt nochmal, das kann doch nicht dein Ernst sein, ein Leben auszulöschen, nur weil es deinem beruflichen Erfolg im Wege stehen könnte.«

»So war es doch gar nicht gemeint, Nelly. Versteh mich doch bitte auch. Wir sind noch so jung und haben das ganze Leben vor uns. Wie soll ich denn mein Medizinstudium ...?«

»Schieb dir dein verfluchtes Studium irgendwo hin. Du hast doch die Arztkarriere gewählt, um Leben zu retten. Du faselst sogar davon, für einige Jahre nach Afrika zu gehen, um dort für die Armen zu arbeiten. Und dann willst du dein ungeborenes Kind töten? Du bist wahnsinnig. Deine Eltern würden sich für dich schämen. Nein, das kannst du mit mir nicht machen. Wenn du nicht zu deinem Kind stehst, ist das deine verfluchte Entscheidung. Ich werde es auch alleine großziehen. Mach dir keine Sorgen, wir werden deiner Karriere nicht im Wege stehen. Ich kann unser Kind auch ohne dich durchbringen.«

»Nelly, ich werde dich nicht ...«

»Geh zum Teufel mit deiner widerlichen Selbstsucht. Ich will nicht, dass dieses Kind von jemandem großgezogen wird, der auch nur die Absicht angedeutet hat, es umzubringen. Fahr zurück zu deinen versnobten Freunden und kiff dich mit denen zu. Du bist ein verantwortungsloses Arschloch. Wie konnte ich bloß jemals daran glauben, dass du zu mir stehen würdest. Verpiss dich einfach!«

Nelly sah sich um. Sie konnte durch den Tränenfilm kaum die Straße erkennen. Sie stürmte los, einfach geradeaus, nur weg von diesem Scheißkerl. Das Geräusch des laufenden Motors blieb hinter ihr zurück, verlor sich allmählich. Sie zog fröstelnd den Kragen ihrer Steppjacke am Hals zusammen und folgte weinend dem Pfad, der sie tiefer in den Park hineinführte. Sie hatte keine Ahnung, wo sie sich befand. Erschöpft ließ sie sich auf eine Bank fallen, auf die noch wenige Strahlen der untergehenden Sonne fielen. Die beschissene Verzweiflung hatte sie völlig in den Würgegriff genommen.

Noch gestern hatten sie Pläne gemacht, was sie alles anstellen wollten, wenn sie mit Bernds Eltern diese Reise nach Florida antreten würden. Die Beiden hatten sich diese Einladung für das Abendessen aufgespart und Bernd die

Tickets zum einundzwanzigsten Geburtstag als Dessert kredenzt. Es sollte der erste gemeinsame Urlaub für alle werden, wobei sie daran gedacht hatten, für die Kinder ein eigenes Haus neben ihrem anzumieten. Cape Coral bot ihnen alle Möglichkeiten, auch den Golf von Mexiko mit dem Boot zu erkunden. Selbst das war für sie angemietet. Stundenlang arbeiteten sie mit den Eltern Routen aus, die sie nicht nur auf See, sondern auch in die Everglades, nach Key West und Tampa geführt hätten. Miami und Daytona Beach waren genauso angewählt, wie auch der Besuch eines Disney-Parks in Orlando. Nun war dieser Traum geplatzt. Nelly würde auf keinen Fall ihr Kind dafür opfern, um diese Welt des Luxus für sich zu sichern.

Jetzt war plötzlich alles anders gekommen. Bernd war schockiert über die Nachricht, dass sie schwanger war. Voller Freude hatte sie es ihm ins Ohr geflüstert und mit einem freudigen Aufschrei gerechnet. Doch das jetzt ... ihre Welt war zerstört, innerhalb einer Minute. Nelly rieb völlig unbewusst über die Stelle, an der sie das ungeborene Leben wusste. Immer wieder drückten sich neue Tränen aus den bereits geröteten Augen.

»Oh Gott, Sie Ärmste, kann ich Ihnen helfen? Was ist geschehen? Sind Sie verletzt?«

Erst als eine Hand ihren Arm berührte, schrak Nelly hoch und sah in das besorgte Gesicht einer älteren Dame. Die hatte längst neben ihr Platz genommen und begann, Nellys Hand zu streicheln. Mit der freien Hand wischte sich Nelly über die verweinten Augen und sah die Frau dankbar an. Sie schüttelte den Kopf und suchte in der Hosentasche nach einem Taschentuch. Schließlich griff sie nach dem Papiertaschentuch, das ihr die Dame anreichte. Wortlos verfolgte die Frau, wie sich Nelly bemühte, sich wieder halbwegs herzurichten. Mit einem Lächeln schob sie ihr eine Haarsträhne aus dem Gesicht.

»Schon viel besser, mein Kind. So gefällst du mir. Ich mag es nicht, wenn junge Menschen weinen müssen. Ihr solltet euch daran erfreuen, jung zu sein. Ihr habt noch alle Freuden der Welt vor euch. Da sollte Leid keinen Platz haben. Möchtest du mir davon erzählen, was dich zum Weinen brachte? Ich bin eine gute Zuhörerin, weißt du. Und ich habe viel Zeit. Auf mich wartet niemand mehr, höchstens noch Gevatter Tod.«

An dieser Stelle kicherte sie verschmitzt und versteckte ihre lückenhaften Zähne hinter der vorgehaltenen Hand. Nelly konnte nicht anders, als das Lächeln zu erwidern. Diesen Zuspruch brauchte sie in dem Augenblick mehr, als alles Andere.

»Es ist eigentlich etwas sehr Persönliches. Ich bin mir nicht sicher, ob ich es Ihnen erzählen sollte. Es geht um meinen Freund, wissen Sie.«

»Aber natürlich, mein Kind. Wie kann ich aber auch nur so neugierig sein? Das gehört sich einfach nicht und es geht mich auch nichts an. Entschuldigung.«

»Sie müssen sich doch nicht dafür entschuldigen. Sie haben mir schon jetzt sehr geholfen. Ich weiß auch nicht, wem ich es sonst erzählen sollte. Ich habe ja niemanden ... außer meiner Mutter. Aber Mama würde das nicht verstehen. Für sie gibt es nur eine dunkle Seite, und die besteht ausschließlich aus Männern. Wenn es nach ihr ginge, wäre ich mit Dreißig noch Jungfrau.«

Wieder kicherte die Dame vor sich hin und wartete darauf, dass Nelly fortfuhr. Die hatte mittlerweile ihre Bedenken aufgegeben, ihr Leid dieser lieben Frau preiszugeben. Sie wollte alles loswerden, sich mitteilen.

»Mein Freund hat mir gerade deutlich gemacht, dass er keine Verantwortung für unser ungeborenes Kind übernehmen will. Er will, dass ich es ...«

Nelly schossen wieder die Tränen in die Augen, blickte hilfesuchend in den sich verdunkelnden Himmel, der jetzt auch noch seine Schleusen öffnete. Aus der schwarzen Handtasche zauberte die ältere Dame einen Regenschirm und spannte ihn über beide Frauen, die jetzt eng zusammenrückten. Nelly strich der Frau einige Regentropfen von der Wange und kuschelte sich noch enger an sie heran. Die Sorge um ihre Beziehung rückte für einen Augenblick in den Hintergrund. Verschwörerisch zeigte die Dame in Richtung einer Häuserzeile.

»Da drüben wohne ich. Komm, mein Kind, ich mache uns eine warme Tasse Tee. Oder trinkst du lieber Kakao? Auch kein Problem.«

Nelly hakte sich bei ihr unter und das ungleiche Pärchen verschwand in Richtung des Hauseingangs.

»Leg die Jacke da über den Stuhl. Da kann sie trocknen. Oh, mein Gott, du bist ja völlig durchnässt, mein Kind. Warte mal, ich habe da etwas, was du überziehen kannst, während die Sachen trocknen. Ich müsste da noch was von meiner Tochter ... bin gleich wieder da, nur einen Moment. Zieh die feuchten Klamotten aus, du holst dir noch den Tod. Nur einen Moment noch.«

Nelly blickte sich in der Küche um, in der die Zeit irgendwann in den Fünfzigern stehengeblieben sein musste. Die Möbel und Dekorationen erinnerten sie an Fotos, die sie von Oma Herta kannte. Selbst der Geruch war ihr völlig fremd, aber dennoch nicht unangenehm. Die drei Glühbirnen, die sich oberhalb des gelblichschimmernden Lampenschirms befanden, erhellten den Raum nur notdürftig, verbreiteten dennoch ein warmes und angenehmes Licht. Der Duft des Kakaos, der sich bereits in dem Emailletopf auf dem Herd erwärmte, verteilte sich und überdeckte den dezenten Muffgeruch.

»Ich habe dir eine Wanne mit heißem Wasser vorbereitet. Du zitterst ja vor Kälte. Du gehst jetzt ins Bad, legst dich in das warme Wasser. Ich bringe dir den Kakao rein und dann erzählst du mir genau, was dich so bedrückt. Alles, was du mir erzählst, bleibt hier bei uns. Niemand wird davon erfahren. Versprochen, beim Leben meiner Kinder.«

Nelly überraschte mittlerweile nichts mehr an der neuen Freundin, die so besorgt um ihr persönliches Wohlsein bemüht war. Das Wasser tat ihr gut, beruhigte ungemein. Der angenehme Duft hatte sich im Bad ausgebreitet. Absolut entspannt schloss sie die Augen und genoss die Ruhe des Augenblicks. Aus der Küche vernahm sie das Klappern von Porzellan. Ihr Kakao würde bald folgen.

Die Hand, die sich auf ihren Kopf legte, spürte sie erst, als es bereits zu spät war. Ihr Gesicht befand sich schon unter Wasser, als Nelly versuchte, erneut die Lungen mit Luft zu füllen. Stattdessen saugte sie lauwarmes Wasser an, das ihr das Atmen unmöglich machte. Die Todesangst ließ sie wild um sich schlagen. Sie spürte, dass sie jemanden mit ihren

Händen traf, was jedoch ohne jede Wirkung blieb. Die faltigen Hände pressten sie mit unvermuteten Kräften weiter unter Wasser, gaben ihr keine Möglichkeit, aufzutauchen. Das helle Licht, das sich zu Beginn gezeigt hatte, änderte sich in Sekundenschnelle in ein angsteinflößendes Schwarz. Sie tauchte ab in eine Welt, in der ihr plötzlich alles egal war. Sie empfand sogar so etwas wie Glück, kurz bevor sich ihre Sinne und die Motorik völlig von ihr verabschiedeten. Die Füße, die noch vor Sekunden das Wasser hochpeitschten, sanken zuckend auf den Wannenboden. Diese todbringenden Hände lösten sich von ihrem Haar und streichelten über Nellys Gesicht. Deren Blick war verträumt in die Ferne gerichtet.

»Sie ist ein lieber Mensch, Sandra. Sie wird dir als Spielgefährtin gefallen. Ich habe es dir doch versprochen – deine Oma hält ihr Wort, Kleines. Jetzt werde ich ihr noch das gelbe Kleid anziehen. Du weißt doch, das, was dir Mama zum Geburtstag geschenkt hat. Es wird ihr bestimmt gefallen. Onkel Frank wird sie dir bringen. Sie heißt übrigens Nelly. Ein schöner Name, oder?«

- Kapitel 13 -

Krassnitz sortierte absolut konzentriert Tabellen, entfernte Inhalte, erstellte sie neu, als sie endlich die Anwesenheit ihres Chefs spürte. Schon eine Weile beobachtete er ihr Tun über ihre Schulter hinweg.

»Das sind ja doch einige Mädchen, die mal eben so von der Bildfläche verschwanden. Hätte ich nicht gedacht.«

»Das sind nur die, die aus Essen stammen. Ich muss die alle noch mit denen abgleichen, die in der letzten Zeit wieder aufgetaucht sind oder sich zumindest bei den Eltern gemeldet haben. Aber Sie haben recht, da bleibt immer noch eine Menge übrig. Zu viele, wenn Sie mich fragen. Die werden auch nicht nur von zuhause weggelaufen sein. Die eine oder andere werden wir sicher irgendwann als Mumie finden, so wie unseren aktuellen Fund. Es macht mir Angst.

Ich werde Ihnen noch die genauen Daten, wie Adressen, Ansprechpartner usw. darstellen. Bin wirklich gespannt darauf, wer davon alles in dem Lager versteckt war.«

»Sehr gut, Krassnitz. Sie sind die Beste. Legen Sie mir die Liste dann auf den Schreibtisch? Ich muss zum Alten wegen der Sache in Gelsenkirchen.«

»Die sind total bescheuert in Düsseldorf, Spelzer – total bescheuert. Die haben derzeit keinen Mann frei, der sich speziell um Pehling kümmern kann. Die bitten darum, dass ich Sie wieder darauf ansetze, da man der Meinung ist, Sie hätten ja sowieso ständig Kontakt mit dem.«

»Hä? Habe ich mich gerade verhört? Von welchem Kontakt sprechen wir da gerade? Ich habe den Kerl schon ewig nicht mehr gesprochen, geschweige denn gesehen.«

»Ich glaube, die meinen da mehr die Kollegin Hollmann. Die haben den Artikel in der Blödzeitung gelesen und danach den Bericht zur Aktion im Pehling-Haus angefordert. Danach bekamen die Wind davon, dass Pehling einen Kontakt zu Doktor Hollmann pflegt.«

»Das glaube ich einfach nicht. Das wusste nicht einmal ich. Woher wollen die das wissen?«

»Spelzer, muss ausgerechnet ich Ihnen das erklären? Ich meine, Sie sind doch selbst Polizist und wissen, wie man an Informationen kommt. Denken Sie mal an die Frotzeleien aus der Gelsenkirchener Abteilung.«

»Davon wissen Sie auch schon? Wo bin ich hier? Hat die Stasi wieder Einzug gehalten? Dann muss ich ja aus meiner Unterwäsche mit Teddymuster keinen Hehl mehr machen. Das weiß dann schon der Wachhabende am Eingang. Finde ich ganz toll.«

Kriminalrat Fugger schwieg zu Svens Ausbruch. Er wusste, wie perfekt die stille Post im Präsidium funktionierte. Bevor ihn damals seine Frau verließ, pfiffen es schon die Spatzen von Dächern, bevor er den Möbelwagen vor der Tür entdeckte. Er konnte den Ärger des Oberkommissars sehr gut verstehen.

»Was bedeutet das jetzt für mich? Habe ich zwei dicke Fälle gleichzeitig am Hals? An Pehling hängt ja zusätzlich noch dieser neue Mord im Fall Kladicz. Das stinkt ja förmlich nach diesem raffinierten Killer.«

»Es tut mir wirklich leid, aber was soll ich machen? Sie und ihr Team sind da im Thema und ich habe derzeit keine Leute frei, die das erledigen könnten. Ich bin auf Ihre Hilfe angewiesen. Ich bitte Sie daher inständig, dass Sie sich um die beiden Fälle kümmern.«

Fugger griff zu einer Pillenschachtel und pulte eine Tablette heraus. Mit schmerzverzerrtem Gesicht spülte er diese mit einem Schluck Wasser herunter.

»Diese verfluchten Nierensteine. Ich würde ein komplettes Monatsgehalt dafür geben, wenn ich mal keine Schmerzen hätte.«

Sven hatte seinen Vorgesetzten aufmerksam beobachtet und gut zugehört.

»Hallo, habe ich da richtig gehört? Ich schätze mal Besoldungsklasse A16, mindestens Stufe sieben. Da bin ich gerne bereit, Ihre Nierensteine für einen Monat zu übernehmen. Von dem Zusatzverdienst kann ich dann endlich meinen Traumurlaub in Alaska finanzieren – für sechs Wochen.«

»Raus jetzt, Spelzer, bevor ich meine gute Kinderstube vergesse. Übrigens bat mich Ruhnert darum, Ihnen auszurichten, dass Sie ihn anrufen sollen. Er hätte interessante Nachrichten.«

Trotz der Zusatzaufgaben verließ Sven das Büro mit einem breiten Grinsen und machte sich auf den Weg zu den Räumen der Spurensicherung. Ruhnert fand er inmitten eines Pulks, der sich um einen Kollegen gebildet hatte.

»Sie kommen gerade richtig, wir diskutieren gerade, warum die toten Mädchen alle diese Sachen anhaben.«

»Und? Zu welchem Ergebnis seid ihr gekommen?«

»Da gibt es verschiedene Thesen. Aber das können Sie ja noch gar nicht wissen. Die Mädchen trugen, bis auf zwei Ausnahmen, alle Klamotten der Firma Polkax. Das ist ja schon sehr auffällig. Aber jetzt kommt der Hammer. Diese Firma meldete vor zwölf Jahren Konkurs an. Von denen kannst du Sachen höchstens auf dem Flohmarkt kaufen. Wieso also tragen die Toten Sachen, die es eigentlich nicht mehr geben dürfte?«

Wenn man Sven überhaupt noch mit einer Nachricht überraschen konnte, Ruhnert hatte es geschafft. Einer mehr in dem Kreis, der nach Antworten suchte.

Das kann doch nur bedeuten, dass noch jemand eine große Sammlung dieser Textilmarke besitzt. Wer kommt dafür infrage? Ein Liebhaber, besser gesagt, eine Liebhaberin. Welcher Mann würde schon Frauenkleider ... oder etwa doch? Mordete hier etwa ein Transvestit oder ein Transgender? Selbstverständlich blieb da noch eine Frau, die aus einem Nostalgiegedanken heraus, diese Kindheitserinnerungen gehortet hat.

Ruhnert holte ihn aus seinen Überlegungen.

»Der Gedanke kam mir so am Rande. Vielleicht sollten wir mal in der Firmengeschichte forschen. Immerhin bedeutet ja ein Konkurs vor zwölf Jahren, dass es kein Lager mehr gibt. Die Familie der früheren Inhaber kann uns ja vielleicht Hinweise darauf liefern, wer noch im Besitz größerer Mengen an Klamotten sein könnte. Übrigens gibt es da noch etwas Interessantes am Rande. Alle Mädchen trugen Sachen in den Konfektionsgrößen zwischen einhundertvierundsechzig und einhundertsechsundsiebzig. Das ist etwa für die Altersgruppe vierzehn bis siebzehn. Das könnte erklären, warum zwei Frauen nichts oder etwas Anderes trugen. Da muss Jemand Textilien in diesen Größen gehortet haben.«

»Gute Arbeit, Ruhnert, sehr gute Arbeit. Da haben wir doch schon einige gute Hinweise, die uns Spuren liefern. Ich werde mal Ahnenforschung betreiben. Hat sich übrigens Frau Hollmann wegen der Altersangaben gemeldet?«

»Ach ja, das hat sie schon ganz früh. Das Alter der Leichen stimmt in etwa mit unseren Schätzungen überein. Die Ausnahme bildet nur unsere frische Tote, diese Astrid Wehring. Aber bei der hatten wir ja gleich den Verdacht, dass es sich um einen Zufallsmord handeln könnte.«

»Hören Sie Ruhnert. Frau Krassnitz dürfte mittlerweile mit ihrer Liste der vermissten Mädchen durch sein. Ich werde Männer aus meinem Team auf diese einzelnen Fälle ansetzen. Wir brauchen die DNA der Mädchen, um sie mit unseren Funden abgleichen zu können. Damit hätten wir und damit auch die Familien, eventuell Klarheit über die Personen. Ich stelle mir das schrecklich vor, wenn man jahrelang in Unwissenheit über den Verbleib seines Kindes leben muss. Dann lieber ein Ende mit Schrecken. Sagte ich das schon? Gute Arbeit. Danke an Sie und Ihr Team. Den Bericht bitte schnell auf meinen Tisch.«

Kaum hatte Sven die Räume der Spurensicherung verlassen, als sein Telefon um Aufmerksamkeit bettelte. Erleichtert erkannte er auf dem Display, wer ihn anrief.

»Ich habe die Mädchen in der Kühlung. Bevor ich mit den beiden Männern aus Gelsenkirchen anfange, würde ich gerne einen Happen mit dir essen gehen. Ich bezahle heute. Was hältst du vom Restaurant Tatort auf der Rüttenscheider Straße, so in dreißig Minuten?«

»Wie passend. Dann können wir ja kurz deinen Bericht durchgehen. Bis gleich, Liebes. Ich sammel dich am Klinik-Eingang auf.«

- Kapitel 14 -

»Sven, du magst mich ja vielleicht für hysterisch halten, aber mich macht dieses Ständig-beobachtet-Werden langsam nervös. Sieh mal. Jetzt steht dein lieber Kollege dort drüben neben seinem Auto und diskutiert mit der Politesse darüber, warum er den Wagen ohne Parkzettel dort abgestellt hat. Hofft ihr, dadurch eventuell auch Pehling zu schnappen, falls er überhaupt nochmal Kontakt aufnehmen sollte? Ich denke, dass auch die Männer von Kladicz nicht doof sind und das längst bemerkt haben. Wenn mir tatsächlich jemand was antun will, dann schafft er das auch trotz Bewachung durch einen Beamten. Die Vergangenheit hat uns das doch gelehrt, oder?«

»Du hast ja nicht unrecht, aber was soll ich denn sonst tun? Ich kann dich ja schlecht in Schutzhaft nehmen. Das hat auch weniger mit Pehling zu tun. Mir geht nur dieser beschissene Brief nicht aus dem Kopf. Kladicz soll wissen, dass wir auf dich achten. Er wird es nicht wagen, dir was anzutun. Nach diesem bescheuerten Brief muss er ja damit rechnen, dass wir ihm auf die Pelle rücken. Aber lass uns das Essen bestellen, die gucken schon ungeduldig.«

Sven und Karin hatten sich an einem der kleinen, quadratischen Tische niedergelassen, der ihnen den Blick auf den Golf ermöglichte, dessen Fahrer immer noch den Disput mit der energischen Politesse ermöglichte. Der gegrillte Fisch auf Reis war köstlich. Sie genossen das Essen und vergaßen sogar für einen Augenblick ihre Probleme. Die Mappe mit den Obduktionsberichten ruhte unangetastet auf dem Tisch. Keinem von beiden fiel der schwarze Mercedes auf, der langsam in die Nebenstraße einbog, in der sich das Restaurant befand. Die beiden Männer warfen nur einen kurzen Blick auf das Fenster, hinter dem sich Karin und Sven angeregt unterhielten.

»Es will mir einfach noch nicht in den Kopf, warum sich jemand die Mühe macht, tote Mädchen in einem eigens dafür geschaffenen Verschlag unter Wasser zu deponieren. Nun gut, dass die Psychopathen sich Trophäen aufbewahren, haben wir ja schon in der Ausbildung gehört, aber warum den ganzen Körper? Das Risiko ist doch viel zu groß, dass sie dabei beobachtet werden.«

Karin schob ihren Teller zur Tischmitte und tupfte sich mit der Serviette die Lippen sauber. Ihr fiel plötzlich ein, was sie schon vor dem Essen loswerden wollte.

»Ich wollte dir noch erzählen, dass ein abschließender Test aussteht. Wie du weißt, habe ich Lungen- und Mageninhalte überprüft. Dabei fiel mir etwas Komisches auf. Bei mindestens vier dieser Mädchen konnte ich einen nicht unerheblichen Anteil an chemischen Substanzen, wie Kalium, Sulfate und sogar Parfüm feststellen. Man weiß ja, dass alles Mögliche in unsere Flüsse eingebracht wird, aber diese Konzentration an Chemie fand ich schon ungewöhnlich hoch. Ich wollte dich fragen, ob wir uns nach dem Essen eventuell eine Wasserprobe aus dem See beschaffen können. Ich will das dann abgleichen lassen. Es heißt ja nicht, dass die Konzentration heute genauso hoch sein muss, wie zum Zeitpunkt der Tat, aber die Werte waren immerhin bei vier von denen gleich hoch.«

Sven sah Karin völlig konsterniert an.

»Mach den Mund wieder zu, bevor die Fliegen darauf aufmerksam werden. Ich habe zuerst genauso geschaut wie du und überlegt, was es bedeuten könnte. Diese Konzentration findet man zum Beispiel in Kosmetik oder in Waschemulsionen. Da ich auch Lavendelaromen analysierte, habe ich mal ein wenig gegoogelt. Mittlerweile bin ich davon überzeugt, dass es sich um einen Badezusatz handeln könnte. Sven? Bist du noch da? Kannst du mir eine Antwort geben?«

»Ja, ja, natürlich. Weißt du überhaupt, was du da gerade herausgefunden hast, mein Engel? Die sind gar nicht dort ertrunken, wo wir sie gefunden haben. Man hat sie vorher in einer Wanne ersäuft. Ja, genau so muss es gewesen sein. Lass mich raten. Diese Astrid, also die letzte Leiche, hatte normales Seewasser in der Lunge, oder?«

»Du hast recht. Das verstärkt die These, dass sie ein Zufallsopfer war. Komm, lass uns aufbrechen. Jetzt muss ich Klarheit haben. Steck bloß dein Geld weg – ich hatte dich eingeladen. Hast du das schon wieder vergessen?«

Karin folgte Sven, der es jetzt eilig hatte, ans Ufer des Sees zu kommen. Karin zog zwei kleine Behälter aus ihrem Beutel, den sie, als Sven sie abholte, auf den Rücksitz geworfen hatte. Sven erwiderte den Gruß des Griechen an dem Imbiss. Einige Gesichter der Biker waren ihm noch vertraut, die auf den Bänken dösten und heranschlenderten, als sie Sven erkannten.

»Na Kumpel, habt ihr diesen Scheißkerl schon an den Eiern? Wir beobachten neuerdings auch jeden Fremden, der hier herumlungert. Wenn wir das Schwein erwischen, dann Gnade ihm Gott.«

»Hi, Jungs. Ganz so schnell sind wir auch wieder nicht. Aber vergesst nicht, dass es nicht unbedingt ein Fremder sein muss. Das kann jemand gewesen sein, den ihr hier jeden Tag antrefft. Jetzt guckt nicht so entsetzt ... ich habe ja nicht gesagt, dass es einer von euch ist. Demjenigen sieht man das von außen nicht an, welcher Teufel in ihm lauert. Da habe ich schon die größten Überraschungen erlebt. Aber ich glaube nicht daran, dass er oder sie hier weitermacht. Die Gefahr, dass derjenige erwischt wird, ist jetzt zu hoch. Wenn der weitermacht, dann woanders. Aber es ist schon gut, dass ihr aufpasst. Wenn euch was Wichtiges auffällt, ruft mich an. Die Karte habt ihr ja noch vom letzten Mal. Jetzt will ich mal meiner Kleinen helfen. Bis bald.«

»Du hast einen guten Geschmack, Kumpel. Die würde ich auch nicht von der Bettkante ...«

Wieder war es der dürre *Akne*, der den Stupser in die Seite bekam. Er konnte seine große Klappe einfach nicht halten.

Sven konnte ein Lachen nicht zurückhalten und suchte nach Karin, die er schließlich an der Stelle fand, wo man Tage zuvor die Leichen aus dem Wasser gezogen hatte. Sie unterhielt sich, im Gras sitzend, mit einem großgewachsenen Mann. Erst als Sven näher herankam, erkannte er darin den

Kollegen der Wasserschutzpolizei, der als einer der Ersten am Fundort war und völlig geschockt die Suche abbrach.

»Hallo. Was treibt Sie an diesen schrecklichen Ort? Haben Sie sich mittlerweile wieder gefangen?«

Der Mann mühte sich hoch und reichte Sven seine große Hand. Sven verbiss den Schmerz, als er den unerwartet festen Händedruck spürte.

»Oh, entschuldigen Sie. Ich fasse immer noch viel zu fest zu, obwohl ich schon seit mehreren Jahren nicht mehr boxe.«

»Kein Problem. Wie geht es Ihnen mittlerweile? Sind Sie schon wieder getaucht?«

»Klar, wir hatten einen Einsatz weiter oben in Heisingen. Da war ein kleiner Junge verschwunden. Aber der ist wieder bei seinen Eltern aufgetaucht. War bei einem Freund wegen einer beschissenen Zeugnisnote. Jetzt versuche ich, dieses Trauma wegen der Leichen dadurch zu bekämpfen, indem ich mich hier rumtreibe. Wenn ich das nicht mache, werde ich das nie mehr los, meint mein Arzt. Der sollte es schließlich wissen. Seid ihr schon vorangekommen? Gibt es Verdächtige?«

»Nein, nein, wir sind noch am Anfang. Aber ein paar Hinweisen werden wir nachgehen. Ich bin mir sicher, dass wir diese Bestie kriegen werden. Die machen alle einen kleinen Fehler. Und dann packen wir sie. Ich habe daran keine Zweifel. Sie wissen doch, wer aufgibt, verliert.«

»Na hoffentlich. So, ich muss jetzt los. Spätschicht bei der Bereitschaft. Wird wohl wieder eine langweilige Nacht. Viel Erfolg noch, Herr Oberkommissar. Tschüss, Frau Doktor. Und fallen Sie mir nicht ins Wasser.«

Sven war sich nicht sicher, ob Karin die letzten Worte mitbekommen hatte. Sie stand am Ufer und betrachtete die leicht trübe Brühe in den Plastikflaschen gegen das Licht. »Ein beschissener Job. Taucherstaffel wäre nichts für mich. Abgesehen davon, dass er ab und zu sogar Ertrunkene bergen muss, fühlte ich mich da unten im schlammigen Wasser nicht wohl. Schwimmen ja, aber Tauchen - nein. Komm jetzt, Sherlock, wir haben noch zu arbeiten!«

Karin gab Sven einen flüchtigen Kuss und zog ihn zurück zum Wagen. Die Biker winkten ihnen zu. Nur *Akne* sah, immer noch beleidigt, vor sich auf den Boden.

- Kapitel 15 -

Der sandfarbene Peugeot, den er sich vor der Grugahalle *ausgeliehen* hatte, fiel im dichten Verkehrsgewühl nicht auf. An die ruckelige Schaltung hatte sich Pehling schnell gewöhnt, sodass es ihm nicht schwerfiel, dem schwarzen Mercedes zu folgen. Es verursachte in ihm eine tiefe Wut, als er feststellen musste, dass die beiden Insassen Karin gefolgt waren, als sie vor der Klinik in den Wagen von Oberkommissar Spelzer gestiegen war. Er fand auf der Rüttenscheider Straße keine freie Stelle, um den Wagen zu parken. Deshalb fuhr er immer wieder um den Häuserblock, damit er den Wagen der Gangster nicht aus den Augen verlor. Bei seiner letzten Runde bekam er noch mit, dass Spelzer und Karin vom Tisch aufgestanden waren und sich die Jacken überstreiften. Es kam Leben in die beiden Beobachter.

Als der Wagen des Kommissars Richtung Baldeneysee abbog, hatte er Mühe, dem Wagen im dichten Verkehr zu folgen. Der Mercedes verschwand aus seinem Blickfeld. Also entschloss er sich, dem Passat zu folgen. Wo Karin war, vermutete er früher oder später auch die Ganoven. Der Weg führte über die Ruhrallee durch Werden. Pehling vermutete als Ziel der Beiden die Fundstelle der vielen Frauenleichen. Tatsächlich fand er den Passat auch auf dem unteren Parkplatz am Haus Scheppen. Von einer erhöhten Position beobachtete er den Kommissar im Gespräch inmitten einer Bikergruppe, von Karin weit und breit keine Spur. Gleichzeitig fiel ihm auf, dass der schwarze Mercedes auf dem oberen Besucherparkplatz seine Position gefunden hatte. Von den Insassen war nichts zu sehen. Pehling rutschte den relativ steilen Abhang herunter, immer bemüht, eine Baumdeckung zu erreichen. Da sah er sie. Karin hatte Wasser in kleine Behältnisse gefüllt und unterhielt sich mit einem großen Mann, der in einen Parka gehüllt, am Hardenbergufer stand. Von den Gangstern war weit und breit nichts zu sehen.

Pehling zog den Kragen der Wendejacke höher, um sich vor dem unangenehm kalten Wind zu schützen, der schon seit Tagen über das Ruhrtal pfiff. Jetzt sah er sie wieder. Die beiden Männer standen in der Nähe des Yachthafens von Haus Scheppen und beobachteten die Dreiergruppe durch einen Feldstecher. Mittlerweile hatte sich der Kripomann ebenfalls am Tatort eingefunden. Es hatte den Anschein, als würden sich die Männer bereits kennen. Sie begrüßten sich immerhin mit Handschlag. Als sich die dunklen Gestalten auf den Rückweg zu ihrem Mercedes machten, musste sich Pehling entscheiden, wem er jetzt folgen wollte. Er entschied sich für die Ganoven.

Die Fahrt führte ihn wieder zurück nach Rüttenscheid. Verwundert musste er feststellen, dass der Nobelschlitten in der Nähe von Katjas Wohnung stoppte. Lange passierte nichts, bis beide ausstiegen und im Eingang des Wohnblocks verschwanden. Pehlings Gedanken jagten sich. *Was konnte das Ganze bedeuten? Wieso interessierte sich der Kladicz-Clan für Karins beste Freundin. Es konnte doch kein Zufall sein, dass sie genau diese Adresse ausgewählt hatten.* Konnte Kladicz wissen, was ihn mit Karin, und somit auch mit Katja, verband? Pehling hatte sich abgewöhnt, an Zufälle zu glauben. Wenn diese Männer hier auftauchten, musste es einen triftigen dafür Grund geben. Den galt es unbedingt herauszufinden.

Der Lärm lockte etliche Passanten herbei, als eine hysterisch schreiende Frau aus dem Eingang des Blumengeschäftes herausstolperte, der sich direkt neben dem Hauseingang zu Katjas Wohnung befand. Eine andere Frau, vermutlich eine Verkäuferin, hielt sie eisern am Mantelärmel zurück und rief lauthals nach der Polizei. Immer wieder schlug die jüngere Frau mit einem Blumengebinde auf die Verkäuferin ein. Ständig hörte Pehling die Worte *»Loslassen ... Drecksweib ... Diebin.«* Wie aus dem Nichts tauchte ein Streifenpolizist auf und versuchte, die keifenden, aufeinander einschlagenden Frauen, auseinanderzuzerren. Pehling fluchte still vor sich hin, da er es sich im Augenblick nicht erlauben konnte, auszusteigen. Er wartete ab, bis sich die Situation beruhigen würde.

Noch bevor die Menschentraube sich wieder auflöste, öffnete sich die Tür vom Nebenhaus und die beiden Gestalten huschten aus dem Schatten des Eingangs Richtung Mercedes. Wieder diese Entscheidung, was er als Nächstes tun sollte. Er entschied sich dafür, den Grund für den Besuch herauszufinden. Die Möglichkeit ergab sich, als die streitenden Frauen endlich mit dem Polizeibeamten im Geschäft verschwanden.

Die Dame hatte Mühe, den Kinderwagen rauszuschieben und gleichzeitig die Haustür offenzuhalten. Der großgewachsene Mann mit dem Vollbart kam ihr da gerade recht. Pehling hielt ihr galant die Tür auf und erntete dafür ein dankbares Lächeln. Im Hausflur herrschte ein dämmriges Licht. Die kleinen Fenster zum Hof halfen nur wenig, um dies zu ändern, die Flurbeleuchtung wollte Pehling nicht einschalten. Er horchte einen Augenblick, vernahm aber nur gedämpftes Stimmengewirr, das sich mit dem Straßenlärm mischte. Katja musste in der ersten Etage wohnen, wenn man der Anordnung der Klingelschilder glauben wollte.

In der Nachbarwohnung schienen sich die Bewohner zu streiten. Pehling sollte es recht sein, als er das Ohr an das Türblatt von Katjas Wohnung legte. Er schrak zurück, als sich die Tür wie von Geisterhand öffnete. Sie war nicht richtig ins Schloss gefallen. Mit dem Taschentuch, das er sich über die Hand gelegt hatte, drückte er vorsichtig dagegen und wagte einen Blick in die Diele. Schließlich trat er über die Schwelle und schloss die Tür hinter sich. Ein Gefühl sagte ihm, dass sich niemand in der Wohnung befand. Wie sehr er sich irrte, musste er kurze Zeit später feststellen.

Der Teppichboden schluckte jedes Geräusch seiner Schritte. Die Küche wirkte auf ihn, als hätte dort noch vor kurzer Zeit jemand gewirkt. Der Duft von frischem Kaffee hing noch in der Luft. Selbst aus dem Bad, dessen Tür einen Spalt offenstand, drang der Duft von Seife, so, als hätte sich erst vor wenigen Augenblicken eine Person die Hände gewaschen. Das Wasser lief noch schwach aus dem Wasserhahn. Pehling drückte den Hebel herunter – das Geräusch erstarb. Weiter suchte er nach Katja. Sie musste einfach hiersein.

Sein Blick glitt in das gemütlich eingerichtete Wohnzimmer, das verlassen vor ihm lag. Mit abgeschaltetem Ton lief das Fernsehgerät und lieferte stumme Bilder einer Kochshow. Eine halbgeleerte Kaffeetasse stand auf dem niedrigen Tisch neben einem kleinen Teller mit Selleriestangen und einem Schälchen, das eine undefinierbare Soße enthielt. Es sah nach einer Vorbereitung zu einem gemütlichen Fernsehnachmittag mit Sticks und Kaffee aus. Kinderstimmen hallten aus dem Hof durch die offenstehende Terrassentür hoch.

Vor dem letzten Zimmer verharrte er einen Moment. Pehling war sicher nicht zimperlich, doch ein Gefühl sagte ihm, dass er dort etwas vorfinden würde, das ihm nicht gefallen konnte. Auf das Schlimmste vorbereitet, stieß er mit der Fußspitze die Tür auf und atmete tief durch. Der Geruch von frischem Blut war ihm sehr vertraut und schockte ihn nicht. Auch war es nicht das grauenhafte Bild einer zerstückelten Frau, was ihn lähmte. Es waren die mit Blut geschriebenen Worte an der Stirnwand über dem Bett.

SIE IST ERSTE WAHRNUNG

Emotionslos betrachtete Pehling den einst sicherlich schönen Frauenkörper, der nun in Blut gebettet auf dem Laken verteilt war. Der Kopf war abgetrennt auf den Knauf eines Stuhles gesteckt worden. Im Jagdwesen würde man sagen, dass der Körper unfachmännisch ausgeweidet wurde. Einige Organe lagen auf dem Bett verteilt. Was wie ein Kunstwerk aussehen sollte, rief wegen seiner stümperhaften Ausführung Ekel und Zorn in ihm hervor. Das roch förmlich nach einer klaren Absicht. Jemand wollte es aussehen lassen, als hätte er diese schreckliche Tat begangen. Die Polizei sollte in die Irre geführt werden. Doch es musste eine weitere, tiefe

Absicht dahinter stecken, die sich ihm nicht auf Anhieb erschloss. Es war in seinen Augen völlig sinnfrei, ihm einen weiteren Mord in die Schuhe schieben zu wollen. Einer mehr würde sein Strafmaß nicht erhöhen. Sicher würde diese Tatsache von den wahren Tätern ablenken, doch welche Verbindung gab es von dieser unschuldigen Frau zu den Kladicz-Schergen? Es konnte nur einen Grund geben. Kladicz wollte Karin und Sven dazu bringen, ihn ans Messer zu liefern. Er musste das ein für alle Mal mit Karin klären und etwas sehr Wichtiges gegenüber der Welt klarstellen: Niemand durfte seine Kunst derart dilettantisch zu kopieren versuchen – NIEMAND!

- Kapitel 16 -

Die Bestie Pehling setzt neue Duftmarke! Zerstückelte Leiche in Rüttenscheider Wohnung gefunden. Ruhig legte Stojan Kladicz die Zeitung auf den Tisch zurück. In seinem Mienenspiel war nicht lesbar, wie er diesen Leitartikel in der heutigen Ausgabe bewertete. Weder Triumph noch Ablehnung. Und genau das machte den beiden Männern Angst, die abwartend vor ihm standen. Sie hatten dieses Unternehmen schließlich vorher nicht mit ihrem Boss abgesprochen. Der Gedanke war ihnen spontan gekommen, um den Druck auf diese Leichentussi weiter zu erhöhen. Nun würde sie sicher den Serienkiller ans Messer liefern. Angst war immer ein ausgezeichnetes Druckmittel, das wussten die beiden Mörder nur zu gut. Allerdings spürten sie die auch ein wenig selbst in diesem Augenblick, denn niemand konnte die Reaktion ihres Bosses sicher voraussagen. Seine ersten Worte ließen sie hochschrecken.

»Hat man euch wirklich nicht gesehen? Wenn hier auch nur ein einziger Bulle auftaucht, weil er eine Verbindung zu mir vermutet, seid ihr beide tot – mausetot. Also, gibt es Spuren?«

»Da gibt es nichts, was auf uns hindeuten könnte, Boss. Das machen wir doch nicht zum ersten Mal.«

Kladicz erhob sich und schlenderte zum Sideboard, auf dem die Hausbar eingerichtet worden war. In aller Seelenruhe schenkte er drei Rakija ein.

»Lasst uns darauf trinken. Jetzt hoffe ich, dass der Tod dieser Schlampe nicht umsonst war und diese Ärztin ihre Lage besser einschätzt. Allerdings wird das auch diesen Pehling in Rage bringen. Der wird sich dafür rächen wollen. Und genau darauf müssen wir vorbereitet sein. Eine solche Scheiße, wie beim letzten Zusammentreffen, will ich nicht noch einmal erleben. Sind eigentlich die neuen Männer eingetroffen? Ich will alle heute Nachmittag hier sehen. Wir müssen eine Strategie besprechen. Sagt das weiter. Und jetzt geht mir aus den Augen, ich muss nachdenken.«

Pehling stellte den Peugeot am Straßenrand ab, als er die schwere Limousine in das Fabrikgelände einfahren sah. Die beiden Gangster hatte er zuvor wieder vor dem Klinikum angetroffen. Sie schienen wieder auf Karin zu warten, die jedoch heute, gemeinsam mit Spelzer, direkt zum Präsidium gefahren war. Irgendwann gaben sie ihren Posten auf und führten Pehling zu dieser Firma, die sich mit der Fleischverarbeitung beschäftigte.

Sie verschwanden über eine Metallleiter in der ersten Etage im roten Backsteingebäude. Ständig rollten Liefer-, und Kühlfahrzeuge ein und aus. Männer in weißen Kitteln, die durch Lederschürzen und Kopfbedeckungen geschützt waren, standen hier und da in Gruppen herum und rauchten. Die blutbespritzten Schürzen trieben Pehling ein genüssliches Lächeln auf die Lippen. Er mochte diese Farbe. Sie repräsentierte gleichermaßen Leben und Tod.

Lange musste er nicht warten, bis die beiden Männer wieder das Gelände verließen und in Richtung Bismarckstraße davonfuhren. Vor einem dreistöckigen Eckhaus, das sich bei näherer Betrachtung als einfaches Gästehaus herausstellte, ließen sie den Wagen ausrollen und verschwanden in dem durch einen Glasvorbau geschützten Eingang. Pehling beobachtete aufmerksam die Fensterfront, um herauszufinden, welches Zimmer sie aufsuchten. Mehr durch Zufall entdeckte er einen der Männer in der obersten Etage, als dieser den Vorhang zur Seite schob, um die Straße zu beobachten. Schnell bewegte sich Pehling hinter den Stamm einer knorrigen Eiche.

Dieses Haus schien sehr beliebt zu sein bei ausländischen Gästen, die vorwiegend aus dem osteuropäischen Ausland stammten und hier einen preisgünstigen Unterschlupf gefunden hatten, während sie auf Montage arbeiteten. Diesen Umstand wollte er sich zunutze machen. In ihm reifte eine Idee.

Der nächste Tag bestätigte seine Annahme, dass in dieser Herberge ein großer Teil der Arbeiter untergebracht war, die im Kladicz-Betrieb in Schichtarbeit und mäßiger Bezahlung ihrer Arbeit nachgingen. Wieder stieg ein Pulk von Männern aus der Straßenbahn und bewegte sich zum Eingang des Gästehauses. Der bärtige Mann, der eine Plastiktüte eines SB-Marktes an der Hand mitführte, fiel hier nicht besonders auf. Auch nicht, als sich die Männer mit großem Getöse auf die Flure verteilten.

Pehling wusste, dass sich die gesuchten Männer noch immer in ihrem Zimmer im dritten Stock aufhielten und womöglich schon schliefen. Schon vor einer Stunde hatte er sie ins Haus gehen sehen. Das Treppenhaus, in dem Elmar Pehling hinaufschlich, war menschenleer. Nur die Stimmen der lärmenden Männer schallten durch die Brandschutztüren. Vorsichtig sah er durch den Spalt der Tür auf den schmuddeligen Flur, dessen Bodenbelag auch schon bessere Zeiten gesehen hatte. Er arbeitete sich bis zum Ende des Flures vor, wo sich seiner Meinung nach das Zimmer der beiden Gesuchten befand. Sicherheitshalber warf er einen Blick auf die Straße und zählte in Gedanken die Fenster durch. Er war sich absolut sicher. Mit wenigen Handgriffen hatte er die Abdeckung der funzeligen Wandlampe gelöst und die Glühbirne herausgedreht. Der letzte Teil des Flures lag jetzt im Dunkeln.

Nachdem er sich die blaue Latzhose glattgestrichen und den schmutzigen Lappen aus der Brustklappe herausgezerrt hatte, klopfte er entschlossen an der Tür. Obwohl ihn die Vorfreude bereits erfüllte, bemühte er sich um einen gleichgültigen Gesichtsausdruck. Nichts bewegte sich in dem Zimmer, alles blieb still. *Hatte er sich doch verzählt? Befanden sich die Männer in einem anderen Raum?* Ein weiteres Mal klopfte er an die Tür, diesmal mit Teilerfolg. Ein ungeduldiges Knurren wies darauf hin, dass er jemanden empfindlich gestört hatte.

»Was soll die Scheiße? Verpiss dich von der Tür! Wir schlafen schon.«

Genau das wollte Pehling hören. Jetzt war er sich sicher, vor dem richtigen Zimmer zu stehen.

»Ich muss trotzdem stören, Männer. Unten ist ein Rohr verstopft. Das dauert nicht mehr lange, dann kommt euch die eigene Kacke wieder aus der Schüssel entgegen. Ich muss nachsehen, ob ich von hier oben arbeiten kann. Dauert nicht lange. Ich kann mir auch was Angenehmeres vorstellen, als die stinkende Scheiße anderer zu beseitigen. Macht endlich auf, ich habe gleich Schicht.«

So ganz konnte er das Grinsen nicht unterdrücken. Es verschwand jedoch sofort, als er das Schlurfen direkt hinter der Tür hörte. Das verschlafene Gesicht des Mannes erschien im Türspalt, versteckt hinter dem Lauf einer Waffe. Elmar Pehling sprang mit einem mächtigen Satz zurück und riss die Hände vor das Gesicht.

»Verfluchte Scheiße. Was soll das denn? Ich will doch nur die Kloschüssel ...«

»Komm rein, du Memme. Das ist nur eine Vorsichtsmaßnahme. Man weiß ja nie, wer sich vor einer Tür verbirgt. Verschwinde im Bad und mach deinen Job. Aber leise. Wir wollen noch ein wenig pennen. Zieh die Tür leise zu, wenn du mit deiner Scheiß-Arbeit fertig bist. Ich hoffe, du machst anschließend wieder sauber. Hast du kein Werkzeug dabei? Wie willst du denn ...?«

Die letzten Worte blieben ihm förmlich im Hals stecken, als sich das mächtige Buschmesser in den Kehlkopf bohrte. Nur ein Röcheln drang noch aus dem Mund, der sich geöffnet hatte, um den breiten Blutschwall auf den Teppich zu kotzen. Die Hände versuchten verzweifelt, das Messer aus dem Hals zu ziehen, indem sich die Finger um die Klinge legten. Die einzelnen Fingerglieder fielen herunter, da sie von der scharfen Klinge wie Butter durchtrennt wurden. Vorsichtig legte Pehling sein nur noch leicht zuckendes Opfer auf den Boden und horchte.

»Wie lange dauert das da noch? Hast du schwules Paket etwa was mit dem Kerl angefangen? Macht dann wenigstens die Schlafzimmertür zu. Ich will ne Runde pennen.«

Jetzt hatte das böse Grinsen auf Pehlings Gesicht die Oberhand gewonnen. Der Griff um den Messerknauf wurde fester. Die Knöchel traten weiß hervor, als er es mit einem Ruck aus dem Hals des Mannes riss und in das Schlafzimmer blickte. Der zweite Mann hatte sich auf die Seite gedreht, sodass er die eintretende Gefahr erst bemerkte, als sich eine Hand auf seinen Mund legte und er die Messerspitze unter seinem Auge bemerkte. Sein Körper versteifte sich in Sekundenschnelle. Die linke Hand versuchte, die unter dem Kopfkissen lagernde Waffe zu erreichen. Der Druck des Messers erhöhte sich.

»Denke nicht einmal daran, du Dreckschwein. Du bist blind, bevor du sie erreicht hast.«

Bewegungslos, den Blick in Todesangst auf die Wand gerichtet, wartete der Mann auf das, was geschehen würde.

»Was willst du von mir? Ich kenne dich nicht. Was hast du mit meinem Kumpel ...?«

»Halt jetzt dein Maul. Die Fragen stelle ich. Noch ein ungefragtes Wort und ich schneide dir die Zunge aus deinem verfickten Hals. Ich werde dir jetzt Fragen stellen, die du mir beantworten wirst. Habe ich das Gefühl, dass du mich belügst, verlierst du jedes Mal eines deiner Sinnesorgane. Haben wir uns verstanden?«

Der Blick des Gangsters irrte unkontrolliert durch den dunklen Raum.

»Ich habe dir die erste Frage gestellt, du Pisser.«

»Ja, ja, ich habe dich verstanden. Ich werde die Wahrheit sagen, nur tue bitte nichts Unüberlegtes. Was ist mit meinem Kumpel? Hast du ihn ...?«

Wieder einmal fiel es Pehling auf, wie erbärmlich diese Männer um Gnade flehten, wenn es ihnen selbst ans Leben ging. Es ekelte ihn an. Bei unschuldigen Opfern, die sich kaum wehren konnten, ließen sie ihrer Brutalität freien Lauf, waren aber nicht bereit, den geringsten Schmerz auszuhalten. Er ließ die Frage unbeantwortet.

»Weißt du, wer ich bin?«

»Ja, ja ... natürlich weiß ich das. Warum willst du ausgerechnet ...«

»Halt jetzt dein Maul! Ich stelle hier die Fragen.«

»Warum musste diese Frau sterben? Sie hatte doch absolut nichts mit mir zu tun?«

»Sie ... sie war doch mit dieser Ärztin ... ich meine, sie waren doch befreundet. Wir wollten sie zwingen, dich auszuliefern.«

»Was sollte geschehen, wenn sie es nicht tut? Selbst euch Schweinen dürfte bekannt sein, dass nicht alle Menschen so feige sind, wie ihr es seid. Was wäre geschehen, wenn sie stark bleibt?«

Der Kerl versuchte, seinen Körper in eine andere Lage zu bringen. Pehling griff schnell unter das Kopfkissen und zog die Beretta hervor, legte sie bedächtig auf das Nachttischchen, sodass der Kerl sie stets im Blick hatte.

»Eigentlich sollte ihr klargemacht werden, dass dann ihr Beschäler, dieser Oberkommissar Spelzer, dran wäre. Dann würde sie sicherlich weich. Am Ende geben die alle nach, wenn es um den Partner geht. Aber vorher hätten wir sie uns vorgenommen. Kladicz bringt jeden zum Reden. Der hat da seine eigenen Methoden, glaube mir. Einen Bullen umlegen, das wäre nur das allerletzte Mittel.«

»Da fällt es Kotzbrocken wie dir doch leichter, eine wehrlose Frau zu foltern. Ist es so? Das macht doch bestimmt großen Spaß, wenn jeder nochmal seinen dreckigen Schwanz reinstecken darf. Und dann ihre Schreie. Das ist doch total geil, nicht wahr? Ich kann mir das vorstellen, dass euch perversen Schwanzlutschern das gefällt.«

Leichenblässe überzog das Gesicht des Gangsters, als er spürte, wie sich der tiefe Hass in seinem Gegner aufbaute. Die Messerspitze hatte sich bereits einige Millimeter in die Wange des Verbrechers gebohrt. Den Schmerz spürte er noch nicht, da dieser vom hohen Adrenalinspiegel kompensiert wurde. Doch das Flackern in seinen Augen signalisierte unbändige Angst. Er war davon überzeugt, dass ihn Pehling nicht am Leben lassen würde, hoffte nur, dass der Tod schnell und gnädig sein würde. Doch den Gefallen tat ihm der Mann nicht.

Der schmutzige Lappen, den Pehling mit in das Zimmer genommen hatte, drückte sich schmerzhaft zwischen die Lippen des Gangsters. Nur ein dumpfes Gurgeln folgte. Die Messerspitze schob sich nun mit einem Ruck unter das Auge des Opfers und hob den Augapfel mit einer schnellen Bewegung heraus. Er rollte über das Laken und verschwand unter dem Bett. Bevor der Mann auch nur eine Abwehrbewegung machen konnte, geschah das Gleiche mit dem anderen Auge. Seine Hand versuchte, die Augenhöhlen zu bedecken, den Blutstrom zu unterbrechen. Genau auf diesen

Augenblick hatte Pehling gewartet. Die breite Klinge des riesigen Buschmessers stach durch den Handrücken, nagelte eine Hand an der Stirn des Opfers fest. Tief drang das Messer in den Schädel des Mannes, dessen leere Augenhöhlen an die Decke zu schauen schienen. Im offenen Mund sammelte sich das Blut, während Pehling den Knauf des Messers sorgfältig mit einem Feuchttuch im Bad abwischte.

Nur kurz sah der Mann am Schalter von seinem Magazin auf, als ihm der große, bärtige Arbeiter beim Hinausgehen freundlich zuwinkte.

- Kapitel 17 -

»Schatz, du musst nicht mit in die Wohnung. Tu dir das nicht an, es war schließlich deine beste Freundin.«

Sven drückte die weinende Karin fest an seine Brust. Die vielen Neugierigen, die sich hinter der Absperrung versammelt hatten, betrachteten die Szene voller Rührung, ohne sich einen Reim darauf machen zu können. Schnell hatte es sich allerdings herumgesprochen, dass es zu einer schlimmen Bluttat an einer Bewohnerin des Hauses gekommen war. Die Kameraverschlüsse der Presseleute klickten, während Sven versuchte, Karin davon abzubringen, mit in die Wohnung zu gehen. Polizisten drängten ganz Ungeduldige wieder hinter die Absperrungen zurück. Aus den Augenwinkeln bemerkte Sven, wie sich Ruhnert mit seiner Mannschaft einen Weg durch die meuternde Menge bahnte. Bei den Beiden blieb er einen Moment stehen und legte Karin stumm eine Hand auf den Arm. Dankbar nickte sie ihm zu, bevor der mittlerweile gute Freund im Hauseingang verschwand.

Stumm stand Karin in der Eingangstür zum Schlafzimmer, versuchte, die Überreste ihrer Freundin zu ignorieren. Die Fotografen der Spurensicherung hielten jedes

Detail der Szenerie fest. Karins Blick hing wie gebannt an der geschriebenen Zeile, die der Mörder mit dem Blut seines Opfers an die Wand gemalt hatte.

SIE IST ERSTE WAHRNUNG

Aus dem Nebenraum hörte sie deutlich Gesprächsfetzen. Sven ließ seinen Gefühlen freien Lauf und verfluchte den Mörder bis in die tiefste Hölle. Immer wieder vernahm sie dabei den Namen Pehling, was bei ihr große Angst auslöste. Sie konnte nicht glauben, dass sich der Mann, der vorgab, ihr Freund zu sein, der sie beschützen wollte, an ihrer besten Freundin verging. Das passte einfach nicht zusammen. Etwas stimmte hier nicht.

Sven drehte sich ungläubig um, als er hinter sich die Worte vernahm, die ihn erstarren ließen.

»Er war es nicht. Er kann es einfach nicht gewesen sein, glaube es mir.«

»Du solltest jetzt besser nichts mehr sagen. Ich glaube nicht, dass ich es hören möchte, wenn du diese Bestie auch jetzt noch verteidigst. Sieh dich doch einmal um. Hast du seine Handschrift nicht deutlich erkennen können? Auf diese Art tötet nur einer seine Opfer.«

Sven war anzumerken, wie sehr er sich beherrschen musste. Seine Hände waren zu Fäusten geballt. Er drehte sich weg von Karin, um ihr nicht in die Augen sehen zu müssen. Sein Hass auf diesen Mann war ins Grenzenlose gewachsen, jenseits jeglicher Vernunft.

»Er war es wirklich nicht, Sven. Der Mörder möchte nur, dass wir es glauben. Bitte sieh dir das Zimmer noch einmal an. Bitte, komm mit.«

»Sie hat recht, Spelzer. Kommen Sie mal her.«

Ruhnert hatte sich in der Küchentür gezeigt und wartete geduldig auf den Oberkommissar. Sven drückte sich an Karin vorbei, ohne sie zu berühren oder anzusehen.

»Sehen Sie auf das Geschriebene. Sehen Sie genau hin. Fällt Ihnen nichts auf daran?«

Auch Karin war den Männern wieder ins Schlafzimmer gefolgt und wartete ungeduldig darauf, dass Sven es selbst bemerkte. Jeder im Raum starrte nun auf den Ermittler. Schließlich hielt es Karin nicht mehr aus und schrie es durch den Raum.

»Verdammt, bist du denn blind? Willst du in deinem eifersüchtigen Schädel nicht akzeptieren, was jeder hier im Raum sehen kann? So würde Pehling niemals schreiben. Niemals! Dafür ist er zu schlau. Das Wort Warnung ist eindeutig falsch geschrieben. Das ist von einem Menschen an die Wand geklatscht worden, der aus einer anderen Kultur stammt. Sieh endlich hin, du Sturkopf!«

Sprachlos ließ Sven über sich ergehen, dass alle an seinem klaren Verstand zweifelten. Er drehte sich um, suchte Karin, die jedoch schon längst den Raum wieder verlassen hatte.

»Spelzer, sie hat wirklich recht. Wir werden die Schrift auch sicherheitshalber noch abgleichen lassen mit alten Mustern von ihm. Ich bin mir aber ziemlich sicher, dass das hier nicht das Werk von Pehling war. Ein solch unkoordiniertes Massaker hätte er auch niemals abgeliefert. Gehen Sie ihr nach - na los.«

Er fand Karin auf dem Balkon. Sie hielt ein Glas Wasser in ihren zittrigen Fingern. Stumm stellte er sich neben sie. Beide sahen in die Ferne, verfolgten scheinbar interessiert

den weißen Rauch, der aus dem hohen Kamin des Fernheiz-
werkes in den Himmel stieg.

»Es tut mir so leid, Liebling. Ich möchte ...«
Karins Hand legte sich über seine Lippen, zeigten ihm,
dass er jetzt schweigen sollte. Zärtlich legte sie ihren Kopf
an seine Schulter. Es hätte eine ausdrucksstarke Szene wie
aus der Titanic-Schnulze werden können, wenn nicht in
diesem Augenblick Svens Handy um Aufmerksamkeit
gebettelt hätte.

»Wo? Wie viele Opfer? Ich bin gleich da.«

- Kapitel 18 -

Karin und Sven kämpften sich durch die wild diskutierende Menge von Schaulustigen, die sich auf dem Flur eingefunden hatten, deren Sprache sie allerdings nicht verstanden. Die Polizei hatte große Mühe, die aufgeregten Hotelgäste vom Tatort fernzuhalten.

Die entfernten Augäpfel hatten Beamte fein säuberlich auf einer Unterlage abgelegt, nachdem sie den jeweiligen Fundort fotografiert hatten. Für Karin war es ein gewohntes Bild, dieses Organ mit all seinen zerrissenen Verbindungen ansehen zu müssen, Sven drehte sich der Magen um. Das wurde auch nicht besser, als er in die leeren Augenhöhlen blickte. Das Messer, das noch immer aus der Stirn des Opfers herausragte, kam Sven vor wie das Kurzschwert eines römischen Legionären. Eine so große Waffe war ihm bisher noch nicht unter die Augen gekommen. Kommissar Hörster, der hinter ihm aufgetaucht war, half ihm auf die Sprünge.

»Das ist eine sehr selten benutzte, nepalesische Waffe, die eigentlich durch das Gurkha-Regiment richtig berühmt wurde. Man nennt es in der Fachsprache Kukri. Heute findet man die Waffe noch bei Männern, die sich in der Wildnis dem realen Leben stellen, den Überlebenskünstlern. Damit tötest du sogar einen Bären.«

»Ihre Waffenliebhaberei und die damit verbundenen Kenntnisse sind immer wieder beeindruckend, aber auch beängstigend. Doch warum lässt man so eine sicherlich teure Waffe am Tatort zurück? Dieses Messer wird doch bestimmt ein paar Hundert Euro kosten.«

Hörster zuckte nur mit den Schultern und drehte sich ab. Ruhnert schob sich in den Raum. Er hatte die Frage noch mitbekommen.

»Entweder hatte es der Täter sehr eilig, weil er gestört wurde, oder er wollte damit ein Zeichen hinterlassen. Ich tippe auf die zweite Variante. Das ist eine sehr klare Warnung an jemanden. Ich vermute hinter dieser ganzen Aktion eine klare Botschaft. Folgende These.

Ich denke, dass diese beiden Männer, die sich hier als serbische Staatsbürger eingetragen haben, zum Kladicz-Clan gehören, besser gesagt, gehörten. Weiterhin wage ich die Vermutung, dass genau diese beiden Typen für den Mord an unserem letzten Opfer Katja verantwortlich sind. Das wiederum brachte unseren Freund Pehling auf den Plan, der ja bekanntermaßen von diesem Verbrecher gesucht wird. Der Mann nimmt Ihnen, mein lieber Kollege Spelzer, die Drecksarbeit ab. Er dezimiert auf sicherlich spektakuläre Art und Weise die Schar seiner Verfolger und schützt damit unsere Bürger.«

»Hallo Ruhnert, was sind das für Reden. Ich dachte, Sie sind bekennender Pazifist. Jetzt halten Sie hier eine Laudatio auf einen Serienkiller, der als Racheengel und möglichem

Freiheitskämpfer heiliggesprochen werden soll? Selbstjustiz ist in diesem Land immer noch verboten und wird strafrechtlich verfolgt. Sie schaffen hier einen Hero, der mordend durch das Land zieht, der eine sehr blutige Spur hinterlässt. Ich empfehle Ihnen mal eine Sitzung bei Doktor Haller. Der hat mir auch schon empfohlen, die Abteilung zu wechseln.«

»Jetzt regen Sie sich mal wieder ab, Spelzer. Mit keinem Wort habe ich gesagt, dass ich das Morden gutheiße. Ich habe nur eins und eins zusammengezählt. Übrigens ist ja noch nichts bewiesen. Nirgendwo Fingerabdrücke von dem Täter. Selbst der Messerknauf wurde sorgfältig gereinigt.«

Karin starrte angewidert auf das entstellte Gesicht des Killers. Nur Sven und Ruhnert konnten die leise gesprochenen Worte verstehen.

»Das geschieht dir recht, du dreckiges Schwein. Du sollst für den Mord an Katja ewig Schmerzen erleiden müssen, selbst in der Hölle.«

Die Männer sahen sich betroffen an und traten zur Seite, als Karin sich umdrehte und mit in die Ferne gerichtetem Blick den Raum verließ.

»Recht hat sie!«

Ruhnert konnte einfach nicht anders. Er fügte diese Bemerkung an und sah Sven trotzig ins Gesicht. Der sah, dass alle Kollegen im Raum auf eine Reaktion seinerseits warteten, die auch prompt kam.

»Habt ihr alle nichts zu tun? Anstatt hier blöd rumzuhängen, sollten wir mal nach klaren Spuren suchen. Die Arbeit wartet.«

Karin fand er in der Küche, die dort einen Kaffeebecher in den Händen hielt. Sie sah an Sven vorbei.

»Du musst mich auch verstehen. Es kann doch nicht sein, dass sich ein Mensch selbst dazu ernennt, der Entscheider über Leben und Tod seiner Mitmenschen zu sein. Er macht sich damit gottgleich. Dazu haben wir Gerichte eingesetzt. Wir müssen als Ermittler Indizien sammeln, damit Mörder überführt werden können. Erst dann, wenn zweifelsfrei feststeht, dass die Schuld bewiesen ist, wird ein Urteil gesprochen. Pehling hat nicht das Recht ...«

»Hatten diese beiden Bestien ein Recht, Katja so grausam hinzurichten? Waren das überhaupt Menschen, die sich auf ein Recht beziehen dürfen. Das sind sie mit Sicherheit nicht. Wenn wir es auch jemals geschafft hätten, ihnen den Mord nachzuweisen, woran ich meine Zweifel habe, wären sie im ungünstigsten Fall mit einer lebenslangen Strafe davongekommen. Doch spätestens nach fünfzehn Jahren krimineller Weiterbildung in unseren humanen Gefängnissen hätte man sie wieder in Freiheit entlassen. Das ist unsere Art, Gerechtigkeit zu üben. Sie lachen doch über uns und machen da weiter, wo sie aufgehört haben. Da lobe ich mir die konsequente Vorgehensweise dieses Täters. Ob es Pehling war, ist ja bisher nur eine deiner verrückten Vorurteile.«

Ungläubig sah er die Frau an, die ihm plötzlich so fremd erschien. Sven zwang sich dazu, in diesem Augenblick eine Antwort zurückzuhalten. Er glaubte, dass dieser Gefühlsausbruch nur der Trauer geschuldet war, die Karin wegen ihrer Freundin erleiden musste. Nur das konnte eine solche radikale Reaktion hervorgerufen haben. Das konnte einfach nicht ihre feste Meinung sein. Würden wir tatsächlich so denken und Rache in dieser Form tolerieren, hätte es eine katastrophale Anarchie zur Folge. Jeder würde nach einer

Straftat durch die Lande ziehen und willkürlich Menschen hinrichten, von denen sie annehmen, dass sie die Verantwortung dafür trügen. Darüber mussten sie beide unbedingt reden, heute noch. Er drehte sich wortlos um. Seiner Hand, mit der er ihre Wange streicheln wollte, wich sie aus.

- Kapitel 19 -

Karin wollte allein sein, den Kopf endlich frei bekommen. Immer wieder tauchte Katjas Gesicht vor ihren Augen auf, zeitweise überschattet von einem Männergesicht, das sie stark an Pehling erinnerte. Doch er war es nicht wirklich. Undeutlich wischte es immer wieder geisterhaft durchs Bild. Keine klaren Konturen. Beide sprachen mit ihr, riefen ihr etwas zu, das sie allerdings nicht verstand. Eine Sprache, die tief aus einer anderen Welt zu kommen schien. Absolut surreal erschien ihr das Geschehen. Immer wieder stieß sie ihre Stirn vor die Seitenscheibe des Minis, wischte die Tränen fort, die ohne Unterlass über die Wangen liefen.

Warum geschah das alles? Warum gerade sie? Und warum musste diese besondere Frau, die ihr immer in schwierigen Lebensphasen ohne jede Einschränkung zur Seite gestanden hatte, dieses furchtbare Schicksal erleiden?

Sie konnte nicht erklären, warum sie mit ihrem Wagen ausgerechnet den im Dunkel liegenden Parkplatz des Restaurants Schwarze Lehne aufgesucht hatte. Sie stieg aus. Der von Tränen verschleierte Blick glitt nun über das unter ihr liegende Ruhrtal, dessen Konturen sie nur noch schemenhaft erkennen konnte. Sie hatte es geschafft, den ihr ständig folgenden Schatten der Polizei abzuschütteln. Welche Irritationen daraus entstehen konnten, war ihr in diesem Augenblick völlig egal. Sie wollte einfach nur allein sein – sich wie ein Kind ausheulen. Die große Gestalt, die sie schon minutenlang aus dem Schatten einer Buche beobachtete, bemerkte sie nicht.

»Das hat sie nicht verdient.«

Karin zuckte heftig zusammen, als sie die Stimme direkt neben sich vernahm, gefährlich leise. Pehlings Hände umklammerten fest das Geländer. Seine Augen drückten den Zorn aus, der von ihm Besitz ergriffen hatte. Auch er sah in das schwarze Wasser des Baldeneysees unter ihnen. Mit den Ärmeln ihres Mantels trocknete Karin die letzten Tränen und trat einen Schritt zurück. Schnell hatte sie sich gefasst.

»Warum dann ausgerechnet sie? Sie hatte doch absolut nichts mit dem Tod dieser Bestie Kladicz zu tun. Müssen es denn immer die Unschuldigen sein, die leiden? Sie wollten mich treffen – und das haben sie jetzt auch erreicht. Dieser Bruder von Milan Kladicz will, dass ich Sie ans Messer liefere. Es ist doch so, oder irre ich mich? Nur Sie will er für seine Rache.«

»Möchtest du es denn? Was meint Sven dazu? Sieht er es genauso?«

Karin fand keine schnelle Antwort darauf, versuchte, seinem Blick auszuweichen. Allmählich entspannte sie sich wieder und lehnte sich gegen die Brüstung, die den Riesenparkplatz begrenzte.

»Wüsste ich, dass dadurch unschuldiges Leben gerettet werden kann, würde ich es vielleicht tun. Wir wissen nicht, wie weit dieser Kladicz noch gehen wird. Mich umzubringen, wird ihn nicht weiterbringen. Ich habe Angst um ihn.«

»Du meinst Sven? Glaubst du wirklich, dass er das Risiko eingehen wird, einen Polizisten zu töten? Dann wird man ihn jagen wie ein wildes Tier. Ich weiß, wovon ich spreche. Nichts, kein noch so guter Anwalt wird ihn dann noch schützen können.«

Den Worten folgte eine Zeit des Schweigens. In die Stille hinein stellte Karin ihre Frage. Schon lange ruhte sie in ihr. Bisher wurde sie nicht gestellt, da sie sich nicht sicher war, ob sie die Antwort wirklich hören wollte.

»Warum verfolgen Sie mich? Ich habe Ihnen niemals Hoffnungen gemacht, nie auch nur angedeutet, dass ich jemals etwas für Sie empfinden könnte. Ich liebe Sven. Das sollten Sie wissen, Elmar. Warum also?«

»Weißt du, dass du mich zum ersten Mal bei meinem Vornamen genannt hast? Ich freue mich sehr darüber, dass du in mir nicht nur den Mörder, das Böse siehst. Das wäre auch falsch. Ich mag die Menschen eigentlich. Ich weiß, das klingt verrückt. Doch ich war nicht immer so, glaube mir.

Du hast mich gefragt, warum ich dir folge. Genau werde ich es nicht erklären können. Manche Dinge im Leben geschehen einfach, lassen sich nicht über Logik erklären. In dir finde ich vielleicht das, was ich immer in einer Schwester gesucht habe. Du bist intelligent, besitzt Einfühlungsvermögen. Dir fehlt etwas, was ein viel zu großer Teil der Menschheit besitzt. Du verurteilst die Menschen nicht von vornherein, gibst ihnen eine Chance.

Als du mich damals zum ersten Mal im Keller sahst, hast du mir nicht in mein hässliches Gesicht gespuckt. Du hast mir das Gefühl gegeben, nicht nur diese Bestie in deinen Augen zu sein. Du hast mich als menschliches Wesen gesehen. Wir sind uns in vielen Dingen ähnlich.«

Karin hatte ihm aufmerksam zugehört, schrak jetzt aber hoch und hielt Pehling abwehrend die Hände entgegen.

»Nein, Elmar, Sie mögen in vielen ihrer Bemerkungen richtig liegen, aber in dieser Sache auf keinen Fall. Wir sind uns nicht ähnlich. Oh, nein. Wir haben beide sehr viel mit dem Tod zu tun. Doch dabei stehen wir auf grundverschiedenen Seiten. Sagen Sie bitte nie wieder, dass wir uns ähnlich sind. Mein Job wäre viel interessanter, wenn es Menschen wie Sie nicht gäbe. Bitte verstehen Sie mich richtig. Aber ich kann als Rechtsmedizinerin gut damit leben, wenn ich ausschließlich Verkehrs- oder Unfalltote auf dem Tisch habe. Das müssen nicht verstümmelte Leichen sein, oder Kunstwerke, wie Sie sie nennen. Wir sind grundverschieden.

Ich kenne Ihre Kindheitsgeschichte recht gut. Es tut mir auch sehr leid, was Ihnen Ihre richtigen Eltern damals antaten. Doch seien Sie doch etwas dankbarer für das, was danach geschah. Die Familie Harrer hat Ihnen ein neues Zuhause gegeben, Ihnen die Chance gegeben, ein normales Leben zu führen. Zeigen Sie dafür doch etwas Dankbarkeit.«

Pehling war jetzt anzumerken, wie sehr ihn das Thema aufwühlte. Er lief vor Karin auf und ab, sein Gesicht zeigte eine Wut, so wie sie Karin bisher noch nie an ihm bemerkt hatte. Angst fiel sie an wie ein wildes Tier.

»Ich schulde diesen Harrers nichts. Ich schulde dieser Welt nichts. Ich hatte niemals eine Chance, Karin. Bei den Harrers war ich nur der ungeliebte Spielball von diesem Miststück, das mir als liebende Schwester vorgesetzt wurde.

Sie hasste mich vom ersten Tag an, weil sie mit mir nicht vor ihren Freundinnen prahlen konnte. Ich war in ihren Augen ein Monster. Und genau das setzte sich in all den Jahren danach fort, in denen ich versuchte, ein anständiges Leben innerhalb der Gesellschaft zu führen. Sie nahmen mir jede Chance. Sie jagten das Monster fort, denn es entsprach nicht dem Ideal, das heute erfüllt werden muss, um erfolgreich zu sein. So kann keiner auf Dauer leben, das bringt dich um.«

Karin war bis an die Brüstung getreten, konnte ihm nicht ausweichen. Sein hassverzerrtes Gesicht befand sich direkt vor ihrem. Alles in ihr verkrampfte sich. Warum sie es tat, wusste sie nicht. Aber sie legte eine Hand auf seine Wange und wischte eine Strähne seines Haares aus dem Gesicht. Er musste es spüren, dass ihre Hand zitterte. Langsam legte er seine Hand über ihre und hielt sie fest. Selbst die Vögel schienen ihr Gezwitscher eingestellt zu haben, so still war es um sie herum. Ihre Blicke ruhten ineinander.

»Ich weiß, wie sehr du Sven liebst. Und bitte glaube es mir, ich freue mich darüber. Du hast es verdient, einen guten Partner zu bekommen, der zu dir hält und dich beschützt. Es wäre sicher schön gewesen, wenn wir uns unter anderen Umständen kennengelernt hätten. Bitte verzeih mir, wenn ich uns miteinander verglichen habe. Du hast recht. Ich bin anders. Doch es ist meine Bestimmung, so zu sein, wie ich bin. Und die Welt hat mich zu dem gemacht.«

Es wirkte wie eine Flucht, als sich Pehling umdrehte und im Dunkel der umstehenden Wälder verschwand. Gedankenverloren stieg Karin in ihren Mini und strich über die Hand, die Pehling noch vor wenigen Momenten berührt hatte.

- Kapitel 20 -

Etwas war anders heute. Sven betrat das Büro und wurde von einer Stille empfangen, die er so nicht kannte. Obwohl Hörster und Krassnitz an ihren Schreibtischen arbeiteten, knisterte die Luft. Kein Kaffee, kein *Guten Morgen, Chef.* Nichts, was Svens Stimmung hätte heben können.

»Darf ich die Herrschaften kurz bei der Meditation stören? Ich hätte gern in der Sache mit den verschwundenen Mädchen weitergemacht, bevor wir uns bei den Mordfällen völlig verheddern. Ich denke, wir haben mittlerweile die DNA der Leichen und die der vermissten Mädchen. Wie weit sind wir mit dem Abgleich?«

Frau Krassnitz wühlte in den Unterlagen auf ihrem Schreibtisch, während Kommissar Hörster aufstand und sich Svens Schreibtisch näherte. Krassnitz legte schließlich einige Listen vor Sven auf den Tisch und wollte wieder wortlos verschwinden.

»Was läuft hier eigentlich? Wären die Herrschaften mal so nett und klären mich über die beschissene Stimmung auf? Wer fängt an, na los? Ihr glaubt doch wohl nicht, dass ich nicht spüre, dass euch was über die Leber gelaufen ist.«

Krassnitz blieb wie angewurzelt stehen und sah sich nach Hörster um, so, als wollte sie andeuten, dass er beginnen sollte.

»Ich persönlich finde, dass Sie Frau Hollmann gestern zu Unrecht angemotzt haben. Das war einfach nicht richtig. Und Ruhland haben Sie auch unnötig hart vor den Kopf gestoßen. Man wird doch wohl noch seine Meinung als Mensch äußern dürfen.«

»Als Mensch, sagen Sie? Sie sind ein Polizist, genauso wie ich, Hörster. Man erwartet von uns, dass wir uns an das Gesetz halten. Wir können doch nicht tatenlos zusehen, wie in unserer Nachbarschaft der menschliche Müll weggeräumt wird, und das auch noch von einem anderen Killer.«

Hörster und Krassnitz sahen ihn wortlos an. Keiner ging auf diese Bemerkung ein.

»Was? Warum starrt ihr mich so an? Habe ich was Falsches gesagt?«

»Nein, haben Sie nicht, Chef. Nur aus Ihrem Mund klingt das so ... so anders. Denken Sie mal darüber nach, wie oft Sie beim Alten oben gesessen haben, weil Sie sich nicht an das Gesetz, an die Vorschriften gehalten haben. Gerade Sie haben die Vorschriften zigmal ignoriert. Nie haben Sie von unserer Seite einen Einwand gehört. Niemals. Aber Sie waren damit erfolgreich. Das haben wir immer akzeptiert. Ja, Gesetze müssen sein, da gebe ich Ihnen recht. Aber das ist ein Kampf gegen die berühmten Windmühlenflügel. Mir persönlich bereitet es keine schlaflosen Nächte, dass jemand für uns den Müll wegräumt. Ich kann dabei viel ruhiger schlafen. So, jetzt können Sie über uns herfallen. Ich habe alles gesagt. Sie sind wieder dran, Hörster.«

Krassnitz hatte sich in Rage geredet und sah sich einem Mann gegenüber, der mit offenem Mund dastand und von einem zum anderen blickte.

»Das hätte ich nicht besser sagen können, Kollegin Krassnitz. Natürlich müssen wir aufpassen, dass diese Racheaktionen nicht aus dem Ruder laufen. Doch bisher hat es doch, was Pehlings aktuelle Leichen betrifft, die Richtigen getroffen. Nun ja, wenn wir mal von der Kollegin vom LKA und dem Arzt absehen. Da hat er einen Riesenfehler gemacht. Das war nicht richtig.«

»Da bin ich ja beruhigt, dass ihr noch zwischen guten und weniger guten Morden unterscheidet. Ich bleibe dabei, liebe Kollegen. Jeder Tote, der auf sein Konto geht, ist einer zu viel, basta. Wir müssen den Mann unbedingt stoppen. Mit dem Disput zwischen mir und Frau Hollmann habt ihr sicher recht, auch bezüglich Ruhnert. Ich werde mich dazu noch mit den Beiden unterhalten müssen. Wenn ihr euch jetzt genug ausgekotzt habt, könnten wir sicher wieder zum aktuellen Fall zurückkehren, oder? Was sagen mir diese Listen?«

Die Spannung war zum größten Teil verflogen, sodass Krassnitz und Hörster sich über den Schreibtisch beugten und den Finger auf die Namen legten. Hörster legte los.

»Wir haben einmal in der Geschichte dieser Firma Polkax herumgestochert und Folgendes in Erfahrung gebracht. Diese Textilfirma hatte ihren Sitz in Bochum. Die lief über viele Jahre ganz gut, konnte die Umsätze schnell hochschrauben, da sie ihre Ware gut bei den bekannten Billiganbietern und im Internet loswurden. Keine Nobelware, einfach nur für die Masse und absolut preiswert. Inhaber war damals ein Rainer Pointer, der aus Salzburg stammt. Der heiratete vor vierzehn Jahren eine Helga Pointer, geborene Kuhlmann. Er machte sie zur Partnerin, da sie als gelernte Modedesignerin gute Ideen für neue Kollektionen einbringen konnte. Aus dieser Ehe entstand die einzige Tochter Sandra. So weit, so gut. Der Laden lief.«

Krassnitz übernahm die weitere Erklärung.

»Jetzt wurde es interessant. Die Familie Pointer besaß einen recht ansehnlichen Motorsegler, der im Haus Scheppen untergebracht war, wenn man nicht gerade auf dem Mittelmeer unterwegs war. Allerdings schipperte die Familie gerne mal zwischendurch über Binnengewässer. Der Baldeneysee und die Ruhr waren bei ihnen besonders beliebt. Das alles hört sich auch nicht besonders aufregend an. Das Beste kommt aber noch.

Eines Tages feierte Töchterchen Sandra, ohne Wissen der Eltern, eine wilde Party auf dem Kahn. Sie glaubte, ihren Freunden dann ausgerechnet nachts bei einem Scheißwetter beweisen zu müssen, wie gut sie schon mit dem großen Kahn umgehen kann. Die Jugendlichen fuhren also im Suff raus und dann passierte das Unglaubliche. Das Boot schlug wohl bei einem falschen Wendemanöver um. Alle konnten sich ans Ufer retten. Zwei Mädchen konnten sich am Boot festhalten und wurden gerettet. Sandra blieb verschwunden. Niemand hat sie jemals gefunden. Die Leiche tauchte nie wieder auf. Das war vor etwa sechzehn Jahren.«

»Wie alt war dieses Mädchen damals eigentlich?«, wollte Sven wissen. An dieser Stelle übernahm wieder Hörster.

»Sandra war erst fünfzehn. Doch damit ist die Geschichte der Familie noch nicht beendet. Die Eltern gaben nicht auf und beauftragten Fachfirmen damit, den See abzusuchen. Man wollte sicher sein, ob sie wirklich ertrunken war. Bis heute bleibt das Verschwinden des Mädchens ein Mysterium. Keine Leiche. Die Eltern investierten viel Geld in weitere Suchen. Es hätte ja auch sein können, dass sie einem Verbrechen zum Opfer fiel oder entführt wurde. Nichts. Man erzählt sich, dass die Eltern schier verzweifelten und schließlich aufgaben. Die Firma ging in Konkurs, nachdem es zu diesem Unfall kam.

Bis heute ist ungeklärt, ob es tatsächlich ein Unfall war, oder der Vater den Wagen bewusst gegen den Brückenpfeiler lenkte. Jedenfalls kamen beide Elternteile dabei um. Das Erbe fiel an Helga Pointers Mutter, eine Klara Kuhlmann. Die lebt mit ihrem unverheirateten Sohn in Haarzopf. Ich bin mir nicht sicher, ob uns das wirklich weiterbringt, aber mehr haben wir bisher nicht über die Firma selbst herausbringen können.«

»Ich werde mir die Dame mal ansehen, damit wir das mit der Firma abschließen können. Was haben wir bei dem DNA-Abgleich erreicht?«

»Ich habe auf der Liste vier Namen gelb markiert. Bei denen gab es eine hundertprozentige Übereinstimmung. Die anderen Daten habe ich ans LKA geschickt, damit wir die mit eventuell woanders vermissten Mädchen abgleichen können. Von dort gibt es aber noch nichts Neues, Chef. Immerhin haben wir aber vier klare Identitäten, besser gesagt sogar fünf. Diese Astrid war ja von Anfang an identifiziert. Hätten wir die nicht gesucht, lägen die Mädchen noch heute da unten im Verschlag. Wir können nur hoffen, dass wir nicht noch weitere finden.«

»Das war gute Arbeit, Leute. Ich werde mich mal bei der Erbin umsehen. Adresse haben wir? Hörster, Sie bleiben an der Sache in der Bismarckstraße dran. Die Gelsenkirchener haben die ja auch an uns verwiesen, da wohl Pehling im Spiel ist. Dann wollen wir mal ein bisschen durch die Gegend fahren und Besuche machen.

Und noch was. Nicht, dass ihr glaubt, ich bin böse wegen eurer Bemerkungen. Ich glaube, dass jeder von uns ein wenig recht hat. Mit Frau Hollmann und Ruhnert werde ich noch sprechen. Das wird schon. Ich bin jetzt in Haarzopf anzutreffen.«

- Kapitel 21 -

Sven beschlich ein ungutes Gefühl, je mehr er sich dem Ortsteil Haarzopf näherte. Zu sehr hatten sich die Bilder von damals bei ihm eingeprägt, als er den Tatort besuchte, an dem Pehling den Sensationsreporter Jan Kleber hinrichtete. Lange hatten ihn diese Eindrücke verfolgt. Doch die gesuchte Adresse befand sich Gott sei Dank weit weg davon in einer belebten Straße.

Sven drückte die Klingel und musste viel Geduld aufbringen, bevor sich die Tür öffnete und ihm eine vom Leben gezeichnetes Frau öffnete. Die ältere Dame, deren Gesicht von Falten zerfurcht war, lächelte ihn freundlich an. Sie sah fragend zu ihm hoch. Die knöcherne Hand hielt die schwere Holztür nur einen Spalt geöffnet. Schließlich entdeckte sie die Polizeimarke, die Sven ihr vor das Gesicht hielt. Umständlich zerrte sie eine Lesebrille aus ihrer Schürze und erschrak.

»Polizei? In meinem Hause? Ist denn etwas passiert, Herr Inspektor?«

»Mein Name ist Spelzer, Oberkommissar Spelzer vom Morddezernat Essen. Darf ich einen Moment reinkommen?«

Nur einen kurzen Moment schien Frau Kuhlmann zu zögern, bevor sie die Tür vollständig öffnete und Sven mit einer einladenden Handbewegung anzeigte, dass er willkommen war. Sven sah sich um und musste lächeln, als er die vielen Dinge sah, die schöne Erinnerungen in ihm wachriefen. Tante Hedwig, bei der er als Kind häufig im Garten spielen durfte, besaß damals die gleiche Einrichtung. Selbst der Geruch von alten Möbeln und abgestandenem Essen war ihm vertraut. Er befand sich auf einer Zeitreise.

»Setzen Sie sich, Herr Inspektor. Darf ich Ihnen einen Kaffee anbieten? Habe gerade einen frischen aufgebrüht – einen richtigen Filterkaffee, verstehen Sie?«

Sie kniff ihm verschwörerisch ein Auge zu, als wollte sie ihm damit verraten, dass sie wieder einmal guten Kaffee auf dem Schwarzmarkt organisiert hatte. Sven fühlte sich auf Anhieb wohl und warf sich in die mit rotem Stoff bezogene Couch, in der er tief einsank. Die Federn spürte er deutlich in den Gesäßbacken. Kurze Zeit später kam Frau Kuhlmann mit zwei dampfenden Tassen wieder in den Raum und blieb einen Moment vor ihm stehen, bevor sie die Tassen auf der geblümten Tischdecke absetzte.

»Setzen Sie sich besser auf die andere Seite der Couch. Ich glaube, auf dieser Seite sind die Federn durch. Da hat doch immer mein Mann, Gott hab ihn selig, gesessen. Die sind völlig durch. Was nehmen Sie in den Kaffee? Zucker oder Sahne? Können Sie beides haben, junger Mann. Mensch, das hätte ich auch nicht gedacht, dass ich auf meine alten Tage nochmal so einen feschen Kerl in der Wohnung habe.«

Wieder kicherte sie vor sich hin und fiel in den Sessel.

»So, jetzt mal raus mit der Sprache. Was kann ich altes Weib für Sie tun? Aber trinken Sie vorher, der gute Kaffee wird sonst kalt.«

»Eigentlich ist das heute nur ein Routinebesuch bei Ihnen. Im Zuge von Ermittlungen in einem Mordfall stießen wir auf Beweisstücke, die mit der ehemaligen Firma Ihrer Kinder in Verbindung gebracht werden konnten. Dabei geht es konkret um Textilien der Firma Polkax. Wir wissen, dass diese Firma bereits vor zwölf Jahren den Konkurs anmelden musste. Uns ist auch bekannt, dass Ihre Tochter und Ihr Schwiegersohn damals bei einem tragischen Verkehrsunfall ums Leben kamen.«

»Das war ein Suizid, Herr Inspektor, ein Selbstmord. Glauben Sie mir. Der hat meine Tochter mit in den Tod gerissen, dieser Dreckskerl. Er soll in der ewigen Hölle dafür schmoren.«

Der Hass, den diese alte Frau in diesem Augenblick empfand, war für Sven körperlich spürbar. Er überging die Bemerkung.

»Nun gut, wie es auch sei. Weiterhin wissen wir, dass Ihre Enkelin damals bei einem Bootsunfall auf dem Baldeneysee ums Leben kam, zumindest wird sie bis zum heutigen Tag vermisst. Doch das nur zu Ihrer Information. Ich möchte damit ausdrücken, dass wir über Ihre sehr tragische Familiengeschichte im Großen und Ganzen recht gut informiert sind. Wir möchten in diesem Zusammenhang nur einen Rat von Ihnen einholen.«

Aufmerksam hatte Frau Kuhlmann zugehört, während sich ihr Gesichtsausdruck zusehends verhärtete. Die Freundlichkeit, die sie bisher gezeigt hatte, war einer sehr ernsten

Miene, sogar einem leicht abweisenden Ausdruck gewichen. Man hätte sagen können, dass auch Traurigkeit darin versteckt war.

»Sandra ist bei ihrer Mutter im Himmel. Ihr Vater büßt für seine Sünde in der tiefsten Hölle. Wie kann ich der Polizei helfen?«

»Wir haben in den letzten Tagen einige Mädchen tot aufgefunden. Die Details möchte ich Ihnen ersparen. Uns fiel auf, dass fast alle die Bekleidung eines Herstellers trugen – alle waren mit Polkax-Kleidern ausgestattet worden. Nun ist es nach unseren Recherchen derzeit nicht möglich, solche Kleider im normalen Handel zu erwerben. Sie sind nicht mehr frei verkäuflich. Könnten Sie sich vorstellen, wer diese Textilien noch auf Lager halten könnte? Es wäre ja gut möglich, dass es noch irgendwo Händler gibt, die solche Raritäten anbieten. Wir denken da zum Beispiel an einen Second-Hand-Verkauf, die früher größere Posten von Ihrer Firma aufkauften. Fällt Ihnen dazu was ein?«

Einen Augenblick hatte Sven den Eindruck, dass die alte Dame nicht begriffen hatte, was er von ihr wollte. Ihr Blick war in die Ferne gerichtet und fixierte einen Punkt an der Wand. Kurze Zeit später löste sie sich wieder aus der Starre und schüttelte lächelnd den Kopf.

»Nein, das tut mir wirklich leid, aber da kann ich Ihnen überhaupt nicht helfen. Ich habe mich nie um die Geschäfte meiner Kinder gekümmert. Die machten auch immer ein kleines Geheimnis darum, wissen Sie. Wir Ältere waren ja ein wenig einfältig, glaubten die immer. Aber da haben sie sich mächtig geirrt. Wir haben es schließlich geschafft, uns durch den Krieg zu mogeln. Das müssen die erst mal schaffen. Nein, wie ich schon sagte, da kann ich Ihnen nicht helfen. Sie haben ja noch gar nichts getrunken. Jetzt ist der Kaffee kalt, wie schade. Soll ich Ihnen einen neuen einschütten?«

»Oh, nein, danke. Das wäre es aber auch schon. Schade eigentlich. Sie waren meine letzte Hoffnung. Doch bevor ich es vergesse. Könnte Ihr Sohn diesbezüglich etwas darüber wissen? Die Geschwister werden doch damals bestimmt ...«

»Nein, Frank weiß bestimmt nichts darüber. Er war damals ständig im Auslandseinsatz. Er hat bei der Legion gedient, überall auf der Welt den Menschen geholfen. Ein guter Mensch, wissen Sie.«

»Ich würde ihn trotzdem gerne selbst fragen. Er wohnt doch hier bei Ihnen, wenn ich richtig unterrichtet bin. Wann kommt er ...?«

»Frank können Sie derzeit in Barcelona finden. Er macht dort Urlaub. Das ist seine Lieblingsstadt, sagt er immer. Der bringt mir bestimmt wieder etwas Schönes mit von dort. Er ist ein lieber Mensch, der für seine Mutter sorgt. Ich frage ihn aber trotzdem, wenn er wieder zurück ist. Lassen Sie Ihre Telefonnummer hier, dann meldet er sich bei Ihnen, Herr Inspektor.«

Obwohl Sven nicht erfolgreich war, verließ er die alte Dame mit einem guten Gefühl und etwas Wehmut. Gerne hätte auch er eine solch liebenswürdige Großmutter gehabt, bei der er als Kind Trost gefunden hätte. Er fand, dass jeder junge Mensch Großeltern zum Ausweinen und Anlehnen brauchte. Eltern waren in manchen Situationen nur bedingt die richtigen Ansprechpartner.

- Kapitel 22 -

Das Gesicht von Kladicz verfärbte sich zusehends. Die Wut, die das verursachte, konnte er nicht länger zurückhalten. Keiner der Männer, die mit ihm um den Tisch herumstanden, wagte auch nur die geringste Äußerung. Alle wussten sie, wie unberechenbar der Boss in solcher Stimmung reagieren konnte. Seine Hände pressten sich um die Reitgerte, die er ständig mit sich herumtrug. Die Knöchel seiner Hände traten weiß hervor. In den Augen erkannten sie alle eine Eiseskälte, die angsteinflößend war.

»Das sind also die Männer, die mir noch verblieben sind? Ihr Fünf besitzt noch den Anstand und den Mut, das mit mir durchzustehen? Diese feigen Wichser, die ihren mickrigen Schwanz eingezogen haben und nach Hause abgehauen sind, werden mich noch kennenlernen. Sobald ich hier fertig bin, werde ich mich um diese Schwanzlutscher kümmern. Das verspreche ich euch. Wenn noch einer von euch abhauen will, soll er das sofort tun, denn jetzt werde ich in die heiße Phase eintreten.

Ich gebe zu, dass wir es mit einem Gegner zu tun haben, den ich bisher unterschätzt habe. Er ist ein guter Mann, ein harter Mann. Den hätte ich liebend gerne in meiner Einheit gehabt. Der scheißt sich wenigstens nicht in die Hose, wenn es gefährlich wird. Aber ich mag es, wenn die Aufgabe schwierig wird. Wir brauchen einen Plan, um dem Kerl endgültig das Genick zu brechen. Den sechs Arschgeigen, die der bisher hingerichtet hat, weine ich keine Träne nach. Das waren dämliche Weicheier, die nicht aufgepasst haben und sich zu sicher fühlten. Das wird nicht mehr passieren. Ich habe mir die Sache so gedacht.«

Aufmerksam lauschten sie den Worten ihres Anführers und nickten immer dann, wenn er sie ansah. Die Rollen und Positionen waren besprochen. Erleichterung machte sich unter den Männern breit, als sie die Versammlung auflösten und sich sicher waren, dass der Anfall des Bosses ausgeblieben war.

Sorgfältig hatte er sich jede Bewegung, jeden ankommenden und weggehenden Mann aus dem Kladicz-Bereich seit Stunden notiert. Die Beine im engen Auto verkrampften schon, doch wollte er keine Minute versäumen, in der er die möglichen Gegner zählte. Nachdem acht Männer mit Reisetaschen das Gebäude wie bei einer Flucht verlassen hatte, verblieben außer Kladicz noch fünf Mann. Um Pehlings Mund zeigte sich ein zynisches Lächeln. Er hatte das Gefühl, dass er zukünftig acht Gegner weniger zu fürchten hatte. Die Ganoven hatten sich in einer Art verabschiedet, als würden sie sich vorerst nicht wiedersehen. Gut so, das machte es für ihn wesentlich einfacher.

Elmar Pehling duckte sich hinter das Steuer, als sich die Tür zu Kladicz Büro erneut öffnete. Jetzt traten die noch verbliebenen Besucher in den Schatten des Eingangs. Der Letzte der Gruppe, in dem er glaubte, Kladicz selbst zu erkennen, schloss die Stahltür sorgfältig ab. Die Ähnlichkeit mit seinem Bruder war frappierend. Auch hier war eine äußerliche Kälte feststellbar, die ein Mann wie Pehling, der das Gespür eines Wildtieres besaß, sofort bemerkte. Vier der Männer fuhren mit einem dunklen Kombi davon, während sich Kladicz und ein breitschultriger Mann zu einem Mercedes bewegten, der dann eilig vom Hof verschwand. Noch einen Moment wollte Pehling abwarten, um sicher zu sein, dass sich niemand mehr im Haus befand. Die Dunkelheit legte sich über das Firmengelände, die Nachtbeleuchtung schaltete sich automatisch ein.

Das Gelände lag nun scheinbar verlassen vor ihm. Nur ein kleiner Raum im Parterre war beleuchtet. Ab und zu flimmerte das blaue Licht eines Fernsehers auf, was Pehling die Anwesenheit eines Sicherheitsmannes signalisierte. Er wartete ab, bis sich dieser auf seinen ersten Rundgang machte. Geduldig wartete er dessen Ankunft ab und notierte sich die Zeit. Bis der Mann zum zweiten Kontrollgang aufbrach, vergingen weitere fünfundvierzig Minuten. Pehling war zufrieden und verließ seine Deckung. Die Mauer, die das Gewerbegebiet sichern sollte, war für den durchtrainierten Mann kein Hindernis. Erst als er sich auf der anderen Seite herunterfallen ließ, hielt er sich das operierte Knie fest und verzog schmerzhaft das Gesicht. Er vergaß immer öfter, dass er dieses Bein nicht so stark belasten durfte, wie das gesunde.

Sichernd verharrte er einen Augenblick geduckt, bevor er lautlos die Stahltreppe zu den Büros hinaufschlich. Immer wieder beobachtete er den Raum, in dem er den Wachposten wusste. Der genoss die Übertragung eines Fußballspiels und schrie ab und zu seinen Ärger hinaus. Pehling sollte es recht sein. Das Schloss bereitete dem routinierten Mann kaum Probleme. Nur wenige Versuche waren notwendig, bevor sich die Stahltür lautlos öffnete. Wieder verschmolz sein Schatten mit der Dunkelheit der einbrechenden Nacht. Als er sich sicher war, keinen Alarm ausgelöst zu haben, schob er sich durch den Türspalt und lauschte ins Innere des breiten Ganges. Eine Notbeleuchtung ließ einige Türen erkennen, die in kleine Räume führten, in denen teilweise Elektronik untergebracht war. Andere dienten als Umkleideräume. Große, weiße Schürzen, die mit Blutspritzern übersät waren, hingen an durchnummerierten Fleischerhaken. Eine Szenerie, die Pehling gefiel.

Am Ende des Flures befand sich eine zweiteilige Stahltür, die Pehling jetzt ansteuerte. Vorsichtig öffnete er eine Seite und blickte in ein bequem und großzügig eingerichtetes Büro, in dem ein großer Besprechungstisch in der Mitte dominierte. In der Ecke schaffte eine Ledergarnitur sogar eine wohnliche Atmosphäre. Breite Fensterfronten gestatteten einen Blick in die Produktionsräume des Betriebes. Die Halle unter ihm zog sich weit, bis die Rückwand in der Dunkelheit verschwand. Er schätzte den Raum auf eine Länge von mindestens sechzig Meter. Die langen Tische, auf denen tagsüber das Fleisch von geübten Händen zerteilt wurde, glänzte noch vom Wasser, mit dem sie noch vor kurzer Zeit abgespritzt wurden. Eine Plastikplane teilte den Raum von dem Bereich ab, in dem die Tiere den schnellen Tod fanden. Die Tierhälften wurden normalerweise in schneller Folge über Kettenzüge in die Halle transportiert, wo sie von fleißigen Händen zerteilt wurden. Ein Knochenjob, den Pehling selbst schon ausgeübt hatte. Dieser ständige Akkord und die schlechte Bezahlung störten ihn nicht so sehr, wie die ständige Anmache der Arbeiter, die sich über sein Aussehen lustig machten. Als er schließlich das Tranchiermesser an den Hals eines polnischen Arbeiters hielt und ihn über den Tisch zwischen die blutigen Rinderhälften gezogen hatte, konnten ihn nur noch vier kräftige Männer von einer Gewalttat abhalten. Den Job war er aber los.

Elmar Pehling löste sich von diesen Bildern und ließ seinen Blick über die Halle gleiten, prägte sich jeden Winkel ein. Die steile Metalltreppe, die sich direkt neben einer kleinen Tür am Ende des Büros befand, erregte seine Aufmerksamkeit. Augenblicke später befand er sich in der Halle. Mit größter Vorsicht bewegte er sich auf dem nassen Boden, da er wusste, dass es hier trotz der Reinigung sehr rutschig sein konnte. Er wollte unbedingt einen Blick in die Bereiche werfen, in denen die Tiere angeliefert wurden.

Auch in diesem Bereich hatte er sich Kenntnisse über das Schlachten geholt. Er erkannte schnell die Schleuse, durch die normalerweise Rinder ins Innere gebracht und mit dem Bolzenschussgerät betäubt wurden. Erst der Bruststich oder das Durchschneiden der Hauptschlagader sorgt für das Entbluten und den endgültigen Tod. Die Schlachter bemühen sich in der Regel darum, diesen Bruststich in den sechzig Sekunden nach der Betäubung durchzuführen. Kopf und Füße werden abgetrennt und teilweise entsorgt. Das Hautabziehen und das Entnehmen der Brustorgane folgen, bevor das Tier mittig gespalten wird. Erst wenn das Fleisch auf

unter sieben Grad heruntergekühlt wurde, wird es in Teil-
stücke zerlegt.

Der gesamte Film lief wieder vor seinen Augen ab, er
hörte sogar die Ketten rasseln, an denen die Tierhälften
hingen. Sein Geist bewegte sich wieder zwischen den kalten
Rinderhälften. Nur langsam fand er in die Realität zurück,
hörte die Worte wie durch einen Nebel.

»Ich freue mich, endlich deine Bekanntschaft machen zu
dürfen.«

- Kapitel 23 -

»Ich will das nicht mehr. Was ist mit dieser Welt plötzlich los? Leben hier nur noch Perverse?« Sven drehte sich ab und stieß beinahe mit Ruhnert zusammen, der gerade, mit seinem Koffer bewaffnet, zum Fundort der Leiche kam.

»Hat es mal wieder Sie erwischt, Spelzer? Wieder ein Mädchen im Wasser? Lassen Sie mich mal vorbei.«

Ruhnert ging in die Knie, um das Mädchen, das die Taucher auf den Anlegesteg gelegt hatten, näher in Augenschein nehmen zu können. Man hatte ihr das gelbe Kleid sorgfältig und glatt über den Körper gezogen. Sie standen in Gruppen zusammen und diskutierten mit ihren Kollegen der Wasserschutzpolizei. Keinen der Männer ließen diese Leichenfunde kalt, zumal es sich doch um junge Mädchen, um Kinder handelte. Fast jeder von ihnen war ein Vater und glaubte sein eigenes Kind in Sicherheit − einer trügerischen Sicherheit, wie sie jetzt erfahren mussten.

»Wieder ein Polkax-Opfer, Spelzer. Hier, sehen Sie das Schild im Kleid? Das ist kein Zufall mehr. Ich schätze das Mädchen auf etwa sechzehn bis achtzehn Jahre. Diese

Klamotten müssen auf jeden Fall eng mit dem Motiv in Zusammenhang stehen. Aber fragen Sie mich nicht, warum – keine Ahnung. Weiß Frau Hollmann schon Bescheid?«

»Die ist schon informiert worden, Herr Kollege. Habe mich sofort auf den Weg gemacht. So langsam kenne ich den Weg im Schlaf zum Haus Scheppen. Darf ich mal sehen?«

Karin schob sich an Sven vorbei, als wäre er ein normaler Zuschauer und kniete sich neben Ruhnert.

»Maximal vierundzwanzig Stunden tot. Aber so lange liegt sie noch nicht im Wasser. Die Kleine ist erst nachträglich hier im See deponiert worden. Um die Fußknöchel muss sie einen Strick gehabt haben, das sieht man an den Schürfwunden. Die Fesseln könnten sich gelöst haben. Ich möchte wetten, dass wir den Korpus Delikti an dem bekannten Verschlag finden werden. Kann da mal einer nachsehen?«

Die letzten Worte hatte Karin laut in Richtung der Taucher gesprochen, die jetzt fragend den leitenden Oberkommissar ansahen. Sven nickte stumm. Nur Minuten später kam einer der Männer mit dem Strick wieder an die Oberfläche. Ruhnert hielt ihm einen Plastikbeutel entgegen, in dem das Seil verschwand. Karin hielt er anerkennend den erhobenen Daumen entgegen.

Hinter der Absperrung hatte sich eine große Gruppe von Schaulustigen gebildet, die nicht nur von den Männern der Schutzpolizei, sondern auch von mehreren Bikern zurückgehalten wurden. Sie schufen eine Gasse für das Fahrzeug, das die Tote in die Rechtsmedizin bringen sollte. Karin verabschiedete sich von Ruhnert und suchte den Weg zu ihrem Mini. Sie blickte empört auf, als Sven sich ihr energisch in den Weg stellte. Er umfasste ihren Arm.

»Lass mich bitte sofort los!«

»Das werde ich erst tun, wenn du mir sagst, warum du mich seit Tagen nicht mehr anrufst, mich meidest wie die schlimmste Pest. Die Diskussion am Totenbett dieses Serben allein kann doch wohl nicht der Grund sein. Man darf doch wohl noch seine Meinung vertreten dürfen. Mit Ruhnert habe ich mich doch auch aussprechen können, warum geht das nicht mit dir? Du gehst einfach nicht ans Telefon, öffnest auf mein Klingeln nicht die Tür. Nichts - du spielst tote Frau. Ich will jetzt Klarheit darüber, was noch zwischen uns ist.«

Lange sah ihm Karin in die Augen, schien zu überlegen. Mit keiner Miene verriet sie, was sie dachte und fühlte.

»Nicht hier. Komm, wir gehen ein paar Schritte.«

Als sie beide am Pulk der Biker vorbeikamen, konnte *Akne* einen anerkennenden Pfiff nicht unterlassen. Wieder handelte er sich ein Knuffen eines Kumpels ein, die ihn in ihre Mitte zogen. Sven und Karin schlenderten wortlos am Griechenimbiss vorbei und orientierten sich Richtung Hespertalbahn. Erst als sie hinter dem Hafen von Haus Scheppen angelangt waren, blieb sie stehen und sah über die Boote, die auf Ständern gelagert, den Sommer erwarteten. Sven war seine Nervosität anzumerken, er kaute auf seiner Unterlippe.

»Du fragst mich, warum ich in den letzten Stunden, ja Tagen, den Kontakt zu dir gemieden habe. Gerne würde ich dir eine Antwort geben, glaube mir. Aber ich kann dir keine glaubhafte, logische nennen. Ich weiß es selbst nicht. Ja, sicher hat es auch mit unseren verschiedenen Ansichten über Pehling zu tun. Doch ich sage ja auch nicht, dass ich es gutheiße, was er tut. Aber wir müssen zumindest versuchen, zu verstehen, warum er es tut. Da ist etwas Schreckliches in ihm, das weiß ich – und er weiß es selber auch. Er versucht auch, dagegen anzukämpfen. Wenn es nicht so wäre, würden wir beide vielleicht schon nicht mehr leben.«

»Na Gott sei Dank. Ich dachte schon, dass ich ihn jagen und einsperren muss. Wenn das so ist, müssen wir ja nur noch darauf warten, bis er für das Bundesverdienstkreuz vorgeschlagen wird. Wie konnte ich den Mann und seine noble Gesinnung aber auch nur so verkennen.«

»Verdammt, Sven. Ich wollte mich mit dir vernünftig unterhalten. Jetzt kommst du wieder mit deinem beißenden Zynismus. Es hat im Augenblick keinen Zweck. Du hast dich auf ihn eingeschossen. Deine Eifersucht bringt dich noch um den Verstand.«

Sven hielt sie zurück, als sie sich abwenden und fortgehen wollte. Er umklammerte sie und versuchte, sie auf die Wange zu küssen. Karin ließ es zu, ohne eine Miene zu verziehen.

»Verstehe mich doch bitte auch, Karin. Ich bin Polizist.«

»Ja, das weiß ich. Und das akzeptiere ich auch. Aber du kannst deinen Beruf und dein Privatleben nicht trennen. Du bist nicht in der Lage, das zugegeben seltsame Verhalten des Mannes zu analysieren. Lass doch einen Moment mal diese Logik des Bullen aus dem Spiel, mit der wir Menschen und ihr Tun betrachten, sie klassifizieren. Pehling kannst du nicht in irgendeine bekannte Schublade packen. Er ist etwas Besonderes.«

»Erkläre es mir. Was macht diesen Killer so besonders? Ist es seine Art zu töten, diese Kunst, wie er es nennt? Ist es die Auswahl, die er plötzlich trifft, nachdem er zuvor wahllos Kinder zerstückelt hat? Nein, Karin, ich verstehe sein Tun nicht. Für mich ist und bleibt er ein erbarmungsloser Killer, den ich hinter Gitter bringen muss – für immer. Er tötet, weil etwas in ihm das befiehlt. Ist es nicht so? Hast du es nicht vorhin selbst gesagt? Wer garantiert uns, dass dieses Böse in ihm nicht eines Tages fordert, dass er dich oder mich umbringt? Du kannst mir nicht garantieren, dass dieser Augenblick niemals kommen wird. Ich habe Angst um dich, mein Schatz. Ich habe so eine unglaubliche Angst, weil ich weiß, dass er immer in deiner Nähe ist. Vielleicht auch jetzt, in diesem Moment. Wir stehen mitten drin in seinem Jagdrevier.«

Sven spürte, dass sich Karins Körper entspannte, der zuvor noch auf Abwehr programmiert war. Er ließ zu, dass sie sich in seinen Armen drehte und ihm ihr Gesicht zuwandte. Ihre Hand wischte über seine Wange.

»Gib mir etwas Zeit, Sven. Alles, was du gesagt hast, trifft zu, das weiß ich selbst. Ich muss darüber nachdenken. Dieser Mann wird uns niemals trennen können, glaube mir. Aber es ist bei mir etwas in Unordnung geraten, das ich erst wieder geraderücken muss. Der Verlust meiner besten Freundin ist auch Schuld daran. Ich werde mich jetzt um das Mädchen kümmern, das wir heute gefunden haben. Danach sollten wir noch einmal miteinander reden. Nur glaube mir eins. Das wiederhole ich immer wieder. Ich liebe dich, Sven. Pehling wird niemals zwischen uns stehen. Lass uns telefonieren – heute Abend.«

Karin gab Sven einen flüchtigen Kuss und befreite sich aus seinen Armen. Lange sah er dieser Frau hinterher, die freundlich den johlenden Bikern zuwinkte.

- Kapitel 24 -

Das Herz stellte für einen kurzen Augenblick das Schlagen ein. Als die gesamte Halle im hellen Licht erstrahlte, überall Neonröhren aufflackerten, verkrampfte sich Pehlings Körper. Er wusste, dass er wie ein blutiger Anfänger in eine tödliche Falle gelaufen war. An allen Ausgängen der Halle bemerkte er Männer, die ihre Waffen auf ihn gerichtet hatten. Erst das Hüsteln eines der Männer unterbrach die bedrückende Stille, die diese Riesenhalle erfüllt hatte. Die Spannung war greifbar.

Nur einen sehr kurzen Moment ließ Pehling zu, dass Angst in ihm aufkeimte, dann setzte sich sein zweites Ich mit brachialer Gewalt durch. Er spürte, wie die Kälte in seinen Körper zurückströmte, die er so lange verdrängen konnte. Seine Sinne schärften sich derart, dass er jetzt wieder diesen Geruch von Tod und Verwesung, der naturgemäß in dieser Umgebung immer zugegen war, herausriechen konnte. Er wurde sich seiner ausweglosen Situation wohl bewusst, verdrängte aber die Angst, die oft Schuld an falschen Reaktionen war. Sein Verstand arbeitete auf Hochtouren, analysierte die Lage, wägte ab, wie groß seine

Chancen waren, aus dieser Falle ungeschoren herauszukommen. Jede Kugel aus den Waffen der Gangster war schneller als irgendein Fluchtversuch seinerseits. Er entdeckte in allen Türen einen Gegner, insgesamt vier – einer fehlte – Stojan Kladicz. Seine Stimme hatte er aber zuvor gehört. Pehling hob die Hände und drehte sich um. Da war er. Hoch über ihm stand Kladicz in der Tür, vor der die Leiter steil in die Halle führte. Sein schmieriges Grinsen ließ keinen Zweifel daran, was er beabsichtigte. Pehling erwiderte dessen kalten Blick, ohne zu zeigen, wie es in ihm arbeitete. Den Triumph dieses Augenblicks wollte er ihm nicht gönnen. Er übernahm die Initiative.

»Du hast mich suchen lassen – hier bin ich. Ich bin zu dir gekommen, um das Spiel ein für alle Mal zu beenden. Endlich möchte ich dem Mann persönlich begegnen, dem ich siebzigtausend Mäuse wert bin. Die Anfänger, die du mir bisher auf den Hals gehetzt hast, haben auf der ganzen Linie versagt. Die Scheißer hier werden auch nicht besser sein. Da bin ich mir sicher. Was hältst du davon, wenn wir beide das unter uns ausmachen? Dein Bruder hat ganz schön lange durchgehalten, das muss ich zugeben. Aber zum Schluss hat er geweint, wie ein Kind. Er hat sich sogar in die Hose geschissen, als er die Schmerzen nicht mehr aushielt. Bist du noch mutiger und zeigst deinen Leuten, wie stark du bist? Ich warte auf dich, du großer Soldat.«

Pehling sah deutlich, wie jedes seiner Worte bei dem Mann einschlug. Er wusste genau, dass er ein sehr gefährliches Spiel begann, indem er diese Bestie bis aufs Blut reizte. Aber es war die einzige, winzige Chance für ihn, lebend diese Halle wieder zu verlassen. Würde er diesen

Anführer besiegen, bestand eine geringe Möglichkeit, dass sich der Rest der Männer in Sicherheit bringen würde. Die Loyalität hörte immer dann auf, wenn es ums eigene Leben ging. Aufmerksam beobachtete er den Gegner und die Männer, die erwartungsvoll zu ihrem Boss hochsahen. Der sah sich dazu gezwungen, endlich zu antworten und damit sein Gesicht zu bewahren.

»Du musst ein sehr einfältiger Mensch sein, wenn du glaubst, dass wir dich nicht längst da draußen beobachtet und dann hier erwartet haben. Du bist direkt in die Falle gelaufen. Aber man hat mir berichtet, dass du ein harter Hund sein sollst. Ich schätze solche Männer. Du bist ein würdiger Gegner, da du sogar meinen Bruder geschafft hast. Ich werde es mir durch den Kopf gehen lassen, ob wir es auskämpfen werden. Weißt du, die Zeiten sind ja eigentlich vorbei, in denen Männer sich im Kampf Mann gegen Mann beweisen mussten. Heute regiert der, der die größere Macht, das Geld besitzt. Hast du gehört, du Gladiator? Das Geld gibt mir die Macht, nicht die körperliche Überlegenheit. Aber in deinem Fall werde ich es mir überlegen. Du wärst für mich eine Herausforderung.

Ich werde mich mit meinen Männern bei einem Gläschen zusammensetzen und den vorläufigen Sieg feiern. Du musst dich noch etwas gedulden. Bringt ihn nach nebenan und sorgt dafür, dass er mir nicht wegläuft.«

Pehling konzentrierte sich auf den Stiernacken, der von halbrechts auf ihn zukam. Direkt vor ihm blieb der mit gezogener Waffe stehen und schien auf etwas zu warten, was Pehling prompt zu spüren bekam. Der Tritt in die gesunde Kniekehle ließ ihn wie einen gefällten Baum einknicken. In letzter Sekunde konnte er den Sturz dadurch abmildern, dass er sich an einer Tischplatte festhielt. Das Knie des hinter ihm stehenden Gegners bekam er trotzdem mit geballter Kraft in die Nieren. Der Schmerz nahm ihm den Atem. Geistesgegenwärtig rollte er zur Seite und bekam das Bein seines Gegners zu fassen. Der Schrei des Gepeinigten hallte durch den Raum, als sein Hüftgelenk aus der normalen Position sprang. Mit einem unnatürlich verkrümmten Körper schrie er seinen gesamten Schmerz heraus. Der Fleischkloß vor Pehling verfolgte mit großen Augen, wie sich sein Kumpel auf der Erde wälzte. Genau diesen Augenblick der Unaufmerksamkeit nutzte Pehling aus, um seine kräftigen Hände um die Kronjuwelen des Gegners zu legen. Mit all seiner Kraft presste er seine Hand zu einer Faust. Das Gebrüll des Dicken hatte etwas Unmenschliches, die Schmerzen raubten ihm die Sinne, hatten eine Ohnmacht zur Folge. Die Zeit war recht kurz, in der sich Pehling über seinen Erfolg freuen durfte. Der kräftige Schlag mit dem Revolverknauf raubte ihm augenblicklich die Sinne. Hart schlug er mit dem Kopf gegen ein Tischbein und verabschiedete sich in das Land der Träume.

Überall war der Schmerz. Gerne hätte er sich gewünscht, die malträtierten Stellen abtasten zu können, doch die Hände waren unbarmherzig mit Ketten an der Decke befestigt. Nur mühsam öffnete er die Augen und erkannte mit Schrecken, dass er sich in dem Raum befand, in dem die Tiere vom Fell befreit und halbiert wurden. Seine Hände waren unlösbar mit den Ketten verbunden, die weit oben an dem Förderband befestigt waren. Die Füße schwebten wenige Zentimeter über dem Boden. Eine scheinbar ausweglose Situation. Doch der Verstand sagte ihm, dass man ihm nicht aus Mitleid das Leben gelassen hatte, sondern, weil die Gangster noch ihren Spaß mit ihm haben wollten. Das jedoch wollte er auf keinen Fall abwarten. Verzweifelt suchte er nach einem Wächter, auf den man scheinbar verzichtet hatte. Die Freudenfeier, von der er zeitweise Laute mitbekam, war in vollem Gange. Trotz seiner prekären Lage musste er schmunzeln, da er sich die beiden Männer vorstellte, die währenddessen mit schmerzverzerrtem Gesicht das Geschehen nur ansehen durften.

Immer wieder glitt sein Blick trotz der schlechten Beleuchtung hoch an die Decke, bis er seinen irrwitzigen Plan begann, in die Tat umzusetzen. Das gesamte Gewicht seines Körpers verlegte er auf eine Seite, belastete lediglich einen Arm. Den einsetzenden Schmerz unterdrückte er mit großer Anstrengung. Nun versetzte er seinen Körper in Schaukelbewegungen, sodass er die Kette des rechten Arms mit der linken Hand oberhalb fassen konnte. Mit aller Kraft, die ihm zur Verfügung stand, zog er sich mit der linken Hand an der Kette höher. Nun konnte er den Zug der Kette, auf der rechten Hand neutralisieren. Sie war mit einem Ruck frei. Der Schmerz war fast unerträglich, als er sein gesamtes Gewicht nun in dem linken Arm spürte, der immer noch in der Kette klemmte und abzusterben drohte. Trotz der Schmerzen ließ er sich ruhig durchhängen und lauschte angestrengt in die Dunkelheit. Nichts. Die Feier war in vollem Gange. Immer wieder hörte er Liedfetzen, die in einer ihm fremden Sprache gesungen wurden. Ihm sollte es recht sein, dass sich die Brüder beschäftigten.

Kurz bevor ihm die Sinne zu schwinden drohten, umfasste er mit der freien Hand die Kette und zog sich mit schmerzverzerrtem Gesicht hoch. Kraftlos rutschte er von dem blutverschmierten Kettenglied ab und fiel wieder zurück. Den kurzen Schrei konnte er nicht mehr zurückhalten. Wieder drohte ihm die Ohnmacht. Aus dem Nebenraum vernahm er wie durch einen Nebel den Ausruf:»Halt die Fresse und schon deine Stimme! Du wirst die gleich noch brauchen, wenn wir uns mit dir beschäftigen werden.«

Das anschließende Gegröle setzte neue Kräfte in ihm frei, die er niemals vermutet hätte. Trotz seiner Schwäche versuchte er es noch ein letztes Mal, aus der tödlichen Umklammerung der Kette herauszukommen. Mittlerweile hatte er das Gefühl, als wären ihm bereits etliche Sehnen im Handgelenk gerissen. Sein Gesicht verzerrte sich zu einer Maske, als er sich wieder in die Schaukelbewegung brachte. Mit seiner letzten Kraft griff er nach der Kette, oberhalb der eingepressten Hand und erreichte sie mit zwei Fingern. Wieder dieser unvermeidliche Schrei, als er sich verzweifelt an der Kette festklammerte und Blut in den verletzten Arm pulsierte.

Jetzt nur nicht wieder loslassen. Ich schaffe das.

Sein schwerer Körper schlug mit einem dumpfen Geräusch auf dem Betonboden auf. Der Verstand drohte, sich wieder in eine Ohnmacht zu verabschieden. Er drückte die verletzte Hand verzweifelt unter die Achsel des anderen Armes und befahl seinem Körper, dass er durchhalten muss.

Du schaffst das. Du kommst hier wieder raus.

Immer wieder flüsterte er sich diese Worte zu, während er sich aufrappelte und die Pforte suchte, durch die am nächsten Tag die todgeweihten Tiere in diese Hölle getrieben wurden. Als er die Stahltür öffnete, schlug ihm die reine Luft der Freiheit entgegen. Er konnte wieder den Sternenhimmel sehen. Noch während er mühsam über die Mauer kroch, entstand das Bild vor seinen Augen, wie er sich an seinem Gegner rächen würde.

- Kapitel 25 -

Die Fahrstuhltür öffnete sich und Peter Krüger, Leiter der Drogenfahndung, stieß beim Verlassen beinahe mit Sven zusammen. Irritiert sah Sven auf seinen Freund, der ihn am Arm zurückhielt. Er zog ihn weg vom Fahrstuhl und drängte ihn zum Fenster.

»Gut, dass ich dich gerade treffe. Ich wollte eh heute Vormittag zu dir ins Büro kommen. Wir haben einen Fall, der uns beide irgendwie einbindet. Ich spreche von dem Kladicz-Bruder, diesem Stojan. Pehling hat uns zwar das Gerichtsverfahren gegen Milan Kladicz durch sein wundersames Eingreifen erspart, doch dessen Geschäfte laufen weiter, so als wäre nichts passiert. Die Organisation scheint nahtlos in die Hände des Bruders übergegangen zu sein. Zumindest wird das so in der Szene verbreitet.«

»Darf ich dich mal an der Stelle unterbrechen? Du sagtest, dass Pehling uns geholfen hätte. Denkst du vielleicht auch so, dass wir ihm deshalb Dank schuldig sind? Von allen Seiten werde ich angemacht, weil ich diesen Sauhund wegen dieser Selbstjustiz verurteile. Wie ist denn deine Einstellung?«

Es war Oberkommissar Krüger anzumerken, dass er sich in seiner Haut nicht wohlfühlte. Lange überlegte er, wie er mit dieser schwierigen Situation umgehen sollte.

»Sven, du kannst dir sicher sein, dass ich in diesem Punkt auf deiner Seite bin. Auch ich bin der Meinung, dass sich niemand zum Rächer ernennen und die Bestrafung scheinbar Schuldiger in die eigenen Hände nehmen darf.«

»Aber ... jetzt komm endlich raus damit.«

»Ja, es gibt immer ein Aber, mein Freund. Du musst dich ab und zu in die Lage der Opfer versetzen, obwohl Pehling ja streng genommen kein Kladicz-Opfer war. Zumindest nicht von dem Milan. Dich stört die Meinung einiger Betroffener, das weiß ich. Dazu gehört auch deine geschätzte Freundin Doktor Hollmann. Wir alle haben mittlerweile mitbekommen, dass sie mit diesem Pehling in engerem Kontakt steht. Das stört dich, was ich sehr gut nachvollziehen kann. Doch die Initiative geht schließlich nicht von ihr aus, sondern der Kerl kontaktiert sie. Das ist ein Riesenunterschied. Du erwartest, dass sie ihn ans Messer liefert, schließlich bist du Polizist. Versuche aber auch einmal, wie ein normaler Mensch zu denken, löse dich von deinem Berufseid.

So wie ich das sehe, beschützt er deine Kleine besser, als wir es getan haben. Ist es nicht so? Der hat sich auch umgehend um die Schuldigen gekümmert, als ihre Freundin unmenschlich abgeschlachtet wurde. Zugegeben, das war schon etwas krass, aber endgültig. Wir hätten diesen Dreckskerlen doch wahrscheinlich nichts beweisen können. Pehling hatte das Urteil ohne lange Beweisaufnahme gesprochen. Der Fall landet nun als erledigt im Archiv. Du kannst dich jetzt völlig auf Kladicz konzentrieren.«

Sven hatte gut zugehört, konnte seine Empörung kaum noch unterdrücken. Er wollte in diesem Augenblick aber nicht Dinge zerstören, die mühsam gewachsen waren. Die Freundschaft zu Peter war ihm wichtig. Außerdem musste er erkennen, dass er ihn um eine ehrliche Meinung gefragt hatte. Die hatte er nun. Er sah aus dem Fenster, während er sprach.

»Bist du dir sicher, dass es jemals dazu kommen wird?«

»Dass es wozu kommen wird?«

»Nun ja, du sprachst davon, dass wir uns nun auf Kladicz konzentrieren können. Ich habe den Fall noch immer auf dem Tisch und will das Schwein packen, aber der hat ja nicht nur uns beide am Arsch, sondern auch Pehling. Kladicz hat diesem Monster den Krieg erklärt, als er die Belohnung aussetzte. Einen Krieg, den er nicht gewinnen wird. Ein paar Köpfe sind ja schon gerollt, die ich mal alle Pehling zuordne. Der wird diesen Stojan genauso auf seiner Todesliste haben, wie vorher dessen Bruder. Wenn ich dem Gesetz der Serie folge, könnten wir uns doch einfach zurücklehnen und abwarten.

Du sprachst vorhin davon, dass wir einen gemeinsamen Fall Kladicz hätten. Erledigt sich der nicht ganz von selbst? Vielleicht sollten wir ein Kicker-Turnier für die Mitarbeiter organisieren und diesen Killer die Arbeit machen lassen.«

»Verdammt, Sven. Du bist verbittert und flüchtest dich zur Zeit in Zynismus. Bleib mal auf dem Boden und trenne dein privates Problem vom Dienst. Ich bin mir sicher, dass Karin dich liebt, dass sie absolut nichts mit diesem Kerl zu tun hat und immer loyal an deiner Seite stehen wird. Das wäre doch auch total irrwitzig – Rechtsmedizinerin liebt einen Serienkiller – klingt bestimmt gut in der Presse. Das ist eine kluge, logisch denkende Frau, die sich nicht von Emotionen beeindrucken lassen würde, die man bei Jugendlichen erwarten könnte. Sie ist, sagen wir das Mal so, von dem Mann beeindruckt, der doch nur das in die Tat umsetzt, was jedes Opfer am liebsten selbst tun würde. Ist das nicht nachvollziehbar? Verdammt, Sven, auch du bist kein Heiliger. Ich möchte dich nicht erleben müssen, wenn sich jemand an Karin ranmacht und sie bestialisch ermordet. Ich würde dann gerne dein Plädoyer anhören, in dem du für eine gerechte Behandlung des Schuldigen wirbst.«

Svens Gesicht war in diesem Augenblick nicht zu entnehmen, was diese letzte Frage in ihm bewirkte. Sein Blick war weiterhin in die Ferne gerichtet. Schließlich drehte er sich Peter zu.

»Gehen wir in mein Büro? Du hattest doch etwas mit mir zu besprechen.«

»Hörster, Frau Krassnitz? Hätten Sie einen Moment Zeit? Wir möchten den Fall Stojan Kladicz mit dem Kollegen Krüger besprechen. Vielleicht gibt es Lösungsansätze, die wir gemeinsam angehen könnten. Haben wir einen Kaffee, Frau Krassnitz? Das wäre sehr schön. Setzen wir uns.«

»Ich habe Sven schon davon berichtet, dass sich nach dem Tod von Milan Kladicz so gut wie nichts in der Szene verändert hat. Nach kurzen Revierkämpfen wurde schnell klar, dass die Machtverhältnisse unverändert waren. Stojan Kladicz übernahm die Kaiserkrone von seinem Bruder und führte das Geschäft anfangs aus Belgrad weiter. Derzeit befindet sich der Mann aber vor Ort und hat sich in einem

Büro in einem Schlachtbetrieb in Gelsenkirchen eingenistet. Er hat sich mit einer hohen Beteiligung darin eingekauft und verdient derzeit seine Millionen offiziell mit diesem bisher seriösen Unternehmen. Man munkelt, dass die Zustände dort allerdings nicht zu einhundert Prozent dem gesetzlichen Tierschutz entsprechen, bewiesen ist das jedoch bis heute noch nicht. Bei Kontrollen ist alles in bester Ordnung.

Wir möchten den Kerl aber zumindest vor den Kadi ziehen, indem wir ihm nachweisen, dass er Schwarzarbeiter aus dem Osten beschäftigt und den Mindestlohn unterschreitet. Darum werden sich die Kollegen aus anderen Abteilungen kümmern. Meine Aufgabe besteht darin, ihm den Drogenhandel im großen Stil nachzuweisen. In der Vergangenheit haben wir ja gemeinsam recht gute Erfolge durch unangemeldete Kontrollen erreichen können. Da will ich auch weiterhin ansetzen. Der Menschenhandel wird auch zukünftig ein wichtiger Bereich sein, bei dem wir rigoros aufräumen müssen. Die Sitte arbeitet da ebenfalls dran.

Ihr seid ja ebenfalls involviert, da es mittlerweile etliche Todesfälle im Kladicz-Umfeld gab.«

Sofort richteten sich die Blicke auf Sven, der jedoch auf diesen Hinweis nicht reagierte. Er drehte weiter unablässig seine Kaffeetasse auf dem Unterteller. Schließlich fiel ihm auf, dass eine Stellungnahme seinerseits erwartet wurde.

»Ja, ich würde es ebenfalls begrüßen, wenn wir dem Dreckskerl endlich das Geschäft mit Menschen und Drogen durchkreuzen könnten. Eigentlich hatte ich geplant, ihm einen Besuch abzustatten. Schließlich wurden zwei seiner Leute getötet. Da ist es doch völlig normal, dass wir ermitteln, oder?«

»Genau das wollte ich von dir hören, Sven. Hast du was dagegen, wenn ich dich begleite? Dann könnten wir ihn vielleicht gemeinsam befragen, schließlich haben wir ja gemeinsame Interessen. Ich bin mir außerdem nicht sicher, ob sich der Saukerl nicht wieder nach Serbien verpisst, wenn er bei Pehling irgendwann erfolgreich sein wird. Es ist Eile geboten, da wir ansonsten auf eine internationale Zusammenarbeit angewiesen sind.«

»Damit habe ich überhaupt kein Problem, Peter. Ich werde mich dort mal anmelden. Dann werden wir ja sehen, wie er diese Morde an seinen Leuten einschätzt. Ich gebe dir Bescheid. Vielleicht klappt es ja heute noch. Wir werden sehen. Gibt es denn wieder klare Hinweise auf Drogen-Lieferungen oder sogar Menschenhandel?«

»Gestern hat sich wieder ein Informant gemeldet, der behauptet, dass eine Lieferung von farbigen Frauen aus Zentralafrika, als Rindertransport getarnt, aus Holland ankommen wird. Rotterdam soll der Verladehafen sein. Die genaue Zeit konnte er uns nicht nennen, nur, dass die Lieferung in der Nacht in Gelsenkirchen eintreffen soll. Wir könnten die holländischen Kollegen bitten, die Fracht zu kontrollieren, doch ich finde, es ist einfacher, wenn wir hier zugreifen können. Außerdem dürfte es schon zu spät sein. Bis wir rausgefunden haben, um welches Schiff es sich handelt, sind die Frauen schon auf der Autobahn. Es könnte nicht schaden, wenn wir uns vorher mal auf dem Gelände in Gelsenkirchen umsehen könnten. Ich warte dann ab, bis du mich anrufst.«

Krassnitz, die der Unterhaltung interessiert gefolgt war, verzog angewidert das Gesicht. Sie musste die Frage stellen.

»Hören Sie, Herr Krüger. Die werden ja wohl die armen Menschen wieder, wie in den früheren Fällen, im Container per Schiff nach Rotterdam transportiert haben. Wenn die jetzt in Tiertransporter umladen, könnten die Frauen doch auf sich aufmerksam machen. Die sind doch mit breiten Belüftungsöffnungsöffnungen versehen.«

»Grundsätzlich könnte man das so als sehr dumm ansehen, aber das sind diese Bestien nicht. Die Frauen bekommen ein starkes Schlafmittel injiziert, das sie für viele Stunden in das Land der Träume schickt. Wenn die aufwachen, sind die schon längst wieder in einem dreckigen Keller gesperrt oder befinden sich in einem Kleinbus, der sie an ihren Bestimmungsort bringt. Das ist ein eingespieltes Team, das auch vor abhängigmachenden Drogen nicht halt macht. Denen ist jedes Mittel recht, wenn es nur zum Ziel führt. Selbst wenn mal ein Teil der Ware auf der Strecke bleibt, ist das lediglich ein monetärer Verlust, der sich jederzeit ersetzen lässt. Allerdings ist der erheblicher, als man denken mag.

Wissen Sie Frau Krassnitz? Im Gegensatz zu Drogen wirft eine zur Prostitution gezwungene Frau mehr Kohle für die Verbrecher ab. Drogen werden gespritzt oder sonst wie konsumiert, sind dann aber vom Markt verschwunden, müssen erneut beschafft und ersetzt werden. Also besteht die Gefahr, entdeckt zu werden, immer wieder neu. Die Frauen werfen aber auf Dauer, Tag für Tag, über viele Jahre immer wieder aufs Neue Erträge ab. Sie sind schließlich wiederverwendbar. Schon deshalb ist Menschenhandel so lukrativ.«

Diese simple Erklärung traf Krassnitz bis ins Mark. Sie erhob sich und beschäftigte sich eine Weile in der Küche.

Die Kollegen wechselten Blicke, da sie gut einschätzen konnten, wie eine unbeteiligte Frau über diese Art der Behandlung durch eine skrupellose Männerwelt empfinden musste. Auch sie waren früher keine Kinder von Traurigkeiten und hatten sich vor ihrer Tätigkeit in den Dezernaten nie Gedanken zur Prostitution gemacht. Doch bei ihnen war die Abneigung gegen diese Männer in den Syndikaten ins Unermessliche gewachsen, als sie einen tieferen Blick in dieses schmutzige Geschäft werfen durften. Das wurde nur noch von der Kinderprostitution in den Schatten gestellt. Sie besprachen die weitere Vorgehensweise.

- Kapitel 26 -

Einen Augenblick blieben die beiden Freunde noch im Auto sitzen, beobachteten das Entladen an der Rampe. Große, folienverpackte Ständer, in denen man an Haken hängende Tierhälften ausmachen konnte, wurden aus einem Kühllaster geschoben und verschwanden in einer Vorhalle. Männer in weißen Kitteln nahmen sie in Empfang. Immer wieder war, wenn sich der gummiartige Vorhang für einen Augenblick teilte, das wilde Treiben dahinter zu sehen. Viele Menschen mussten jetzt dafür sorgen, dass die neue Lieferung zerteilt, besser gesagt, ausgebeint wurde. Der Verbraucher wollte sein Fleisch schließlich bratfertig, ohne Knochen, im Supermarkt kaufen.

Sven stieß Peter Krüger an, als er Bewegung auf der Treppe bemerkte, die in das Büro von Kladicz führte. Zwei breitschultrige Männer, die in dunklen Jeans und Lederjacken gekleidet waren, verließen den Bürobereich und quetschten sich in einen schwarzen Mercedes. Mit hoher Geschwindigkeit schoss der Wagen auf die Bismarckstraße und verschwand im fließenden Verkehr Richtung Zoo. Peter hatte noch schnell das Nummernschild notiert und Fotos der

Personen geschossen. Die Freunde waren sich sicher, dass sie diese Visagen in einer Verbrecherkartei finden würden. Nachdem sie auch Aufnahmen vom Firmenhof gemacht hatten, stiegen sie die Treppe hinauf und drückten auf den Klingelknopf. Beide sahen auf Anhieb, dass eine kleine Kamera jeden Besucher filmte und wahrscheinlich auf einen Bildschirm im Büro projizierte. Sven hielt seinen Dienstausweis dicht vor die Linse, sagte aber nichts. Das Summen eines Türöffners zeigte ihnen, dass man drinnen bereits auf sie wartete.

»Ich habe mich schon gefragt, wann der große Pehling-Jäger endlich auch bei mir auftaucht. Es hat ein paar Tage gedauert, aber nun ist er hier. Ich grüße Sie, Her Oberkommissar Spelzer. Und mit wem habe ich ansonsten noch die Ehre? Wen haben Sie mir da mitgebracht?«

Kladicz hatte sich aus seinem großen Ledersessel erhoben und war Sven mit ausgestreckter Hand entgegengekommen. Zwei eckige, ebenfalls in schwarzen Lederjacken gekleidete Kerle standen mit grinsenden Gesichtern hinter ihm. Sie gaben der Szene etwas Kitschiges, wie aus einem zweitklassigen, amerikanischen Actionfilm. Mit ausdrucksloser Miene drückte Sven dem Gangsterboss die Hand und wies auf Peter.

»Das ist ein lieber Kollege aus dem Drogendezernat, Oberkommissar Peter Krüger. Er bat mich darum, ihn mitzunehmen, da er ebenfalls Fragen an Sie richten möchte.«

»Oho, die Drogenabteilung interessiert sich für mich. Da sollte ich mir doch besser meinen Anwalt hinzuziehen.«

»Das bleibt Ihnen überlassen, Herr Kladicz. Wenn Sie allerdings nichts zu verbergen haben, sehe ich das als völlig überflüssig an. Wir wollen Ihnen nur ein paar Routinefragen stellen. Dabei geht es in erster Linie um die beiden Mordfälle, in denen Ihre Mitarbeiter verwickelt waren.«

Sven und Peter hatten zwischenzeitlich auf den Stühlen Platz genommen, die Ihnen von Kladicz angeboten wurden. Ohne dass ihnen ein Befehl dazu gegeben worden war, stellten die beiden Kleiderschränke Mineralwasser vor ihnen auf den Tisch, zogen sich anschließend, immer noch schweigend, zurück.

»Was kann ich für Sie tun? Wie kann ich Ihnen helfen, meine Herren? Meine Zeit ist knapp bemessen.«

»Oh, das tut uns leid. Sollen wir an einem passenderen Termin kommen oder möchten Sie besser zu uns ins Präsidium kommen? Dort nehmen wir uns dann viel Zeit für Sie.«

Die Antwort blieb er ihnen schuldig. Die veränderten Gesichtszüge verrieten alles. Sven konnte ein Lächeln nicht völlig unterdrücken. Er ließ sich Zeit, als er seinen kleinen Notizblock aus der Seitentasche des Jacketts zog.

»Gut, dann wollen wir beginnen. Wie wir schon erwähnten, waren ja Angestellte von Ihnen Opfer zweier Mordfälle, in denen wir ermitteln. Uns stellt sich die Frage, warum Sie bisher nicht auf uns zukamen, obwohl Sie die immerhin jetzt sechs Männer doch vermisst haben müssen. Gibt es dafür einen plausiblen Grund?«

»Ist Ihnen der plausibel genug, dass ich das Fernbleiben bisher noch nicht bemerkt habe? Wie kommen Sie überhaupt zu der Erkenntnis, dass diese Opfer meine Leute sind? Ich habe in diverse große Unternehmen investiert, in denen wiederum sehr viele Menschen beschäftigt werden. Glauben Sie wirklich, dass es mir auf Anhieb auffallen würde, wenn da einzelne Personen dem Arbeitsplatz, aus welchen Gründen auch immer, fernbleiben? Dafür beschäftige ich Führungskräfte, die das ohne mein Zutun erledigen können. Mit diesen Lappalien muss ich mich Gott sei Dank nicht herumschlagen. Um wen handelt es sich denn in den Fällen? Ich werde das sofort klären lassen.«

»Diese Lappalien, wie Sie Ihre Angestellten benennen, waren, ebenso wie die dazugehörigen Fahrzeuge, auf eine Firma angemeldet, deren Schild wir draußen am Eingang fanden. Sie sind doch der Besitzer der Raschkopf GmbH, oder sind wir da falsch informiert worden? Also sollte doch, da hier der Firmensitz ist, selbst bei Ihnen der plötzliche Verlust von sechs Mitarbeitern aktenkundig werden. So ist zumindest mein Verständnis von Mitarbeiterführung. Da fehlt ja schließlich nicht jemand wegen Zahnschmerzen, den man mal eben so ersetzen kann. Wie sehen Sie das?«

»Wie ich schon sagte. Hier vor Ort beschäftigen wir, so glaube ich, etwa zweihundert Leute in Schichtarbeit. Geben Sie mir die Namen und ich lasse das überprüfen. Die können für den Laden wohl nicht so wichtig gewesen sein, sonst wüsste ich davon.«

Die beiden Fleischberge tauschten einen vielsagenden Blick, schwiegen aber weiter. Ihre Gesichter zeigten wieder diese unendliche Leere.

»Kann ich sonst noch was für Sie tun? Ich muss runter in die Produktion. Wir erwarten dort eine große und wichtige Lieferung.«

Hier schaltete sich Peter Krüger ein.

»Sehen Sie, Herr Kladicz, da schaffen Sie mir doch sofort eine perfekte Überleitung zu einer Frage, die mir auf der

Seele liegt. Könnten Sie mir grob zusammenfassen, woher Sie Ihre Ware beziehen? Ich meine damit, woher bekommen Sie in der Regel Ihr Fleisch geliefert, das Sie hier zerlegen und verpacken? Wir sprechen dabei immerhin über lebende Tiere, aber auch über vorgekühltes Fleisch, wie zum Beispiel das, was gerade unten auf dem Hof angeliefert wird.«

»Ich bitte um Verständnis, wenn ich Ihnen dazu keine endgültigen und vollständigen Angaben so aus dem hohlen Bauch liefern kann. Aber mir fällt da spontan nur die örtliche Landwirtschaft und das europäische Ausland ein. Verschiedentlich erhalten wir auch Gefriergut aus dem osteuropäischen Raum. Das macht aber nur einen geringen Teil aus, weil der Transport zu lang und damit zu kostspielig ist. Jeder von uns will ja schließlich, dass das Geschäft etwas Gewinn abwirft. Genügt Ihnen das, meine Herren? Aber ich muss jetzt wirklich runter. Machen Sie bitte einen neuen Termin, sobald Ihnen noch Fragen einfallen. Meine Herren, ich wünsche Ihnen noch einen guten Tag. Und lassen Sie bitte die Liste mit den Namen der verstorbenen Mitarbeiter hier. Ich werde versuchen, da nähere Informationen zu beschaffen. Sie finden allein hinaus?«

»Verdammt, diesem schmierigen Arschloch möchte man so aufs Maul hauen. Der fühlt sich so ungemein sicher in diesem Netz von Firmen, die ihn stets nur im Hintergrund halten. Aber er behauptet, dass er keine Fleischlieferungen von außerhalb Europas erhält. Da bin ich gespannt drauf, wenn wir ihn mit der Lieferung aus Nigeria konfrontieren werden. Ich habe, bevor wir fuhren, noch mit den niederländischen Kollegen in Rotterdam telefoniert. Die konnten mir aber nichts mehr sagen über das Löschen der Ladung von dieser MSC Ricardo aus Afrika. Bei mehreren Tausend Containern können die bei der Abfertigung nicht mehr nachvollziehen, wer die Ladung letztendlich übernommen hat. Der Transporter müsste also schon längst auf dem Weg hierher sein und kann im Laufe des Tages ankommen. Ich tippe mal auf die nächtliche Anlieferung. Die große Scheiße ist nur, dass ich bisher noch keinen Durchsuchungsbeschluss vom Staatsanwalt habe. Der bescheuerte Hohmann meint, dass dieser dubiose Hinweis eines Kriminellen nicht ausreichend dafür wäre. Ich soll ihm was Stichhaltiges liefern, vorher wird er sich mit den Anwälten von Kladicz nicht anlegen.«

»Das ist wirklich große Scheiße, Peter. Da muss ganz schnell eine Lösung her. Was machen wir jetzt bloß?«

Die beiden Männer, die interessiert das Treiben an der Rampe verfolgten, sahen sich einen Augenblick an und grinsten.

»Nein.«

»Doch!«

»Ja dann. Wie viel Uhr?«

»Wir telefonieren dazu noch, Peter. Wir organisieren noch ein paar Männer, die die Schnauze halten können.«

Ihr Wagen verließ das Gelände und steuerte wieder das Essener Stadtgebiet an.

- Kapitel 27 -

Die Dunkelheit legte sich wie ein Gespenst über das Gelände, auf dem am ablaufenden Tag wieder mehrere Hundert Tiere ihr Leben lassen mussten. Der Geruch des Todes lag noch immer über dem Hof, den niemand wirklich beschreiben konnte. Er war einfach da, allgegenwärtig.

Pehling konnte aus seiner Position, die er hinter einem Kamin vom Nachbargebäude eingenommen hatte, den Büroeingang gut überblicken. Die gesamte Mannschaft aus den Produktionshallen schien die Fabrik verlassen zu haben. Vor dem Gebäude standen nur noch die Limousinen der engeren Mitarbeiter. Kladicz und seine vier Schläger warteten noch im Inneren auf etwas, das sich Pehling nicht erklären konnte. Er hatte gehofft, endlich Kladicz folgen zu können, um ihm zuhause einen Besuch abstatten zu können.

Immer wieder rieb er über die Handgelenke, die er mit Verbänden umwickelt hatte. Sie fielen einem flüchtigen Betrachter kaum auf, da er sie schwarz eingefärbt hatte. Allerdings waren sie nötig, da die tiefen Wunden, die die Ketten hinterlassen hatten, erbärmlich schmerzten. Selbst starke Tabletten konnten nicht alles unterdrücken. Weitere

Schmerzmittel wollte er jedoch nicht nehmen, da sie ihm die Reaktionsfähigkeit erheblich eingeschränkt hätten. Das war in seiner Situation lebensbedrohend. Ihm fiel auf, dass heute Abend die Nachtbeleuchtung nicht automatisch eingeschaltet wurde. Der Firmenhof blieb dunkel. Nur in den Büroräumen und in der Loge des Wachpersonals gab es eine schwache Beleuchtung. Da lag etwas in der Luft, das er nicht zuordnen konnte. Zum ersten Mal seit langer Zeit fühlte er eine gewisse Unsicherheit, die er verfluchte. Er mochte klare Verhältnisse, die er bestimmen konnte – nur er. Das Risiko musste stets kalkulierbar sein. Heute war alles anders. Als er bereits den Beschluss gefasst hatte, hier abzubrechen, entstand Bewegung vor dem Tor. Noch bevor die Scheinwerfer auftauchten, schob sich das Tor zur Seite und ließ einen Kleintransporter passieren. Nur ein Summen war hörbar, als sich das Gitter wieder zuschob.

Pehlings Sinne waren aufs Äußerste geschärft. Der Wagen drehte auf dem Firmenhof und fuhr langsam rückwärts zur Rampe. Als das Motorgeräusch verstummte und die Scheinwerfer erloschen, geschah minutenlang nichts. Eine gespenstische Stille lag über allem. Pehling sah nur das Aufleuchten der Zigarette im Führerhaus. Man schien auf etwas zu warten. Pehling hatte den Feldstecher fest an die Augen gedrückt, beobachtete jeden Winkel. Erst als das Fahrerfenster herunterglitt und die Kippe funkensprühend auf dem Pflaster aufschlug, öffnete sich auch die Tür. Ein kleiner, fetter Mann, der Mühe gehabt haben musste, das Führerhaus zu erklimmen, sprang vom Sitz auf den Hof. Fluchend fasste er sich an den Fußknöchel und schlug wild mit der Faust gegen das Blech der Fahrertür.

»Verdammte Scheiße, das jetzt auch noch.«

An der Bürotür in der ersten Etage entstand Bewegung. Einer von Kladicz´s Leuten hielt die Tür auf, ließ dem Boss den Vortritt.

»Ihr kommt zu früh. Habe ich nicht zweiundzwanzig Uhr gesagt? Auf den Straßen ist noch viel zu viel Betrieb. Was ist mit den Weibern? Schlafen die wenigstens noch eine Weile?«

Der Fahrer kam um den Wagen herum und stellte sich vor Kladicz auf. Der Ärger über das kleine Missgeschick beim Aussteigen stand immer noch in seinem hässlichen Gesicht geschrieben.

»Wir haben uns beeilt mit der Lieferung, weil wir um vier morgen früh noch eine weitere Fahrt nach Brüssel haben. Mein Boss hat gesagt ...«

Den Schlag sah er nicht kommen. Die Faust traf ihn genau auf seinem linken Ohr. Sie schleuderte ihn gegen die Motorhaube. Nicht der Schmerz, sondern ein bloßes Erstaunen lag auf seiner Fratze. Sofort presste er seine Hand auf das Ohr, das nun wie verrückt zu klingeln begann. Er begann zu schwanken, sodass sein Beifahrer schnell hinzusprang, um ihn vor einem Sturz zu bewahren.

»Sage nie wieder, was dein Boss gesagt hat. Dein Boss tut das, was ich ihm befehle. Hast du mickrige Missgeburt das jetzt gefressen? Nie wieder, habe ich gesagt. Und jetzt verpiss dich nach hinten und sieh zu, dass meine Ware unbeschadet in die Halle kommt. Du hast zwanzig Minuten, dann will ich dich hier nicht mehr sehen. Bestell deinem Boss, wenn er nochmal einen solchen Pisser wie dich schickt, schneide ich ihm die Klöten ab. Jetzt bewegt euren

Arsch, bevor ich die Geduld endgültig verlier und euch zu den Hunden sperre. Die wären wohl die Einzigen, die sich auf euch freuen würden.«

Mit tränengefüllten Augen schleppte sich der Fahrer, gestützt von seinem Kumpel, nach hinten, um die Türen zu öffnen. Währenddessen schloss einer von Kladicz´s Männer das Tor zur Fabrikhalle auf. Gespannt beobachtete Pehling das Geschehen, war gespannt, was dort entladen werden sollte. Lange musste er nicht warten, bis ihn die Wahrheit bis ins Mark traf. Oft schon hatte er von Menschenhandel gehört und gelesen, doch in der Realität sah es völlig anders aus. So grausam er seine Rituale auch durchführte, das erschütterte ihn doch zutiefst. Seine Fäuste schlossen sich in blinder Wut, als er mit ansah, wie diese bedauernswerten Frauen teilweise über den Boden in die Halle geschliffen wurden. In Gedanken ging er durch, wie er diese Männer dafür bestrafen würde. Ihm fiel es schwer, sich nicht auf dieses dreckige Pack zu stürzen.

Eine Frau nach der anderen verschwand hinter der Stahltür. Hier und da vernahm Pehling ein Stöhnen, was von den Frauen stammte, bei denen die Betäubung langsam nachließ. Sie versuchten, sich aus den brutalen Händen der Männer zu befreien, ernteten jedoch nur Tritte und Schläge.

Pehling zählte insgesamt achtzehn Frauen, alles Farbige, die jetzt die wahre Grausamkeit des Paradieses kennenlernen würden, in das sie alle reisen wollten. Es sollte für sie die Rettung werden vor Ausbeutung und Frühverheiratung. Jetzt waren sie in der Hölle gelandet. Auf dem Bauch kriechend robbte er weg von dem Kamin und suchte das Baugerüst, über das er vor Stunden das Dach des Hauses erreicht hatte.

Er konnte nicht erklären, was es war, aber in seiner direkten Umgebung waren Bewegungen spürbar, die er sich nicht erklären konnte. Er verharrte auf einer Planke und beobachtete die Straßen um sich herum. Nichts. Menschen gingen unauffällig über die Gehsteige, redeten miteinander, betraten Häuser, stiegen in Autos ein – nichts, was ungewöhnlich war. *Irre ich mich vielleicht?* Ein kleiner Schmerzensschrei entfuhr ihm, als er sich von der letzten Planke auf den Boden fallen ließ. Dafür würde dieser Kladicz bezahlen!

Über die Mauer auf das Gelände zu kommen, bereitete ihm keine Probleme. Er wusste mittlerweile, dass auf der Rückseite der Halle immer eines der Fenster halb offenstand, um die schlechte Luft in die Umwelt zu entsorgen. Ein Fehler, den er für seine Zwecke ausnutzte. Nur ein leises Knirschen verriet, dass dieser Flügel selten bewegt wurde. Pehling steckte den Kopf sichernd in den dunklen Raum, hielt für einen Augenblick die Luft an. Dann endlich spürte er den Boden des Nebenraumes unter seinen Füßen, ließ den Rand des Fensters los. Nichts durfte jetzt schiefgehen. Ein weiteres Mal würde ihm Kladicz keine Chance geben, sich zu befreien. Der Wechsel zum bösen Ich vollzog sich in ihm, ohne dass er es verhindern konnte. Eiseskälte erfüllte ihn wieder, als er sich zur Tür bewegte und sein Ohr an die Fläche legte. Weit entfernt konnte er Stimmen hören, Ketten rasselten. Die Erinnerung an seine schmerzhafte Zeit in dieser Halle, steigerte seine Wut.

Die Tür gab erst beim dritten Versuch nach. Er musste all seine Kraft aufbringen, um sie einen Spalt zu öffnen, bis er in dem Dämmerlicht bemerkte, dass Unmengen von Müll die Arbeit erschwert hatten. Mit der Zeit musste das Zeug umgefallen sein. Seine Befürchtungen waren, dass diese Verbrecher die Geräusche gehört haben könnten. Alles blieb aber ruhig. Gewohnheitsgemäß überprüfte Pehling den Sitz des Messers, das er in einer Schutzhülle am Gürtel befestigt hatte. Der Knauf gab ihm Sicherheit, ließ seine Selbstsicherheit wieder zurückkehren. Sogar sein gewohntes Lächeln kehrte in sein Gesicht zurück. Die Schmerzen in den Handgelenken spürte er nicht mehr. Elmar Pehling funktionierte wieder.

Das Scharren kam von rechts. Er drückte sich in den Schatten der Wand, in die schwere Haken eingelassen waren, wohl um die noch lebenden Tiere zu fixieren. Er tastete sich vorwärts und erschrak selbst, als seine Hand einen Gegenstand berührte, der ihm sehr vertraut vorkam. Grinsend nahm er den Haken in die Hand, der ihn an einen Eispickel erinnerte und dazu diente, die großen Fleischstücke über den Tisch zu ziehen. Wieder horchte er in den Flur. Da waren Schritte zu hören. Zu spät stellte er fest, dass sie hinter ihm waren, bis er die Hand auf seiner Schulter und den Lauf der Waffe in seinem Nacken spürte. Ein weiteres Mal wollte er nicht an der Decke hängen. Der Bewegungsablauf schien antrainiert, als er in den Beinen einknickte und sich gleichzeitig nach hinten fallen ließ. Die Hand mit dem Werkzeug fuhr nach oben, wobei sich die Spitze des Hakens kurz über der Gesäßspalte des Mannes in das Fleisch bohrte. Ein kräftiger Ruck, und das Opfer schlug neben Elmar Pehling auf dem Betonboden auf. Halb besinnungslos versuchte der Mann, die Waffe wieder auf seinen Gegner zu richten. Erneut schlug die Spitze des Hakens in sein Fleisch, diesmal traf Pehling sein Handgelenk. Die Waffe flog in hohem

Bogen durch die Luft. Noch immer hatte der Mann keinen Ton von sich gegeben. In dem Augenblick, als er das ändern wollte, spürte er ein drittes Mal den kalten Stahl, diesmal in seinem offenstehenden Mund. Den großen Haken riss Pehling mit aller Kraft nach oben, mit ihm die obere Hälfte des Kopfes. Das Zucken des ausblutenden Körpers verebbte allmählich, bis sich der Kadaver des Gangsters ein letztes Mal streckte. Angewidert zog Pehling die Überreste des Mannes vom Haken und sah sich um. Niemand hatte den Zwischenfall bemerkt. Mit Kladicz blieben noch vier Gegner. Geduckt schlich er weiter Richtung Tiergatter.

Der Geruch, der in diesem Bereich ständig präsent war, war eine Mischung aus Fäkalien, die nicht restlos entfernt wurden und pure Angst. Dass Angst zu riechen war, konnte Pehling bezeugen, da er sie oft genug selbst erzeugt hatte. Aber auch die Tiere spürten sie kurz vor ihrem Tod. Zeitlebens hatte er diese Ablehnung, die Verachtung seiner Person erleben müssen. Er war in den Augen seiner Mitmenschen die Ausgeburt des Bösen. Dass hier in diesem Haus der Mensch das gleiche Massaker tagtäglich an unschuldigen Tieren verübte, wurde großzügig übersehen. Sie aßen von ihren Tellern, was zuvor lebenden Wesen gehörte. Den grausamen Tod der Tiere nahmen sie dabei großzügig in Kauf. Pehling trennte sich von diesen Gedanken. Sie lenkten ihn ab, machten ihn unvorsichtig, verletzbar.

Vorsichtig sah er um die Ecke in den Raum, in dem er noch vor Stunden an Ketten gefesselt an der Decke hing. Sein Blick fiel auf den breiten Rücken des Beifahrers, der das Anketten der entblößten Frauen genießerisch überwachte. Der Fahrer schlang immer wieder aufs Neue die

Ketten um die schmalen Handgelenke und zog die wimmernden Frauen so hoch, dass sie soeben noch den Boden mit den Füßen berührten. Die meisten von ihnen hatten in der Zwischenzeit das Bewusstsein wiedererlangt. Sie schrien ihren Schmerz, ihre Angst laut heraus. Immer wieder schlug ihnen der kleine Mann ins Gesicht, in den Magen und in den Schritt. Fast wäre es Pehling entgangen, dass ihn eine der Frauen bemerkt hatte und auf ihn zeigte. Der Beifahrer drehte sich verwundert herum, da er einen von Kladicz´s Männer hinter sich vermutete. Es war sein letzter Irrtum, bevor sich das riesige Buschmesser durch seinen Hals bohrte. Ein kräftiger Blutstrahl schoß aus der Halsschlagader und traf das Gesicht seines Kumpels. Der versuchte verzweifelt, das Blut aus den Augen zu wischen, erreichte jedoch nur das Gegenteil. Sein Quieken erstarb augenblicklich, als sich Pehlings Messer von oben knirschend in seine Schädeldecke bohrte.

Die kraftlosen Hände ließen die Kette fallen, mit der er eine der Frauen fesseln wollte. Die erkannte ihre Chance und stürzte sich mit einem verzweifelten Schrei auf den Sterbenden. Mit einer Kraft, die ihr nur die Angst verleihen konnte, zog sie das große Messer aus dem Kopf des Mannes und stach immer wieder auf ihn ein, bis er in einer riesigen Blutlache sein Leben endgültig aushauchte. Das Entsetzen spiegelte sich in seinem letzten Blick wider.

»Ich hätte nicht gedacht, dass wir uns so schnell wiedersehen würden.«

Die Stimme aus dem Hintergrund war ruhig, hatte aber einen gefährlichen Unterton, der selbst Pehling erstarren ließ.

- Kapitel 28 -

Die Männer, die sich für diese nicht genehmigte Aktion gemeldet hatten, versammelten sich neben den beiden Oberkommissaren. Sven sah in die entschlossenen Gesichter und entdeckte unter ihnen viele der Männer, die schon damals dabei waren, als das Haus von Pehling gestürmt wurde. Er fühlte sich absolut sicher in deren Nähe. Andere hatten sich hinter Peter Krüger versammelt. Noch ein letztes Mal wurde der Schlachtplan besprochen. Jeder kannte seine Aufgabe, seinen Platz, den er zu besetzen hatte. Ein einziger Versager konnte die gesamte Aktion gefährden, das wussten alle. Sie verteilten sich und schlichen an ihre Plätze. Wie dunkle Schatten tauchten sie lautlos ein in die Dunkelheit dieser so bedeutenden Nacht.

Niemand hätte sie mit ihren schwarzen Kluften gegen die unbeleuchteten Wände des Geländes erkennen können. Nur die Männer selbst wussten, wo sich der nächste Partner befand. Für alle war es selbstverständlich, dass sich auch drei weibliche Kolleginnen dazugesellt hatten. Auch auf deren perfekten Einsatz konnten sie sich verlassen. Noch zwei Minuten bis zum Einsatz.

Sven und Peter hechteten über die Mauer und blieben direkt dahinter, nach allen Seiten witternd, liegen. Sie beobachteten die restlichen Mauern, die das Fabrikgelände vor den Blicken der Bevölkerung schützen sollte. Überall sahen sie für kurze Momente Schatten, die gleich darauf wieder mit ihrer Umgebung verschmolzen. Der Lieferwagen stand immer noch mit geöffneter Heckklappe vor der Rampe. Die letzten beiden Frauen wurden in den Raum geschleift, der nur sehr schwach erleuchtet war. Zwei Beamte tauchten direkt neben dem Halleneingang auf, warfen einen Blick in den jetzt leeren Wagen und stellten sich wieder mit erhobenen Waffen neben den Eingang. Stumm zeigten sie den beiden Freunden die erhobenen Daumen, was für sie das Zeichen dafür war, dass sie den Vorplatz gefahrlos überqueren konnten. Sekunden später bauten sie sich neben den Kameraden auf. Ein kurzes Rascheln der Gummivorhänge, und sie standen mit angeschlagenen Waffen im Vorraum des Schlachtbetriebes.

Vorsichtig tasteten sie sich an den Gattern vorbei zum Raum, in dem die Tiere den Betäubungsschuss erhielten. Gesprächsfetzen irrten durch die gefliesten Bereiche und warfen ein Echo. Nie waren die Männer sicher, woher die Geräusche stammten. Die Anspannung wuchs, denn jeden Augenblick konnte einer der Gangster auftauchen. Das Problem bestand darin, einen erzwungenen Schusswaffengebrauch gegenüber der Öffentlichkeit und der Gerichtsbarkeit zu rechtfertigen - sie besaßen keine Legitimation, waren unerlaubte Eindringlinge. Sie hatten nur einen Hinweis auf Menschenhandel. Gewaltanwendung nur dann, wenn Gefahr für Leib und Leben der Frauen unmittelbar bestand.

Svens Finger lag auf den Lippen. Niemand sprach ein Wort, die Männer drückten sich lauschend an die Wand. Direkt vor ihnen war etwas. Sven rückte seine schusssichere Weste zurecht und warf blitzschnell einen Blick um die Ecke. Vor ihm tat sich ein langer Gang auf, in dem ein Mann in einer riesigen Blutlache auf dem Boden lag. Durch einen Gummivorhang konnte Sven schattenhafte Bewegungen ausmachen. Ihm erschien es, als würden dort zwei Menschen miteinander kämpfen. Er gab seinen Leuten das Zeichen, weiter vorzurücken. Die Männer blieben wie angewurzelt stehen, als auch sie die wütenden Schreie einer Frau vernahmen. Hinter dem Vorhang schien sich ein Drama abzuspielen. Eine Person beobachtete das Geschehen, eine andere richtete sich nun auf. Da kamen sie, die elektrisierenden Worte.

»Ich hätte nicht gedacht, dass wir uns so schnell wiedersehen würden.«

Das war definitiv die Stimme von Kladicz, für Sven und Peter unverkennbar. Sie verständigten sich mit Blicken und schlichen sehr vorsichtig näher an den Vorhang heran. Den Freunden war in diesem Augenblick noch nicht klar, wem diese Worte galten. Unschlüssig, ob sie abwarten oder vorgehen sollten, pressten sie sich noch immer gegen die Wand. Die Entscheidung nahm ihnen der Angesprochene ab. Sven wusste, ohne die Person sehen zu können, wer da sprach. Wie ein Blitz fuhr es durch seinen Körper, lähmte ihn. *War es tatsächlich möglich, dass ...?* Peter sah fassungslos auf seinen Freund. So hatte er ihn noch nie erlebt. Wie gelähmt umklammerte der seine Waffe und starrte an die Decke, schien zu überlegen, wie er weiter vorgehen sollte.

»Ist das Pehling?«

Die Frage hatte Peter Krüger stumm nur mit den Lippen geformt, ohne sie wirklich auszusprechen. Sven deutete ein Nicken an. Seine Bewegungslosigkeit konnte er sich selbst nicht erklären, sie hatte ihn in Sekundenschnelle erfasst. Peter gab ihm das Handzeichen, dass sie noch abwarten wollten, bevor sie eingriffen. Alle lauschten in die Stille, die nur vom schweren Atmen und Hüsteln der angeketteten Frauen hin und wieder unterbrochen wurde. Selbst die schienen zu spüren, dass sich hier etwas Besonderes anbahnte. Ihr Befreier schien sich in großer Gefahr zu befinden.

Wieder einmal waren die Ausgänge von Kladicz´s Männern besetzt, die ihre Waffen auf Pehling gerichtet hielten. Nur Kladicz selbst wagte es, näher an seinen Widersacher heranzutreten. Er war unbewaffnet. Mit einem siegessicheren Lächeln im Gesicht schob er sich immer näher an den Todfeind heran. Pehlings Waffe ragte weit aus dem blutgetränkten Brustkorb des Fahrers heraus, was Kladicz mit Wohlwollen registrierte. Provozierend langsam zog er aus einer Tischschublade ein langes, schmales Ausbeinmesser. Pehling wusste, wie scharf und gefährlich diese Messer waren. Sie schnitten Rasiermessern gleich durch das sehnigste Fleisch. Doch soweit wollte er es gar nicht kommen lassen. Seine Sinne waren bis aufs Äußerste geschärft, der Körper angespannt. Immer wieder bewegte Kladicz das Messer von einer Hand in die andere. Die kalten Augen Pehlings verfolgten jede seiner Bewegungen, kalkulierte die Zeit, wann Kladicz wieder wechselte. Diesen Augenblick musste er unbedingt zu seinem Vorteil ausnutzen. Es war seine einzige Chance, hier wieder lebend rauszukommen.

Die Männer belauerten sich wie wilde Tiere. Nun begann auch Pehling, sich um seinen Gegner zu bewegen, sah ihm gerade in die Augen, um den Augenblick des Angriffs einschätzen zu können. Da war es wieder. Kladicz wechselte das Messer in die rechte Hand. Genau darauf hatte Pehling gewartet. Gedankenschnell schoss er vor, um nach dem Handgelenk des Gangsters zu greifen. Als hätte er diesen Augenblick provoziert, zog der die Hand zurück und durchschnitt dabei gleichzeitig Pehlings Ärmel und die oberflächliche Muskulatur des linken Armes. Der Schrei ließ die Frauen zusammenfahren, die dem Kampf mit weit aufgerissenen Augen folgten. Sie zerrten nervös an ihren Ketten, was dem Geschehen eine schreckliche Geräuschkulisse verschaffte.

Elmar Pehling war einen Schritt zurückgesprungen, presste die Hand auf die tiefe Wunde. Seine Augen waren nach wie vor auf seinen Gegner gerichtet, versuchten, den nächsten Angriffsversuch abzuschätzen. Den Schmerz hatte er komplett ausgeblendet. Auch die Bodyguards waren mittlerweile näher gekommen und verfolgten fasziniert den Kampf. Nur einer der beiden Kämpfenden würde den Raum lebend verlassen, das stand für alle unumstößlich fest.

Einem plötzlichen Stoß mit dem Messer konnte Pehling durch einen schnellen Sprung ausweichen. Wieder kreisten sie lauernd zwischen den Tischen. Dann geschah es. Pehling brach nach links aus, was Kladicz dazu nötigte, ihm zu folgen. Genau das sollte sein Fehler sein. Die Schuhspitze traf sein Handgelenk mit ungeheurer Wucht, sodass das Messer in hohem Bogen aus der Hand von Kladicz katapultiert wurde und über die Tische rutschte. Es war nur ein großer Schritt, der Pehling nah an seinen Gegner brachte. Der war jedoch darauf vorbereitet und schlug mit voller Kraft auf Pehlings frische Armwunde. Das Knie folgte in die Magengrube, was Pehling einen Moment aus dem Gleichgewicht brachte. Er schaffte es jedoch, sich an der Lederjacke des Gangsterbosses festzukrallen, was den gegen die Tischkante prallen ließ. Ein Ellbogen traf ihn mitten ins Gesicht. Mehrere Meter stolperte er vorwärts. Geistesgegenwärtig stellte eine der gefangenen Frauen ihm ein Bein. Kladicz rutschte auf dem Bauch über den Fliesenboden. In dem Augenblick, als er sich wieder aufrappeln wollte, schlug das gesamte Gewicht Pehlings in seinen Rücken, nahm ihm die Luft. Mit animalischer Gewalt zog dieser den Kopf von Kladicz zurück und schmetterte das Gesicht brutal auf die Fliesen. Das Geräusch brechender Knochen verbreitete sich in der Halle, das Blut spritzte nach allen Seiten. Eine gnädige Ohnmacht drohte Kladicz, sie würde den Kampf entscheiden. Doch Pehling befand sich in einem Blutrausch, der nicht zu stoppen war.

Mit hassverzerrtem Gesicht riss er den schweren Mann vom Boden und stemmte ihn hoch. Fasziniert verfolgten alle Anwesenden, wie er den Verbrecher gegen die Fliesenwand warf. Das Bild fraß sich in die Hirne aller, als sich die weit aus der Wand ragenden Wandhaken durch den Körper des Gangsters drückten. Er blieb wie eine Skulptur an den Fliesen hängen. Das Blut verließ in Strömen den nur noch leicht zuckenden Körper.

Als die verbliebenen Kladicz-Männer den Schock überwunden hatten und die Waffen hochrissen, entstand das ultimative Chaos, schallten die Befehle aus vielen Kehlen.

»Die Waffen weg! Hier ist die Polizei. Heben Sie die Hände hinter den Kopf und legen Sie sich flach auf den Boden.«

Aus allen Richtungen strömten schwarzgekleidete Männer und Frauen in die Halle. Der Lärm ließ die verängstigten Frauen zusammenfahren. Einige Beamte bemühten sich darum, sie von den Ketten zu befreien. Die Frauen strömten in kleinen Gruppen zusammen und umarmten sich weinend. Sie versuchten, ihre Blößen mit den Händen zu bedecken. Jeder Beamte versuchte, beruhigend auf die Mädchen einzuwirken, obwohl sie wussten, dass keines ihrer Worte verstanden wurde. Peter Krüger telefonierte mit der Zentrale und forderte sofort erste Hilfe an. Seine Augen suchten Sven, den er schließlich an einen Tisch gelehnt fand.

»Geht es dir gut, mein Freund? Du siehst richtig beschissen aus. Gleich kommen die Feldsamariter, dann werden hier alle verarztet. Die armen Frauen, verdammt. Die müssen doch ...«

»Wo ist er?«

»Wo ist wer? Wen meinst du, Sven?«

Peter Krüger sah den Freund etwas ratlos an.

»Wo ist Pehling?«

- Kapitel 29 -

»Habe ich es nur noch mit hirnverbrannten Idioten zu tun? Welcher Teufel hat euch geritten, als ihr da auf dem Schlachthof eingefallen seid? Das Gemetzel wird noch Konsequenzen haben, da könnt ihr sicher sein. Und dann auch noch in einem Gebiet, für das ihr gar nicht zuständig seid. Was glaubt ihr, was mir der Polizeichef von Gelsenkirchen erzählen wird?«

Peter und Sven hatten sich in ihren Stühlen, die vor dem Schreibtisch von Kriminalrat Fugger standen, ganz klein gemacht. Doch bei seiner letzten Bemerkung muckte Sven auf.

»Die faulen Säcke sind doch froh, dass wir denen die Arbeit abgenommen haben. Wenn die ihre Schnauzen weit aufreißen, können wir ja mal erzählen, wie die sich die Morde an den Kladicz-Männern vom Hals gehalten haben. Die dürfen bloß nicht vergessen ...«

»Halten Sie die Klappe, Spelzer. Das war insgesamt alles Scheiße. Ich weiß noch nicht, wie wir da wieder rauskommen. Die Presse und der Alte werden uns an die Wand nageln. Man darf sich das gar nicht vorstellen. Da brechen erfahrene Polizisten zu Hunderten in einer fremden Stadt in ein Fabrikgebäude ein und lassen zu, dass ein bekannter Geschäftsmann, der auch noch gute Beziehungen nach ganz oben hat, von einem landesweit gesuchten Serienkiller umgebracht wird. Dann lassen die den auch noch entkommen. Das setzt dem Ganzen die Krone auf. Die Pressefuzzis werden schreiben, dass wir mit dieser Bestie gemeinsame Sache machen, ihn schützen. Es kommt noch so weit, dass die verbreiten, wir benutzen den Wahnsinnigen für diese Rachefeldzüge. Ich spreche da von dieser Selbstjustiz. Mir wird ganz schlecht, wenn ich an das Gespräch heute Nachmittag beim Alten denke.«

»Sind Sie jetzt fertig mit der Jammerei, Chef?«

Fugger fiel fast die Tasse aus der Hand, als er das hörte. Peter Krüger sah seinen Kumpel entsetzt an.

»Sind Sie jetzt ganz wahnsinnig geworden? Was erlauben Sie sich eigentlich, Spelzer? Sie sprechen hier mit ...«

»Das weiß ich, Chef. Aber bei allem Respekt, sie sollten auch mal zuhören, denn die Wahrheit ist eine ganz andere. Das Ganze lief nämlich folgendermaßen ab.

Sie wissen, dass wir diesen Tipp eines Informanten vorliegen hatten, dass da eine Lieferung schwarzafrikanischer Frauen bevorstehen würde. Unser lieber Oberstaatsanwalt war ja nicht bereit, einen Durchsuchungsbeschluss auszustellen. Der hatte mal wieder die Hosen gestrichen voll. Also ließen wir die Finger davon. Gestern am späten Nachmittag kam dann ein Anruf mit unterdrückter Nummer auf mein Telefon, dass man vom Gelände dieser Fleischfabrik Hilfeschreie von Frauen hörte. Der Anrufer meinte, dass dort hilflose Menschen geschlagen, ja misshandelt würden.

Da ich mich in dem Augenblick gerade in Begleitung vieler Freunde beim Bowling befand, haben wir uns sofort auf die Socken gemacht und sind alle zusammen hingefahren.«

»So, so, Sie sind hingefahren. Zufällig hatten Sie alle schusssichere Westen und Waffen dabei. Es ist ja schließlich bekannt, dass die Mitarbeiter der Dezernate Mord und Drogen ständig in voller Kampfausrüstung zum Sport fahren. Heute war es mal die Bowlingbahn. Hören Sie, Spelzer, ich ...«

»Es geht weiter, Chef. Ich wollte die Kolleginnen und Kollegen ja noch aufhalten, doch das ist mir nicht gelungen. Selbst auf Peter, ich meine Oberkommissar Krüger hat keiner mehr gehört. Alle wollten nur noch diesen armen Frauen helfen, die von diesen Gangstern gequält wurden. Und sind wir mal ehrlich. Die Zeit drängte tatsächlich. Die Scheißtypen verteilen die Frauen ganz schnell auf die umliegenden Puffs. Dann kommen wir nur noch schlecht dran. Es war also Eile geboten und es war Gefahr im Verzug.

Das habe ich ja ganz vergessen, zu sagen. Der Anrufer meinte, er hätte Schüsse gehört. Da waren die Kollegen überhaupt nicht mehr zu beruhigen. Die sind sofort los und haben ihre Ausrüstung geholt. Den Rest kennen Sie ja aus dem Bericht.«

Fugger hielt noch immer die Tasse in halber Höhe vor dem Mund. Fassungslos war er der Geschichte gefolgt, die ihm von Spelzer vorgesetzt worden war.

»Wo ist dieser Pehling geblieben? Keiner von euch war in der Lage, den Kerl festzusetzen? Sie wollen mich auf den Arm nehmen.«

In diesem Moment erwachte Krüger aus der Schockstarre. »Warten Sie Chef, ganz so einfach ist die Sache nicht. Dass da ein großer Mann mit dem Kladicz gekämpft und ihn an die Wand getackert hat, wissen wir nur von den Frauen und aus den Behauptungen der verbliebenen Gangster. Aber so richtige Beweise haben wir auch nicht dafür. Keiner von uns hat diesen Kerl überhaupt zu Gesicht bekommen. Das wissen wir alles nur vom Hörensagen. Als wir eindrangen, war der Typ schon über alle Berge. Da war nix mit Pehling. War doch so, Sven, oder?«

Der nickte eifrig und wollte seinem Chef endlich die Kaffeetasse aus der Hand nehmen. Als er zufassen wollte, spürte er den Schlag des Vorgesetzten auf seinem Handrücken.

»Nehmen Sie die Hand da weg, Sie ... Sie ... Sie Götz von Berlichingen. Das ist ja die verrückteste Lügengeschichte, die Sie mir jemals aufgetischt haben. Und da haben wir ja mittlerweile große Erfahrung. Aber das macht mir wirklich zu schaffen, dass Sie jetzt auch noch einen ehrlichen Kollegen aus dem anderen Dezernat mit hineinziehen ... Pfui Deibel.«

Fugger betrachtete die feixenden Gesichter seiner Dezernatsleiter. Als sie seinen strengen Blick bemerkten, versuchten sie, wieder ernster dreinzublicken, was ihnen gründlich misslang.

»Wann habe ich diesen erweiterten Bericht auf dem Tisch? Ach, warum frage ich überhaupt? Ich will den Bericht, von Ihnen beiden unterfackelt, in spätestens zwei Stunden hier auf dieser Tischplatte sehen. Und jetzt gehen Sie mir aus den Augen, mir ist ganz schlecht.«

- Kapitel 30 -

So ganz konnte sich Sven von der Nervosität nicht freimachen. Es war das erste Mal seit Tagen, dass er Karin in ihrer Wohnung aufsuchte. Immer noch hatte er seine Tasche mit Wäsche bei ihr. Die Angst vor dem, was er vorfinden würde, saß jetzt tief in ihm fest. Noch etwas unentschlossen, ruhte sein Finger über dem Klingelknopf, nachdem ihm die Haustür bereits ein Mitbewohner geöffnet hatte. Endlich gab er sich einen Ruck und drückte fest auf diesen weißen Punkt. Augenblicke des Wartens zerrten an seinen Nerven. War Karin überhaupt zuhause? Er hatte sich schließlich nicht angemeldet. Da waren sie – leise Schritte, die sich näherten.

Wortlos standen sie sich gegenüber, jeder versuchte, die Gedanken des Anderen zu erraten. Karin überwand ihre Unentschlossenheit als Erste. Sie trat einen Schritt zurück und lud Sven mit einer Handbewegung ein. Zögernd hauchte er ihr einen Kuss auf die Wange, den Karin annahm, ohne diesmal den Kopf abzuwenden. Seine Schlappen standen immer noch an der alten Stelle an der Garderobe. Sein Blouson war nicht in den Tiefen eines Müllsacks verschwunden. Alles war so, als hätte er nicht mehrere Tage in seiner eigenen Wohnung verbracht. Sogar das gerahmte Bild, das ihn mit Karin herumalbernd in der Zelle des Fotoautomaten zeigte, befand sich an seinem alten Platz auf dem Wohnzimmertisch. Worüber hatte er sich Gedanken gemacht?

»Einen Cappuccino? Ich mache mir jetzt einen nach dem anstrengenden Tag. Und dann müssen wir reden.«

»Ja, gerne.«

Als Karin in der Küche verschwand, gingen ihm tausend Gedanken durch den Kopf, was sie damit gemeint haben könnte. Waren es wieder diese Gespräche, diese Vorhaltungen, die einer Trennung vorausgingen. Gespräche, wie er sie schon ein dutzend Mal erlebt hatte. Nur das nicht – nicht mit Karin.

»Was war los mit uns, Sven? Warum warst du nicht da, als ich dich brauchte? Kannst du dir auch nur annähernd vorstellen, was in mir vorging, als ich feststellen musste, dass der Mensch, den ich am meisten brauchte, fehlte. Du warst einfach nicht neben mir, als es mir dreckig ging. Ich wollte meinen Kopf irgendwo anlehnen, einfach nur losheulen. Hast du das nicht gespürt?«

Wie vom Blitz getroffen wartete Sven auf eine Erleuchtung, hoffte, dass es nicht nur ein Traum war, aus dem er gleich erwachen würde. Fassungslos sah er der Frau in die Augen, von der er erwartet hatte, dass sie ihn in die Wüste schicken würde. Während Karin auf eine Erklärung wartete, tastete seine Hand vorsichtig nach ihrer. Die Worte, die er gerne sagen wollte, blieben einfach unausgesprochen, wollten den Mund nicht verlassen. Stattdessen küsste er ihre Hand und rückte näher an Karin heran. Zärtlich legte er seinen Arm um sie.

»Ich ... ich weiß es nicht. Ganz ehrlich, ich kann es dir nicht sagen. Ich dachte, dass du mich nicht um dich haben möchtest, nachdem ich ...«

»Du bist ein Schwachkopf. Da hat Fugger recht. Du bist der einfältigste Kerl, den ich jemals kennengelernt habe. Dabei besitzt du so viel Durchsetzungsvermögen. Aber von Frauen verstehst du rein gar nichts. Da bist du sowas von festgefahren in deinem Machogehabe. Wenn es nicht so tragisch wäre, könnte man darüber lachen. Lass uns das Thema einfach vergessen und den Film wieder auf Anfang zurückspulen. Ich möchte jetzt mit dir schlafen ... komm mit.«

Der kalte Cappuccino war durch einen frischen ersetzt worden. Karin saß mit angezogenen Beinen, nur mit dem Bademantel bekleidet, neben Sven auf der Couch. Sie lehnte den Kopf an seine Schulter und lauschte der leisen Musik im Hintergrund.

»Hast du ihn sofort erkannt?«

Die Frage überraschte Sven, da er genau in diesem Augenblick wieder über das Gespräch mit Kriminalrat Fugger nachdachte. Zu diesem Mann hatte er ein Verhältnis, das er nur schlecht beschreiben konnte. Er wusste nur, dass er sich immer auf ihn verlassen konnte, egal, welche Vorgehensweise er auch immer bei seinen Fällen anwendete. Ein großartiger und großherziger Mensch, der loyal hinter seinen Leuten stand.

»Wen soll ich erkannt haben, Liebes?«

»Ja ihn ... Pehling. Man erzählt sich doch im gesamten Präsidium, dass du ihn hast entkommen lassen. Natürlich nur hinter vorgehaltener Hand. Niemand will dich in die Pfanne hauen. Alle finden das irgendwie gut und meinen, dass er das mit dem Kladicz noch viel zu human gemacht hätte.«

Genau dieses Gespräch hatte Sven vermeiden wollen. Jetzt war es doch passiert und er kam um eine Richtigstellung nicht herum.

»Schatz, wir müssen hier was klarstellen. Ich habe Pehling nicht einfach entkommen lassen. Hier liegt ein Irrtum vor. Tatsache ist einfach, dass ich zwar ahnte, dass er sich bei unserem Eindringen bereits in der Halle befand, doch bin ich nicht mit den Anderen zusammen reingelaufen. Als ich eintrat, war der Kampf zwischen Kladicz und einem anderen Mann längst vorbei. Ich wollte ihm auf keinen Fall begegnen, da ich nicht einschätzen konnte, wie ich in diesem Augenblick reagieren würde. Mir wackelten, ehrlich gesagt, die Beine. Die Möglichkeit hätte bestanden, dass ich ihn kaltblütig erschieße. Der hätte sich bestimmt nicht kampflos ergeben, da es für ihn die lebenslange Gefangenschaft in der Forensik bedeutet. Seine Einstellung zu dieser Einrichtung kennen wir ja zur Genüge.«

Es war Karin nicht anzumerken, wie sie dieses Geständnis aufnahm. Ihr Kopf blieb weiterhin an seiner Schulter. Sie griff lediglich nach seiner Hand und drückte sie an ihren Mund. Sven irritierte der langanhaltende Kuss auf die Innenfläche anfangs, umarmte seine Angebetete aber schließlich zärtlich. Wer weiß, wozu es gut war, dass er das gedachte *Danke* nicht hören konnte.

- Kapitel 31 -

Kaum hatte Sven die Tür zum Präsidium aufgestoßen, als ihm Peter Krüger entgegenkam. Er unterbrach die angeregte Unterhaltung mit einer äußerst hübschen Kollegin und hielt Sven am Arm zurück. »In der Stadt ist die Hölle los, sage ich dir. Jetzt, wo sich rumgesprochen hat, dass der große Boss die endgültige Biege gemacht hat, fangen auch schon die Revierkämpfe an. Die versuchen alle, ihr Gebiet neu abzustecken. Die Drogenkunden werden neu aufgeteilt. Ein paar Schwerverletzte liegen schon in den Krankenhäusern. In Altenessen hat man schon einen Club abgefackelt und in einen anderen Buttersäure geschüttet. Die Libanesen erweitern jetzt ihr Gebiet. Ich weiß bald nicht mehr, wo ich meine Leute noch hinschicken soll. Das Problem sind die vielen neuen Gesichter, die jetzt in die Stadt einrücken und sich einmischen. Habe mir schon gewünscht, wir hätten wieder den Zustand vor diesem Krieg. Ich glaube, der Status quo wird uns noch Riesenprobleme bereiten. Ich will gerade mit der Kollegin in die Nordstadt. Da brennt der Baum besonders stark. Wir sehen uns heute Nachmittag beim Meeting?«

Sven hatte bereits davon gehört, dass die Stadt ein Erdbeben erfasst hatte, hielt das doch bisher für übertrieben. Pehlings Säuberungsaktion zeigte jetzt unangenehme Folgen, sozusagen ihre dunkle Seite. Nachdenklich fuhr er rauf in sein Büro. Krassnitz sah ihn als Erste. Sie stutzte, starrte ihn ungewöhnlich lange an.

»Is was, Krassnitz? Hängt bei mir ein Klavier an der Wange oder was ist so interessant? Raus damit.«

»Ach nichts, Chef, nur ...«

»Lassen Sie es raus, sonst schwillt der Hals an und Sie ersticken daran.«

»Ja, ich habe Sie schon seit Tagen nicht mehr so aufgeräumt gesehen wie heute Morgen. Haben Sie sich wieder vertragen mit Frau Hollmann?«

»Hä? Habe ich da wirklich richtig gehört? Ihr unterhaltet euch darüber, ob ich eine Krise mit meiner Freundin durchlebe? Ich will Ihnen mal was ...«

Krassnitz winkte ab und versuchte, die Tür zur Küche zu schließen. Sven hielt den Fuß dazwischen.

»Lassen Sie mich jetzt arbeiten. Sie haben gefragt – ich habe geantwortet. Ich wollte ja auch nicht. Jetzt lassen Sie die Meckerei, Sie Mimose.«

Sven ergab sich in sein Schicksal, drehte ab und konnte soeben noch das Grinsen auf Hörsters Gesicht erkennen, bevor sich dieser abwenden konnte.

»Haben Sie nichts zu tun, Hörster?«

Sven murmelte auf dem Weg zum Schreibtisch noch hinterher: »Ich muss in diesem Laden unbedingt wieder für eine Grundordnung sorgen.«

Der Papierberg holte ihn wieder zurück in die Realität.

Nachdenklich betrachtete er die vielen Fotos, die in seinem Rücken an die Wand geheftet worden waren und neben den Mädchenleichen auch Einzelheiten von gefundenen Beweismitteln zeigten. Schon zum gefühlt hundertsten Mal suchte er in dieser Position nach einem erleuchtenden Gedanken, der sie alle näher an den Täter heranbrachte. Selbst über das mögliche Motiv gab es die unterschiedlichsten Ansichten. Doch keine von denen überzeugte wirklich. Nur das geübte Auge konnte in manchen Bildern noch erkennen, dass es sich irgendwann einmal um lebende Personen gehandelt haben musste. Das Wasser und der Tierfraß hatten ihr grausames Werk schon zu lange tun können. Vom aufgeschwemmten Körper bis zum abgenagten Skelett war wirklich jeder Zustand auf den Fotos dokumentiert. Die Stimme seiner besten Kraft ließ ihn zusammenzucken.

»Ich vergaß, Ihnen mitzuteilen, dass Frau Hollmann den Bericht über das letzte Mädchen geschickt hat, das von vorgestern. Müsste da an der Seite auf dem kleinen Stapel liegen. Die Kleine war schwanger, muss man sich mal vorstellen. Und sie soll wieder dieses Lavendelwasser im Magen gehabt haben.«

»Setzen Sie sich Krassnitz und erzählen Sie weiter. Dann brauche ich den ganzen Bericht nicht lesen.«

»Chef, ich wollte doch nicht ...«

»Jetzt seien Sie nicht gleich wieder eingeschnappt. Ich habe das doch nicht böse gemeint. Aber Ihre Meinung ist mir sehr wichtig und außerdem sollen Sie sich ja auch um diese Details kümmern. Vier Augen sehen schließlich mehr als zwei. Also los, wie ist Ihre Meinung dazu? Was sagen Ihnen die Toten – so von Frau zu Frau.«

Krassnitz setzte sich wieder auf ihren Stuhl, nachdem sie schon auf dem Sprung war. Ihre Augen waren aber noch immer zu schmalen Schlitzen zusammengezogen. So ganz traute sie dem Frieden noch nicht.

»Chef, Sie haben manchmal einen gewöhnungsbedürftigen Humor. Was soll mir eine Leiche so von Frau zu Frau mitteilen? Ich bleibe immer wieder an den Klamotten hängen, die man den Mädchen ja wohl nachweislich nach deren Tod angezogen hat. Und warum macht man sich die Arbeit, die Leichen im See zu entsorgen, wo sie bewiesenermaßen nicht zu Tode kamen – bis auf diese Astrid Wehring? Da gibt es doch einfachere Methoden, Menschen zu beseitigen.

Ich sehe keinen vernünftigen Grund, außer der Täter will damit ein Zeichen setzen. Es wirkt auf mich, als wollte der Täter oder die Täterin die Mädchen irgendwie zurückführen. Sie müssen in einer Beziehung zum Baldeneysee oder zumindest zum Wasser stehen. Habe in diese Richtung mal recherchiert. Aber keines der Mädel hat irgendeinen Berührungspunkt mit dem See, außer dass sie hin und wieder mal einen Sonntagsausflug hierher machten. Die Angehörigen konnten sich keinen Reim darauf machen. Kein Elternteil hatte hier ein Boot liegen. Alle zeigen nur eine Parallele – das ungefähre Alter.

Warum tötet man Mädchen einer Altersgruppe, zieht ihnen Klamotten eines bestimmten Herstellers an und versteckt sie an einer zentralen Stelle im See? Ach ja ... und ertränkt sie in Lavendelwasser. Fertig, Chef.«

Interessiert hatte Sven ihr zugehört. Selbst Hörster hatte seine Arbeit unterbrochen, um dem Dialog zu folgen.

»Wenn ich mich da mal einklinken darf. Ich habe dieses Lavendelwasser mal ins Labor geschickt, um eventuell den Hersteller rauszubekommen. Bingo. Es ist ein Produkt der Firma Weleda. Ein Entspannungsbad. Es enthält ätherische Öle, dermatologisch getestet, gute Hautverträglichkeit, einhundert Prozent vegan, erhältlich in allen Drogerien oder SB-Märkten. Das bringt uns zwar im Augenblick auch nicht weiter, beweist aber deutlich, dass die Mädchen in einer Wanne ertränkt wurden.«

»Sehr gut, Hörster. Das ist doch schon was Brauchbares. Finden Sie jetzt noch heraus, welche Wanne benutzt wurde, dann werden Sie mein Trauzeuge.«

Beide starrten entgeistert auf Sven, der im gleichen Augenblick die Hände schützend hochriss.

»Nein, nein ... nicht, was Sie jetzt denken. Das war nur ein Scherz, ein dummer Spruch. Wenn einer von Ihnen auch nur eine Silbe ...«

Hörster und Krassnitz legten beide, als hätten sie sich abgesprochen, die Hände vor das Gesicht und imitierten die Affen, die nichts sahen, hörten und nichts verrieten. Ihr Grinsen konnten sie aber nicht verbergen. Noch lange diskutierten sie den Fall, beleuchteten ihn von den unterschiedlichsten Seiten. Als Karin telefonisch zum Essen rief, zogen sich die beiden Hilfssheriffs bereitwillig zurück, nicht ohne noch einen vielsagenden Blick auszutauschen.

- Kapitel 32 -

Als wären zweiundvierzig Kilo eine Kleinigkeit, wuchtete der große Mann den Sack auf die Schulter, legte die Last aber vor der Dielentür wieder ab. Nach einem kurzen Zögern ging er zurück in das Badezimmer, wo die ältere Dame mit einem Lappen die Fliesen über der Wanne trockenwischte.

»Mama, wir müssen reden.«

»Was gibt es denn, mein Junge. Muss ich mit anfassen? Einen Moment noch, bin sofort fertig, dann komm ich und helfe dir.«

»Nein, Mama, das ist es nicht. Aber wir müssen damit endlich aufhören. Die Polizei treibt sich jetzt dauernd am See herum und sucht nach Spuren. Die Letzte haben die auch sofort gefunden. Das geht nicht mehr lange gut, dann merken die was. Du übertreibst das Ganze jetzt.«

»Das will ich nicht gehört haben. Du hast es ihr versprochen, du hast es auch mir versprochen. Und du vergisst, dass sie heute Geburtstag gehabt hätte. Sandra will bestimmt jemanden zum Spielen haben. Ich habe ihr auch einen Kuchen gebacken. Den können wir essen, sobald du zurückkommst. Mach jetzt, was ich dir gesagt habe. Los!«

Der Mann, der die zartgebaute Frau um mehr als eine ganze Kopflänge überragte, blieb trotzig in der Tür stehen. Die krächzende Stimme ließ seine Augen zu Schlitzen zusammenziehen.

»Was ist noch? Du willst, dass ich damit aufhöre? So, das willst du also. Du scheinst zu vergessen, dass du auch deinen Spaß dabei hattest. Ich war es nicht allein, der die Mädchen in den Himmel schickte. Was ist mit denen, die du mal eben so ins Wasser gezogen hast? Zählen die nicht? Du bist ein Mörder, mein Sohn ... ein böser Mörder. Vergiss das nicht. Kriegen die mich, haben sie auch dich. Ich werde denen erzählen, dass du allein die armen Mädchen hier in der Wohnung getötet hast. Ich schwache Frau konnte das nicht verhindern. Schließlich hast du gedroht, auch mich umzubringen. Ha, ha. Du wirst sehr lange in einer Zelle sitzen müssen. Ich werde in meinem Alter wohl zu den Bekloppten in eine Anstalt gesperrt. Das wird ein Spaß mit den Irren. Jetzt geh mir aus den Augen, oder soll ich den Bullen mal einen Tipp geben?«

Die dürre Frau bemerkte die Verwandlung bei ihrem Sohn viel zu spät. Sie hatte keine Gelegenheit mehr, die faltigen Hände schützend vor das Gesicht zu halten. Der Schlag zertrümmerte ihr das Nasenbein und ließ sie nach hinten stürzen. Das Wasser spritzte wieder an die Fliesen, die sie zuvor trocken gerieben hatte. Die mächtige Hand ihres Sohnes legte sich wie ein Zentnergewicht unerbittlich auf das graue Haar der alten Dame. Verzweifelt schlug sie um sich, peitschte das Lavendelwasser hoch, in dem sie nur kurze Zeit zuvor ein junges Leben ausgelöscht hatte. Letzte Blasen stiegen aus ihrem offenen Mund an die Oberfläche. Ihre

Augen stierten ungläubig in das Gesicht ihres Sohnes. Dann war es vorbei. Das trübe Wasser überdeckte die Frau, die über lange Zeit Herrin über Leben und Tod spielte. Ihr Sohn hob sie vorsichtig aus dem Wasser und küsste sie weinend. Zärtlich strich er ihr die nassen Haarsträhnen aus dem Gesicht, legte die Mutter auf den Boden.

»Mama, ich wollte das nicht, glaube mir. Aber du darfst sowas nicht sagen. Ich bin kein Mörder. Ich bin ein guter Mensch. Ich bring dich zu Sandra. Den Kuchen nehme ich auch mit. Die wird sich sicher freuen, wenn du endlich bei ihr bist.«

- Kapitel 33 -

Jetzt war es Karin, die schon lange vor dem Erscheinen seine Gegenwart wahrnahm. Die Aura dieses Mannes war für sie mittlerweile spürbar. Die Angst, die sie noch am Anfang ihrer Treffen empfand, war endgültig verflogen.

»Kommen Sie runter, ich habe Sie längst bemerkt. Woher wussten Sie, dass ich heute alleine bin, dass Sven zum Meeting musste? Ach, warum frage ich überhaupt. Sie sind da. Es ist besser, wenn Sie reinkommen, bevor Sie noch jemand aus dem Haus sieht.«

Karin legte ihre große Tasche mit den Einkäufen auf den Tisch und eilte zurück in die Diele, um den Mantel aufzuhängen. Sie stutzte, als sie die ungewöhnliche Haltung ihres Besuchers bemerkte.

»Was ist passiert? Sind Sie verletzt? Zeigen Sie mir den Arm.«

»Es ist nichts, nur ein Kratzer. Ich wollte Sie nur noch einmal sehen, bevor ...«

»Verdammt, setzen Sie sich da hin und spielen Sie mir gegenüber nicht den einsamen Helden. Der Ärmel ist ja völlig durchblutet. Jacke aus, aber fix.«

Karin wartete die Ausführung gar nicht erst ab und marschierte ins Bad, um die Erste-Hilfe-Tasche zu holen. Als sie zurückkam, schlug sie die Hände vor den Mund. »Verdammt, da sagen Sie, es wäre nur ein Kratzer? Das ist ja schon entzündet. Sie müssen ins Krankenhaus. Ist das von ihrem Kampf mit diesem Kladicz? Ich habe davon gehört. Aber das sieht wirklich schlimm aus.«

»Du weißt ganz genau, dass ich nicht ins Krankenhaus kann. Du bist doch Ärztin, du kannst mir helfen. Du bist die Einzige, zu der ich gehen kann. Ich bitte dich ein letztes Mal um etwas, dann werde ich dich in Ruhe lassen. Du wirst mich nie wieder sehen. Bitte hilf mir.«

Lange sah sie Pehling in die Augen, erkannte dieses Flehen in diesem Blick. Dann betrachtete sie wieder den langen Schnitt, der an den Rändern stark gerötet und angeschwollen war.

»Das ist nicht mal eben eine kleine Verletzung, die wir mit Dexpanthenol oder Zinkoxid behandeln könnten. Hier müssen schon größere Kaliber ran. Ich habe keine Antibiotika im Haus, das muss ich erst in der Apotheke besorgen. Ich werde Ihnen zuerst die Wunde reinigen müssen. Das ist nicht angenehm und schmerzt. Die Desinfektionsmittel habe ich hier. Die haben eine toxische Wirkung auf die Zellen und verzögern die Wundheilung, sind aber unbedingt nötig. Wenn wir später mit der Behandlung fertig sind, gebe ich Ihnen Verbände mit, die Sie unbedingt in Abständen von einem Tag wechseln sollten. Sie brauchen dann auch viel Ruhe. Die Bakterien dürfen sich auf keinen Fall im Körper ausbreiten. Da drohen Ihnen eine Wundrose und schlimmstenfalls eine Blutvergiftung. Können wir anfangen?«

Pehling nickte und streckte Karin den muskulösen Arm hin. Sie roch an der Wunde, konnte aber noch keinen riechenden Wundfluss feststellen. Vorsichtig tupfte sie die Ränder der Wunde ab, ohne dass ihr Patient auch nur einen Ton von sich gab. Er beobachtete nicht ihre Arbeit, sondern sah ihr ständig nachdenklich ins Gesicht. Karin tat, als würde sie es nicht bemerken.

»Es wird jetzt sehr wehtun, ich muss in die Wunde rein und den Eiter herausholen. Los gehts.«

Wenn sie erwartet hatte, dass Pehling einen Schmerzensschrei losließ, wurde sie erneut enttäuscht. Er schien im Körper einen Schalter umgelegt zu haben, der Schmerzen ausblendete. Als sie zufrieden war, strich sie eine Salbe über die äußeren Ränder und legte routiniert den Verband an.

»Sie werden jetzt hier warten, bis ich mit dem Antibiotikum aus der Apotheke zurück bin. Die ist direkt im Nebenhaus. Dauert nur ein paar Minuten.«

Karin stoppte einen Augenblick, als sie das leise *Danke* in ihrem Rücken hörte. Es dauerte wirklich nur einen Augenblick, bis sie wieder in der Küche erschien und Pehling schlafend, mit dem Kopf auf der Tischplatte vorfand. Als sie ihn anstieß, fuhr er erschrocken hoch und sah sich um wie ein wildes Tier, das Gefahr witterte.

»Ich bin´s nur. Hier sind Ihre Tabletten. Nehmen Sie die auf jeden Fall drei Mal täglich und die ganze Packung – auf keinen Fall unterbrechen. Das ist sehr wichtig, damit sich keine resistenten Keime bilden können. Ich sage es nochmal, dass es besser wäre, wenn die Wunde im Krankenhaus beobachtet werden könnte. Ich kann ohne ärztliche Pflege für nichts garantieren. Und halten Sie die Wunde sauber.«

»Ich werde brav sein, Frau Doktor, versprochen.«

Karin ließ zu, dass er mit dem Handrücken der unverletzten Hand über ihre Wange strich. Sein Blick zeigte, als er sich erhob, eine Mischung aus Dankbarkeit und tiefer Traurigkeit.

»Sie sagten, dass ich Sie nie wieder sehen werde. Was heißt das? Wollen Sie sich stellen oder die Flucht fortsetzen. Ich werde es keinem sagen, das verspreche ich Ihnen.«

»Das weiß ich doch, Karin. Wenn ich dir nicht mehr trauen kann, wem dann? Ich werde versuchen, das Land zu verlassen. Es ist hier nur eine Frage der Zeit, bis man mich irgendwo aufgreift und für ewig wegsperrt. Glaube mir, dass ich sehr gerne vieles ungeschehen lassen möchte. Ich bin nicht stolz auf das, was ich angerichtet habe. Nein wahrlich nicht. Doch hatte ich eine echte Chance?«

»Doch, die hatten Sie, die hat jeder Mensch. Ich kann nicht meuchelnd durch die Welt laufen, weil mir das Schicksal übel mitspielte. Wenn das alle tun würden, wäre die Menschheit in kürzester Zeit ausgerottet. Sie haben den falschen Weg gewählt, sind vielleicht auch nur den falschen Menschen begegnet. Sie hätten mit der Hilfe Anderer die Kurve gekriegt. Da bin ich mir ganz sicher. In Ihnen steckt auch viel Gutes. Sie verbergen ein großes Potential, das Sie für wertvolle Dinge im Leben hätten verwenden können.«

Elmar Pehling sah in eine Ferne, die sicher über die in der Landschaft des Bildes hinausging, das in Karins Küche die Wand zierte. Er schien zu träumen. Dabei entdeckte Karin wieder dieses geheimnisvolle Lächeln, das ihr schon bei der ersten, so bitteren Begegnung im Folterkeller aufgefallen war. Man hätte es Melancholie nennen können, doch das war es nicht allein – es drückte viel mehr aus als das. Ein tiefer Seufzer holte ihn zurück in die Realität.

»Du hast vielleicht recht. Nein ... ich bin mir sicher, dass du recht hast. Ich habe den falschen Weg gewählt. Nur ist es jetzt zu spät. Er wurde gegangen und liegt wie ein Trümmerhaufen hinter mir. Eines Tages werden die Gefallenen dieses Krieges an mich herantreten und Sühne einfordern. Dann werde ich sie um Vergebung bitten und die Strafe auf mich nehmen. Doch bis dahin will ich versuchen, etwas von dem wieder gut zu machen, was ich angerichtet habe. Vor allem will ich gegen den da drin ankämpfen, der mich immer wieder antreibt, Böses zu tun.

Schade, dass ich nicht schon viel früher einen Menschen wie dich traf. Es hätte vielleicht ...«

Karin legte ihm die Finger auf den Mund, stoppte dieses Bekenntnis. Sie spürte, dass es ihm den Abschied noch schwerer machen würde – und ihr auch. Sie drückte ihm die Tablettenschachtel in die Hand und umfasste die große Faust mit beiden Händen. Stumm zog sie den Mann hoch und schob ihn immer noch schweigend durch die Diele zur Tür. Er bückte sich, als sie an seinem Revers zog und hielt ihr die Wange hin. Gleichzeitig mit dem gehauchten Kuss vernahm er mit geschlossenen Augen die Worte: »Gott segne dein Tun. Ich bin mir sicher, dass wir uns eines Tages wiedersehen werden. Vielleicht wird es erst in einer anderen, besseren Welt sein, aber es wird geschehen.«

Sie schob ihn auf den Flur und lehnte sich mit tränenfeuchten Augen gegen die geschlossene Tür. Sein Schatten verschwand hinter der Scheibe, Schritte entfernten sich.

- Kapitel 34 -

»Wir haben die Mumie da hinter dem Weidenstrauch gefunden. Ich muss gestehen, dass ich fast gekotzt hätte. Wie kann man das einer alten Frau antun? Die hat sogar noch ihren Kittel an. Brauchen Sie uns noch, wir müssen uns mal um unseren Kumpel *Akne* kümmern? Der sitzt kreidebleich auf seiner Karre. Er hat die scheiß Leiche zuerst entdeckt und hat sie auch noch umgedreht, das Arschgesicht. Wie kann man so bescheuert sein?«

Sven klopfte den Bikern auf die Schultern.

»Wenn ich noch was wissen will, weiß ich ja, wo ich euch finden kann. Kümmert euch mal um *Akne*. Der soll sich einen Schnaps gönnen. Geht auf meinen Deckel, sagt das dem Griechen.«

Karin hockte schon neben Ruhnert und diskutierte fachmännisch den neuen Fund. Allmählich artete der Job in Stress aus, ging es Sven durch den Kopf, als er sich ebenfalls dazugesellte. Er bekam noch die letzten Worte von Ruhnert mit.

»... auch nach Lavendel. Wir sollten da eine Analyse veranlassen. Ich verstehe das ehrlich gesagt nicht so ganz. Diese

Morde scheinen bei dem Täter aus dem Ruder zu laufen. Der befindet sich ja derzeit in einem Rausch. Ich bin fest davon überzeugt, dass die Taten vom gleichen Täter begangen wurden. Das Mädchen da vorne ist mal wieder in der Altersgruppe der anderen Opfer, hat auch wieder diese Polkax-Klamotten an. Aber obwohl diese Frau meiner Schätzung nach über achtzig sein dürfte, rieche ich wieder diesen Lavendel. Die Frage ist jetzt nur, warum der Täter ihr das gesamte Gesicht weggeschnitten hat. Das kann doch nur bedeuten, dass er sie unkenntlich machen wollte, um keinen Hinweis zu geben, die auf ihn hindeutet. Der Täter muss mit dieser Frau in einer engeren Verbindung stehen. Ich denke, dass dies sein erster großer Fehler gewesen sein könnte. Findet raus, wer das hier ist und ihr habt die Bestie.«

Karin und Sven sahen sich an und erhoben sich mit Ruhnert. Sven half ihm hoch, da er sich wieder das schmerzende Knie hielt.

»Lange mach ich den Job nicht mehr, Leute. Jetzt kassiere ich die Quittung dafür, dass ich immer auf den Knien rumrutschen muss. Die Toten bringen mich noch ins Grab. Achtzehn Monate noch, dann könnt ihr mich auf dem Hausboot in Holland besuchen kommen. Habe ich euch schon gesagt, dass ich einen neuen Hund habe? Gestern aus dem Tierheim geholt. Eine Mordstöle, sage ich euch. Da wagt sich keiner ungefragt aufs Boot. Ich gehe dann mal rüber zu dem Mädchen. Wenn ihr mich braucht ...«

Karin ging wieder runter und stocherte mit einer Pinzette in der Wunde herum, die Sven einen Schauer nach dem anderen über den Körper trieb. Er konnte gut nachvollziehen, dass dem armen *Akne* kotzelend war. Karin pulte die letzten Pflanzenreste aus dem großen Loch, in dem einst die Sinnesorgane saßen. Sven wendete sich ab und suchte mit den Augen den See ab. Einzelne Segelboote waren näher herangekommen, um nachzusehen, warum sich so viel Polizei am Anlegesteg aufhielt. Ein Boot der Wasserschutzpolizei beorderte sie wieder weiter weg vom Geschehen.

»Ich überlege schon die ganze Zeit, was es ist. Ich komme einfach nicht dahinter, Karin.«

»Was meinst du damit, dass du überlegst? Ist dir was Bedeutsames aufgefallen?«

»Ja, ist es. Jetzt frag mich aber nicht, was genau es ist, denn ich kann es dir noch nicht sagen. Kann mich ja auch täuschen. Du weißt doch, mein Bauchgefühl. Gib mir Zeit, das kommt noch. Aber Frau Krassnitz brachte mich auf eine Idee mit ihren Thesen zu den Morden. Ich möchte heute Nachmittag noch einmal rausfahren zu dieser Erbin von dem seltsamen Unternehmen Polkax. Hast du Lust mitzufahren? Wir könnten ja anschließend was essen gehen. Du kannst dir das Restaurant jetzt noch aussuchen.«

»Na ja, wenn es sich absolut nicht umgehen lässt, dann schließe ich mich dem an. Wer ist eigentlich mit dem Bezahlen dran?«

Karin organisierte den Abtransport der beiden Toten in die Rechtsmedizin. Dann hakte sie sich bei Sven unter und legte den Kopf an seine Schulter. Das Pfeifkonzert, das die Beiden aus Richtung des Griechen-Imbisses erreichte, war ohrenbetäubend. Vergnügt winkten sie der Bikergruppe zu, die prompt mit einem Hupkonzert antworteten. Die vorwurfsvollen Blicke der älteren Spaziergänger ignorierten sie.

Sven hielt den Finger jetzt längere Zeit auf den Klingelknopf der alten Frau Kuhlmann, kalkulierte dabei ein, dass
sie ja in dem hohen Alter nicht mehr die Flotteste sein
konnte und vielleicht das Klingeln überhört haben könnte.
Auch auf sein Klopfen reagierte niemand. Karin war schon
auf dem Weg zum Fenster, das seitlich vom Eingang
gelegen, einen Blick in die Wohnung erlaubte. Nichts Auffälliges war zu sehen. Sven folgte ihr hinter das Haus, wo
sich eine große Terrasse über die gesamte Rückfront
erstreckte. Auch hier ergab der prüfende Blick durch die
große Schiebetür nichts Auffälliges.

Karin warf sich erschrocken in Svens Arme, als das tiefe
Knurren direkt neben ihr auftauchte. Der ältere Herr, der
seine liebe Mühe damit hatte, den großen Mischlingshund an
der Leine zurückzuhalten, blickte sie ernst an.

»Lass das Micky! Du sollst jetzt hören, verflucht!«

Micky ließ sich von der Fistelstimme des Alten nicht
beeindrucken und zog sein Herrchen über die Terrasse.

»Aus! Sitz!«

Micky stellte die Ohren hoch und setzte sich gehorsam
auf die Hinterbeine. Aufmerksam betrachtete er den Mann,
der eine Frau hinter seinem Rücken versteckte und ihn grim-
mig anblitzte. Sein Befehl zeigte Wirkung. Karin und der
ältere Herr sahen Sven an, als hätte er es geschafft, einem
Kanarienvogel das Bellen beizubringen.

»Wie haben Sie ...?«

Der Tattergreis schüttelte den mit wenigen, weißen
Haaren bedeckten Kopf. Der Blick wechselte immer wieder
zwischen Sven und dem Hund, der jetzt sogar freudig mit
dem Schwanz wedelte.

»Kein Problem, die Hunde müssen nur wissen, wer hier das Sagen hat. Sie könnten mir netterweise mal erzählen, mit wem ich es zu tun habe. Ihren kleinen Liebling habe ich ja bereits kennengelernt. Sind Sie ein Nachbar oder ein Bekannter von Frau Kuhlmann?«

Während er den Mann ansprach, hatte er ihm seinen Dienstausweis unter die Nase gehalten. Sofern das überhaupt noch möglich war, legte der die Stirn in weitere Falten und trat einen Schritt näher ran, lugte durch die Scheibe ins Haus.

»Kohlhaas, mein Name ist Kohlhaas, Herr Oberkommissar. Ich wohne da drüben in dem grünen Haus – das mit den roten Ziegeln. Ab und zu besuche ich Frau Kuhlmann und wir quatschen über die alten Zeiten. Was macht denn die Polizei hier? Ist was Schlimmes passiert?«

»Wann haben Sie denn Frau Kuhlmann zum letzten Mal gesehen? Geht sie des Öfteren mal alleine raus, vielleicht zum Einkaufen?«

»Nein, nein, eigentlich nicht. Ich glaube, die Einkäufe erledigt immer der Junge. Der ist ja so fleißig. Der kümmert sich immer so aufopferungsvoll um seine Mutter. Das findet man heutzutage nur noch selten. Andere Männer in dem Alter sind schon längst verheiratet und haben eine eigene Familie. Der Junge geht nur seiner Arbeit nach und dann kümmert er sich um seine Mama. Ich habe mal zu ihm gesagt, als er noch kleiner war, dass ...«

»Wann haben Sie denn nun die Frau Kuhlmann zum letzten Mal gesehen?«

»Ich glaube, das war am Dienstag, nein warten Sie, am Mittwoch. Ja, da bin ich mir sicher, am Mittwoch. Wir haben

Mau Mau gespielt. Ich habe jedes Spiel verloren. Dieses verdammte Weib bescheißt, müssen Sie wissen. Wir können ja mal nachsehen, was da drin los ist, Herr Oberkommissar.«
»Haben Sie denn einen Schlüssel für das Haus?«
»Nein, nein, aber die Kellertür da unten ist immer offen. So komme ich auch ohne Klingeln ins Haus. Kommen Sie. Darf ich vorgehen, schöne Frau?«

Micky bewegte sich erst, als ihm Sven das Fell gekrault hatte. Dann folgte er hechelnd seinem Besitzer die Kellertreppe hinunter. Empfangen wurden sie von einem dunklen Gang, von dem einige Lattentüren abgingen. Der Blick in die Räume zeigte keine Auffälligkeiten, völlig normale Kellerräume. Kohlhaas knipste die Beleuchtung an und führte seine Besucher eine Steintreppe hinauf, die in einer Holztür mündete. Spätestens das Knarren der Tür hätte einen Eindringling verraten oder die Ankunft des Mau Mau-Partners der Frau Kuhlmann angekündigt. Ein leichter Muff-Geruch, wie er in den Haushalten älterer Menschen völlig üblich war, empfing sie. Vor nicht langer Zeit musste es ein Kohlgericht gewesen sein, das in der Küche zubereitet worden war. Der unangenehme Geruch hing immer noch in der Luft.

Sie erreichten das Wohnzimmer, das Sven ja bereits aus einem früheren Besuch kannte. Alles war penibel sauber und wirkte aufgeräumt, fast so, als wäre das Haus schon seit längerer Zeit verlassen. Herr Kohlhaas ließ sich erschöpft in einen der Sessel fallen und zog Micky neben sich. Sven und Karin setzten ihre Entdeckungstour fort und verschwanden im Schlafzimmer der alten Dame. Das Bett lag unberührt vor ihnen, versteckt unter einer dicken Tagesdecke, die jegliche

Zufuhr von Sauerstoff verhinderte. Die stickige Luft in dem Zimmer ließ Karin erschauern.

»Lass uns nochmal im Wohnzimmer und in den Räumen oben nachsehen. Sie sprach letztens davon, dass ihr Sohn hier im Haus lebt. Ich habe noch kein Bild gefunden, auf dem er zu sehen ist. Der ist wie ein Phantom. Ich weiß nicht einmal, wie er mit Vornamen heißt.«

»Gut, ich sehe mich währenddessen im Bad um, Sven.« Karin hörte Svens Schritte in den oberen Räumen, während sie sich in der Abstellkammer und danach im Bad umsah. Sie stutzte sofort, nachdem sie eingetreten war.

»Sven? Kannst du bitte runterkommen? Ich glaube, ich habe was gefunden.«

Als Sven die Treppe runterkam, musste er Kohlhaas energisch beiseiteschieben, der neugierig den Kopf in das Badezimmer steckte. Micky zog knurrend in die entgegengesetzte Richtung.

»Was gibt´s, Schatz? Ich bin oben noch nicht durch.«

»Kannst du es nicht riechen?«

Sven schnupperte in alle Richtungen. Selbst Kohlhaas hielt seinen gewaltigen Schnüffel wieder in das Zimmer, meinte, dass er nichts Besonderes feststellen könne.

»Ja, du hast recht, Schatz. Das ist ... das ist Lavendel. Da bin ich mir sicher. Doch was könnte das bedeuten für unseren Fall? Meinst du tatsächlich, dass wir uns hier an einem Tatort befinden?«

»Ein Tatort, ich verstehe Sie nicht, Herr Kommissar? Was soll das? Ist hier jemand ... Sie meinen, ein Mord?«

Kohlhaas hatte die Stimme gesenkt, als könnte ihn dieser ominöse Mörder womöglich verstehen.

»Lieber Herr Kohlhaas. Ich möchte Sie jetzt bitten, die Wohnung wieder zu verlassen. Wir müssen leider den Bereich absperren, da die Möglichkeit besteht, dass hier eine Straftat begangen wurde. Bitte, Herr Kohlhaas.«

Sven zog den alten Mann am Ärmel, ließ jedoch sofort wieder los, als er Mickys gefährliches Knurren vernahm.

»Ist schon gut, Herr Kommissar, ich gehe ja schon. Aber ich möchte auch mit meinem vollen Namen erwähnt werden, wenn das hier in der Zeitung steht. Und wenn die vom Fernsehen ...«

»Bitte gehen Sie jetzt, ich muss die Kollegen verständigen.«

Kohlhaas blieb vor der Haustür stehen und beobachtete weiter. Als der erste Spaziergänger ahnungslos vorbeikam, begann die stille Post ihr Werk. Sven kam wieder in das Bad, während er Ruhland um Hilfe anrief. Er beobachtete, wie Karin mit einer Serviette eine Plastikflasche mit Badezusatz in ihrer Handtasche verstaute.

»Ich weiß – es ist ein Beweismittel. Aber da gehe ich heute noch dran. Weleda, wie ich schon in der Laboranalyse feststellte. Das kann kein Zufall sein, Sven.«

Eine halbe Stunde später glich das Kuhlmann-Haus einem Ameisenhaufen. Tatsächlich bestätigte sich schnell, dass es sich bei der Leiche vom Baldeneysee um die Hausbesitzerin handelte. Verzweifelt suchte man nach einem Foto des Sohnes Frank Kuhlmann, damit die Nahbereichsfahndung herausgegeben werden konnte. Der Mann blieb ein Mysterium. Niemand bemerkte die große Gestalt, die das Geschehen aus einer Garagendurchfahrt eines Nachbarhauses beobachtete und fluchend wieder verschwand.

- Kapitel 35 -

»Jetzt fällt mir auch wieder ein, was mich beim Fund der Frau Kuhlmann stutzig machte. Es war ihr Kittel. Den trug sie auch, als ich bei ihr war. Sowas Hässliches vergisst man einfach nicht. Nun gut, jetzt haben wir die Identität der alten Dame auch durch ihre DNA festgelegt. Den Badezusatz haben wir ebenfalls als den identifiziert, der in fast allen Leichen gefunden wurde. Zufall? Sicher gibt es das Zeug in tausenden Geschäften zu kaufen, doch hier glaube ich einfach nicht mehr an Zufall.

Die Frage stellt sich für uns nach einem möglichen Motiv. War die Alte selbst an den Morden beteiligt oder wusste sie zumindest davon? Hat sie die möglichen Taten ihres Sohnes gedeckt und wurde jetzt als Zeugin beseitigt? Doch warum sollte er dann die Zeugin, also die Mutter, gerade dort entsorgen, wo wir die restlichen Opfer gefunden haben? Da sehe ich im Augenblick noch keinen Zusammenhang.«

Krassnitz legte die Stirn in Falten und studierte weiter die Ermittlungsakten. Auch Karin saß mit am Tisch, an dem die Ermittlungsgruppe nach Lösungen suchte. Fugger hatte nun endlich eine Soko Baldeney gebildet. Krassnitz dachte laut.

»Sie sagten doch damals, als Sie von diesem Besuch bei der Kuhlmann zurückkamen, dass diese Enkelin Sandra bei einem Bootsunfall umkam und bisher nicht gefunden wurde. War das nicht der Baldeneysee? Anschließend haben sich doch die Eltern selbst getötet, wenn ich mich recht erinnere.«

Sven nickte. Alle hörten interessiert zu.

»Ich bin jetzt kein Psychologe, aber das muss doch für eine Mutter ein irrer Schock sein, wenn sie erst die Enkelin und anschließend sofort die Tochter und den Schwiegersohn verliert. Ist es nicht so? Da kann doch schonmal der Verstand ein wenig leiden. Ich könnte nicht sagen, wie ich darauf reagieren würde. Ich denke, das kann keiner hier am Tisch. Aber nehmen wir mal an, ich drehe daraufhin komplett durch, da ich die Schuld an diesen tragischen Vorkommnissen Anderen zuschiebe. Könnte es nicht sein, dass ich mich daraufhin an dem Rest der Welt rächen möchte?

Ich gebe hier zu bedenken, dass wir in dieser Abteilung schon die absurdesten Motive für einen Mord erleben mussten. Ich denke da besonders an den aktuellen Fall Pehling, der sich ja auch eine Rechtfertigung für seine irren Morde in der schlechten Behandlung durch sein Umfeld suchte.«

Niemand bemerkte, wie sich Karins Körper augenblicklich verkrampfte. Als Sven den Blickkontakt zu ihr suchte, wirkte sie wieder völlig normal und zuckte nur mit den Schultern. Hörster mischte sich ein.

»Und Sie könnten sich deshalb vorstellen, dass diese alte Frau Rache an gleichaltrigen Mädchen nahm, nur um den Tod ihrer Enkelin verarbeiten zu können? Dann muss sie aber einen Helfer gehabt haben. Das kann ja dann nur dieser ominöse Sohn gewesen sein, von dem wir eigentlich nichts wissen. Selbst die Nachbarn haben ihn so gut wie nie im Haus gesehen. Nur dass ab und zu ein Auto vor dem Haus parkte, ist sicher. Sehr, sehr seltsam.«

»Dass die Mädchen mit hoher Wahrscheinlichkeit in der Kuhlmann-Wanne ertränkt wurden, ist zwar noch nicht labortechnisch untermauert, aber doch sehr wahrscheinlich. Nehmen wir mal an, dass es so war. Warum, in Gottes Namen, musste dann die Täterin selbst sterben? Wurde sie für den Mittäter, den Sohn also, zur Gefahr? Wollte sie aussteigen? Hat sich das späte Gewissen gemeldet? Oder bestand die Gefahr, dass die ganze Sache deshalb aufflog, weil diese Astrid gesucht und gefunden wurde. Dieses Opfer war wohl nicht in der Planung.«

Karin brachte diesen neuen Aspekt in die Diskussion ein und erntete anerkennende Blicke, so wie zuvor Frau Krassnitz.

»Alles, was wir hier bisher gehört haben, weist immer mehr darauf hin, dass wir für die Taten diese Familie Kuhlmann verantwortlich machen sollten. Endgültige Beweise fehlen zwar noch, wären aber dann möglich, wenn wir diesen Frank Kuhlmann zu fassen bekämen. Daher sollten wir uns auf die Suche dieses Verdächtigen konzentrieren. Ich bin mir sicher, dass wir da schnell zu einem Erfolg kommen werden. Danke für Ihre Aufmerksamkeit.«

»Diese Mordserien machen mich so langsam krank, Schatz. Was ist nur mit den Menschen los, dass sie sich gegenseitig das Leben nehmen müssen. Haben wir mit den Kriegen um uns herum nicht schon genug Leid am Hals? Ich muss zugeben, dass ich im ersten Augenblick, als ich die schlimm zugerichtete Leiche dieser alten Frau vor mir hatte, das Bild von Pehling vor Augen sah. Das wäre ihm am ehesten zuzutrauen gewesen. Aber es scheint ja, dass wir es dem Sohn höchstwahrscheinlich zurechnen können.«

Karin war nicht anzumerken, wie sehr sie diese Anmerkung in Wut versetzte. Ihre Miene verriet nicht, was sie in diesem Augenblick dachte. Noch vor Wochen hätte sie ähnlich geurteilt. *Was passiert da mit mir?* Die Frage hatte sie sich schon in der Nacht gestellt, als sie Svens Gesicht betrachtete, der friedlich neben ihr schlief. Sie hatten sich geliebt, doch immer wieder tauchte dieser Mann auf, der jetzt unbarmherzig die Folgen seines schrecklichen Tuns zu spüren bekam. Natürlich musste er dafür bestraft werden, doch die Angst wurde immer stärker in ihr, dass man ihn auf seiner Flucht töten würde.

»Ich denke, dass wir mit dem Kuhlmann-Sohn auch den Täter haben. Pehling kann nicht für alle Morde dieser Welt verantwortlich gemacht werden.«

Sven nickte, sah Karin dabei forschend an. Er konnte es sich nicht erklären, aber da war eine Erleichterung bei ihr zu spüren gewesen. Ihr Körper verlor spürbar an Spannung. Zumindest signalisierte ihm das der Bauch. Es konnte aber auch Einbildung sein.

Ein weiteres Mal wollte Sven die Umgebung des Fundortes der Leichen absuchen. Ihn trieb das Gefühl dorthin, dass er irgendeine wichtige Kleinigkeit übersehen hatte. Heute trieben sich bei dem diesigen Wetter lediglich einige unentwegte Hundebesitzer dort herum. Man kannte ihn schon dort, sodass er von allen Seiten angesprochen wurde, ob die Ermittlungen vorangingen.

Der Nieselregen war unangenehm und durchnässte seinen Parka schon in wenigen Minuten. Am Anlegesteg der weißen Flotte, direkt vor dem Haus Scheppen, traf er auf das Boot der Wasserschutzpolizei. Gerne nahm er das Angebot an, in der trockenen Kombüse einen heißen Kaffee mit dem Bootsführer zu trinken. Die Mannschaft saß bei Pommes und Gyros beim Griechen. Ihr Lachen schallte herüber.

»Ich könnte ja jetzt sagen, dass die letzten Tage wenigstens etwas Abwechslung in unseren Alltag gebracht haben, aber das wäre wohl sehr makaber. Der Fund dieser vielen Leichen macht den Männern schon ziemlich zu schaffen. Kommt ihr denn wenigstens vorwärts bei den Nachforschungen? Euren Job möchte ich jetzt auch nicht unbedingt machen.«

Sven erzählte zumindest oberflächlich, wie die Überlegungen in seinem Team waren, vermied aber, konkret Namen zu nennen. In Polizeihauptmeister Mertens fand er einen interessierten Zuhörer, der ihn nur selten unterbrach.

»Ich muss jetzt weiter, Kollege. Bestellen Sie den Männern, dass ich denen sehr dankbar bin für die großartige Arbeit da unten. Ich muss sagen, dass ich vor Wasser einen Riesenrespekt habe, seitdem ich vor Mallorca mal fast abgesoffen bin. Mich bekämen keine zehn Pferde in einen Taucheranzug. Da bin ich eine richtige Schissbuchse. Noch einen ruhigen Tag hier auf dem See. Und hoffentlich brauchen wir euch vorerst nicht wieder bemühen.«

Lachend schlug ihm Mertens auf die Schulter und half ihm zurück auf den Steg.

– Kapitel 36 –

Schon den zweiten Tag hielt nun dieses nervige Dreckswetter an. Die Ermittler traten erstaunlicherweise auf der Stelle, da sie mit der Suche nach dem Kuhlmann-Sohn nicht richtig vorwärtskamen. Es gab einfach zu viele mit dem Namen im Stadtgebiet und in dem Haus der Familie Kuhlmann, in der allerdings nur die Mutter gemeldet war, tauchte der Mann nicht mehr auf. Abziehen wollte Sven die Beamten jedoch nicht vorzeitig. Geduld war nun gefordert und der Fleiß des Teams.

Nachdenklich saß Sven auf Karins Balkon und wartete darauf, dass sie endlich das Skalpell zur Seite legte. Noch vor zehn Minuten rief sie an, dass sie aktuell einen Fall auf dem Tisch liegen hatte, die Auftragsarbeit einer Versicherung. Die wollte einem Kunden unbedingt nachweisen, dass es sich beim Tod der Verstorbenen nicht um einen versicherten Unfall handelte, sondern dass sich die Person selbst diese letztendlich tödlichen Verletzungen zugefügt hatte. Eine Aufgabe, bei der Karin immer ein ungutes Gefühl hatte, da sie nicht zum Handlanger dieser Versicherungen werden wollte, die um die Auszahlung herumkommen wollten.

Die Idee kam ihm, ohne dass er es sich erklären konnte. Er klappte sein Laptop auf und suchte im Skype-Register nach der Nummer. Hallers Gesicht erschien schon nach dem fünften Klingeln. Der Bildschirm zuckte, weil die Verbindung nicht optimal war. Haller bändigte sich mit einem Gummiband das lange Haar am Hinterkopf und setzte sich gerade vor die Kamera. Die Füße legte er auf den Schreibtisch neben den Computer.

»Sie? Ist was passiert, Spelzer? Wenn Sie sich dafür entschuldigen wollen, dass Sie unseren gestrigen Termin geschwänzt haben, hätten Sie das auch während der normalen Arbeitszeit machen können. Spaß beiseite, wo brennt es?«

»Danke, dass Sie sofort drangegangen sind. Eigentlich ist nichts Besonderes passiert, aber mich beschäftigt eine Frage, die einen möglichen Täter betrifft.«

»Ich höre und hoffe, dass ich Ihnen helfen kann.«

Ausführlich schilderte Sven dem Psychologen den aktuellen Fall und verfolgte dabei, wie Haller einen Fruchtcocktail mit einem langen Löffel umrührte.

»Hören Sie mir überhaupt zu, Doktor? Soll ich später nochmal anrufen?«

»Nein, nein, Spelzer«, erwiderte Haller lachend, »ich habe jedes Wort verstanden. Was genau wollen Sie denn jetzt von mir wissen?«

»Ich denke, dass wir hinter dem richtigen Mann her sind. Doch ich finde einfach kein passendes, kein logisches Motiv für dieses Massaker. Das kann doch nicht nur reine Mordlust sein, die diesen Mann antreibt. Vor allem bin ich mir über die Rolle der alten Dame nicht so ganz klar. Bisher gibt es keine Beweise, ob sie an den Morden beteiligt war. Schließlich scheint aber alles bei ihr zuhause in der Badewanne abgelaufen zu sein. Das kann der Sohn doch nicht getan haben, ohne dass es die Mutter bemerkt hat, oder doch? Wie sehen Sie das?«

»Puh, Spelzer, da überraschen Sie mich jetzt aber kalt. Lassen Sie mich nachdenken. Sie sagten, dass die jungen Mädchen alle die gleiche Kleidung trugen, zumindest was den Hersteller betrifft. Das weist sicher darauf hin, dass Sie bei der Familie als mögliche Täter richtig zu liegen scheinen. Bleiben wir erstmal bei den Mädchen. Betrachten Sie das, was ich Ihnen sage, als rein hypothetisch.

Da scheint es eine außergewöhnliche Bindung zwischen Großmutter und dieser Sandra gegeben zu haben. Sowas kann bis zur Besessenheit ausarten. Jetzt kommt das Mädchen bei diesem Bootsunfall um. Sehr tragisch und in vielen Fällen traumatisch für die Betroffenen. Das beste Beispiel dafür ist die Reaktion der Eltern. Der Tod des eigenen Kindes könnte dem angegriffenen Geist der alten Dame den Rest gegeben haben. Nun reagiert jeder auf diese traumatischen Erlebnisse anders. Nehmen wir mal das Schlimmste an und vermuten eine massive Störung der realen Wahrnehmungsfähigkeit, in Bezug auf die Ursache für den Unfall. Sie vermisst dieses Mädchen und versucht, Kontakt zu ihr aufzunehmen. Ich weiß, das hört sich so an, als würde ich aus einem zweitklassigen Mystery-Streifen erzählen. Doch diese Vorgänge spielen sich häufiger ab, als wir uns vorstellen können.

Die einen versuchen das zum Beispiel durch Kontakt zu Kreisen, die von einem selbsternannten Medium angeboten werden. Angeblich schaffen sie in spirituellen Sitzungen eine Verbindung zum geliebten Angehörigen. In der Trauer greifen die Menschen zu jedem Strohhalm und werden zu willigen Opfern. Das kostet nur Geld und bringt lediglich Enttäuschungen. Ich persönlich halte es sogar für sehr gefährlich für den Geist des Hilfesuchenden.

Gehen wir einmal davon aus, dass die alte Dame einen anderen Weg gesucht hat. Es könnte sein, dass sie Altersgenossen suchte, sie ganz bewusst ertränkte und dann an den Ort befördern ließ, an dem sie die geliebte Enkelin vermutete. Sie wollte ihr vielleicht nur Spielgefährtinnen beschaffen. Der Tod durch Ertränken spielt da eine eminent starke Rolle, da sie wohl davon überzeugt war, dass dies dazu führt, sie alle in der gleichen Dimension wie diese Sandra zu befördern. Oma sorgt für dich, mein Schatz – die Botschaft einer verbitterten Frau.«

Sven schwieg und starrte auf den flimmernden Bildschirm, auf dem Doktor Haller den Fruchtcocktail weiter umrührte. Die Vorstellung erschien ihm gleichermaßen absurd wie logisch.

»Doch wie soll ich dann die anderen Toten bewerten, die wir ebenfalls in dem Verschlag fanden? Das passt doch nicht ins Bild.«

»Da gebe ich Ihnen recht, Spelzer. Aber bedenken Sie, dass wir es hier mit zwei Personen zu tun haben, die eventuell auch aus unterschiedlichen Motiven handeln. Während die Oma aus eigenen, von Trauer geprägten Motiven handelt, kann es der Sohn, also Sandras Onkel, aus reiner Mordlust tun. Er könnte anfangs der Handlanger gewesen sein, der Omas Opfer an die gewünschte Stelle transportiert.

Später kann sich bei ihm sowas wie Gefallen an der Sache selbst, also am Morden, ausgeprägt haben. Wenn das so ist, müssen wir die anderen Frauen als Opfer des Mannes sehen. Das war von der Oma nicht so geplant. Und nun kommen wir zum letzten Akt in dieser Geschichte. Es wäre möglich, dass seine Mutter erkannte, dass ihr Sohn zu einem unkontrollierbaren Freak mutierte. Sie selbst, das sollten Sie wissen, sah sich selbst nicht so. Also fordert sie ihn auf, damit aufzuhören. Vielleicht droht sie sogar mit seiner Enttarnung. Das bringt den kranken Geist des Mörders nun völlig aus der Spur. Er tötet seine eigene Mutter und möchte durch ihre Entstellung verhindern, dass man auf seine Spur kommt. Das zur Theorie. Er konnte nicht ahnen, wie fähig unsere örtliche Polizei ist.«

Die letzte Bemerkung ließ Haller wirken. Erst mit Verzögerung begriff Sven, dass er von dem Psychologen gefoppt wurde.

»Sie sind aber auch nicht schlecht, Doktor Haller, Sie sollten bei uns im Team arbeiten. Klugheit würde uns bestimmt gut zu Gesicht stehen.«

»Jetzt machen Sie mal halblang, Spelzer. Ihr habt da schon sehr viel geleistet. Würde mich freuen, wenn ich Ihnen helfen konnte. Übrigens, einen wunderschönen guten Abend noch. Meine Fernsehserie wartet auf mich. Bin ein absoluter Game of Thrones-Fan, wissen Sie. Liebe Grüße an meine schöne Kollegin.«

Das Bild erlosch. Haller hatte ausgeschaltet. Sven hätte noch viele Fragen gehabt, gab sich aber im Augenblick mit dem Ergebnis zufrieden. Nachdenklich klappte er den Deckel des Laptops runter.

Er ließ sich Hallers Thesen erneut durch den Kopf gehen. Interessante Theorien, die er so noch nicht angestellt hatte. Wie ein Blitz durchfuhr es ihn. Er hatte Karin versprochen, dass er einen bunten Salat mit kross gebratenen Putenbruststreifen zubereiten wollte, den sie zum Abschluss eines ereignisreichen Tages gemeinsam mit einem Glas Rotwein verzehren wollten. Er stürzte in die Küche, die danach vom fleißigen Hacken des Salates und dem Brutzeln des Fleisches erfüllt wurde.

Die Zeiger der Küchenuhr wiesen bereits auf Mitternacht, als Sven hochschreckte. Er war mit dem Kopf auf der Tischplatte eingeschlafen. In der Wohnung herrschte die gleiche Stille wie zu dem Zeitpunkt, als er mit der Essenszubereitung angefangen hatte. Das war vor vier Stunden.

Das Rufzeichen konnte er deutlich hören. Niemand meldete sich in der Rechtsmedizin. Auf Karins Handy das gleiche Ergebnis. Sven riss den Blouson vom Kleiderhaken in der Diele und stürzte aus der Wohnung. Sein Bauch meldete höchste Gefahrenstufe.

- Kapitel 37 -

Sieben Untersuchungen an diesem Tag und dann noch dieses umfangreiche Gutachten hatten Karin enorm beansprucht an diesem Tag. Ihren Assistenten hatte sie bereits in den verdienten Feierabend entlassen. Sie schob ihren letzten Fall in die Kühlbox und lehnte sich erschöpft gegen die Stahltür. Was hatte Sven gesagt? Einen bunten Salat mit Putenbruststreifen heute Abend? Hoffentlich hatte er an die vorzügliche Honig-Senf-Soße gedacht, die sie beide rein zufällig bei einem Feinkosthändler in der Innenstadt entdeckt hatten. Er wollte auf jeden Fall auf dem Weg in die Wohnung Nachschub beschaffen. Über den Nachtisch würden sie sich bestimmt schnell einig. Ein frivoles Lächeln überzog ihr Gesicht, als sie sich auf den Weg in den Waschraum machte. Das erstarb augenblicklich, als sie den großen Schatten im Eingang zum Sezierraum bemerkte.

»Verdammt, haben Sie mir einen Schrecken eingejagt. Wenn Sie angeklopft hätten, wären Sie nicht Schuld an meinem Herzkasper geworden. Jetzt muss ich erstmal meinen Puls wieder beruhigen. Puh, und das nach einem so langen Tag. Was treibt Sie denn in diese unwirtliche

Umgebung? Ist wieder was Schlimmes passiert? Wenn ich Ihnen begegnet bin, war das bisher noch nie erfreulich.«

»Es tut mir sehr leid, Frau Hollmann, dass ich Sie erschreckt habe. Das war nicht meine Absicht. Aber Sie haben recht, es ist wirklich wieder was passiert. Wieder am bekannten Ort und wieder ein junges Mädchen. Herr Spelzer ist schon mit seinem Kollegen Ruhland vor Ort. Ich bin auch hinbeordert worden – für alle Fälle. Man bat mich, Sie mitzunehmen, da das Klinikum auf meinem direkten Weg liegt. Können wir los, oder müssen Sie noch was erledigen? Ich setz Sie anschließend wieder hier oder auf Wunsch auch bei Ihnen zuhause ab. Ich meine, wegen Ihres Wagens.«

»Da muss ja ein ziemliches Tohuwabohu herrschen, wenn Herr Spelzer mir keinen Anruf gönnt. Da haben wir ja Glück, dass ich gerade fertig geworden bin. Wir können los, sobald ich die Hände gewaschen habe.«

Während der kurzen Fahrt dachte Karin mit großem Bedauern über das entgangene Abendessen nach, das jetzt wohl wieder einmal wegen dieser verfluchten Mordserie ins Wasser fallen würde. Die Scheinwerfer bohrten ihre Lichtkegel durch den aufziehenden Nebel und verliehen der Hammer Straße, die sie zum Haus Scheppen führte, einen geheimnisvollen Zauber. Wäre sie alleine gewesen, hätte ihr die Atmosphäre Beklemmungen verursacht. Sie passierten den Besucherparkplatz unterhalb des Hanges und bogen auf den Imbissparkplatz ein.

»Da sind wir aber schneller hier gewesen, als die Polizei erlaubt«, meinte sie scherzhaft und blickte sich suchend nach den Einsatzfahrzeugen um. Sie konnte sich den Grund nicht erklären, warum sie plötzlich ein ungutes Gefühl wie ein

Gespenst überfiel. Etwas stimmte hier nicht. Vorsichtig tastete sie nach dem Türöffner, als sie die Stimme ihres Begleiters erstarren ließ.

»Versuchen Sie es erst gar nicht, Frau Doktor. Sie würden nicht weit kommen.«

»Was soll das hier bedeuten? Wo ist Kommissar Spelzer, wo ist Ruhland? Stimmt das gar nicht mit der Leiche? Was wollen Sie von mir?«

»Das sind viele Fragen auf einmal. Mit Ihren Kollegen kann ich Ihnen leider nicht dienen, das mit der Leiche könnten wir jedoch zeitnah einrichten. Doch vorher will ich mich mit Ihnen unterhalten. Sie sind bei einem Thema bestimmt bestens informiert. Sollen wir ein paar Schritte gehen? Die Luft hier am See ist einfach herrlich und schafft einen klaren Kopf. Kommen Sie. Und keine Sorge, hier wird uns niemand stören. Wir sind ganz unter uns.«

Zögernd zog Karin an dem Türöffner. Sofort schlug ihr der kalte, feuchte Dunst des Sees entgegen. Ihr lief ein Schauer über den Körper, sodass sie energisch den Mantelkragen zusammenzog. Der Riesenschatten kam ihr entgegen und legte den Arm schützend um ihre Schulter. Erst wollte sie sich abwenden, sich von dem Arm befreien, entschied sich jedoch anders. Auf keinen Fall wollte sie diesen Mann provozieren und zu einer Handlung zwingen, die sie in unmittelbare Gefahr bringen könnte. Sie lief mit ihm Richtung Anlegesteg, dessen Ende sie in dem aufkommenden Nebel kaum erkennen konnte. Schattengleich meinte sie, ein kleines Boot ausgemacht zu haben, das an einem Holm festgebunden, ruhig im Wasser dümpelte. Tatsächlich führte sie ihr Begleiter dorthin. Seine Handbewegung war eindeutig.

Er half ihr sogar beim Einsteigen, wie ein Gentleman. Das, was hier gerade geschah, war dermaßen unwirklich, dass Karin sich wie in einem Traum vorkam. Das Boot machte los und sie glitten, von den Ruderschlägen des Mannes angetrieben auf den See hinaus.

»Was wird das hier? Warum fahren wir raus, wenn Sie mich doch gleich hier umbringen könnten? Warum diese Umstände?«

Statt einer Antwort ruderte der Riese in gleichmäßigen Zügen gegen die Strömung, Richtung Kampmannsbrücke. Immer dichter zog der Nebel auf und verdunkelte die Wasseroberfläche. Der zuvor sternenüberflutete Himmel verschwand, er wurde von einer milchiggrauen Wolkenwand komplett verschluckt. Spätestens jetzt breitete sich pure Angst in Karin aus, die durch das leise Plätschern der an die Bootswand anschlagenden Wellen nur noch verstärkt wurde. Die Wasseroberfläche bedrohte sie plötzlich, grinste sie an wie das Tor zur Hölle. Selbst damals, als sie sich in den Händen von Pehling befand, fand sie ihr Leben nicht so bedroht wie in diesem Augenblick. Sollte das ihr Ende sein?

Der Bug des Bootes drehte leicht Richtung Ufer. Schwach erkannte sie die ins Wasser fallenden Büsche. Dazwischen eine freie Fläche, auf die sie zusteuerten. War jetzt der richtige Augenblick, einen Hilfeschrei in das undurchsichtige Nichts zu schicken? Noch nicht. Sie erkannte die Silhouette einer großen Hütte, die drohend zwischen dem verwilderten Gestrüpp auftauchte. Sie fühlte sich in den Film Psycho versetzt, als die Sekretärin Marion Crane zum ersten Mal das geheimnisumwitterte Zuhause von Norman Bates auf dem Hügel aufsuchte. Der Gedanke war besonders makaber, da sich Hitchcock damals zu dem Film von dem Serienmörder Ed Gein inspirieren ließ. Sie spürte, wie sich die Gänsehaut auf ihren Armen ausbreitete. Das Schweigen ihres Entführers wirkte zusätzlich bedrückend.

Das Boot schabte über die Steine, die das Ufer schützen sollten, blieb letztendlich halb im Wasser liegen. Karin ergriff die Hand des Mannes und betrat das schlammige Ufer. Die Umgebung studierend folgte sie ihm zu einem Haus, das sich als zwar kleines, doch stabiles Wohnhaus entpuppte. Zögernd betrat sie den gemütlich eingerichteten Raum, von dem lediglich eine weitere Tür abzweigte. Vermutlich handelte es sich dabei um eine Toilette. Eine riesige Hand wies auf die einzige Couch, die schwach im Hintergrund zu erkennen war. Die Petroleumlampe, die plötzlich aufflammte, spendete so viel Licht, dass sie die wenigen Einrichtungsgegenstände gut erkennen konnte. Was sie vergebens suchte, war ein Fenster. Genau das verstärkte ihre Angst ins Unermessliche. Würde sie wieder einmal von einem Irren eingesperrt, vielleicht sogar für längere Zeit? Die Frage beschäftigte sie, als sie mit Schrecken bemerkte, dass der Mann mit einem Strick auf sie zukam.

- Kapitel 38 -

Der Passat stand quer in den Parkboxen, als Sven scharf abbremste und leicht schleudernd vor dem Block zum Stehen kam, in dem die rechtsmedizinische Abteilung untergebracht war. Der Pförtner hatte ihn längst bemerkt und den Blick von dem Bildschirm gelöst, auf dem ein Fußballspiel ablief. Neugierig sah er dem Oberkommissar entgegen, den er schon häufig in Begleitung dieser attraktiven Doktor Hollmann gesehen hatte.

»So eilig, Herr Oberkommissar? Kann ich helfen?«

»Ist sie noch drin?«

»Sprechen Sie von der Frau Doktor?«

»Ja, natürlich. Können Sie bitte die Tür öffnen? Ich muss dringend zu ihr?«

»Das kann ich gerne tun. Doch Sie werden kein Glück haben. Die Frau Hollmann ist schon seit etwa - er warf einen Blick auf die Uhr - eine dreiviertel Stunde fort. Die Beiden hatten es scheinbar eilig und haben mir ...«

»Sie sagten die Zwei. War sie denn nicht alleine? War das ein großer Mann, gutaussehend, mit Bart? Nun sagen Sie schon, es ist sehr wichtig!«

»Nun ja. Groß war er schon ... aber gutaussehend? Nein, würde ich nicht sagen. Und einen Bart trug er auch nicht. Die sind in den Wagen gestiegen und weg waren sie.«

Sven schlug wütend mit der Faust auf den Tresen und blitzte den Pförtner an.

»Verdammt, machen Sie es nicht so spannend. Welcher Autotyp ... das Nummernschild ... machen Sie schnell, ich muss sie finden und aufhalten.«

Empört über die miese Behandlung durch den Polizisten, lehnte sich der ältere Mann in seinem Drehstuhl zurück und schwieg.

»Entschuldigen Sie bitte, wenn ich Sie beleidigt haben sollte, aber Frau Hollmann befindet sich in diesem Augenblick vielleicht in einer tödlichen Gefahr. Ich muss sie schnellstmöglich finden. Bitte.«

Jetzt entspannte sich der Körper des Mannes wieder und er stand auf, kam zur Scheibe.

»Ich glaube, es war ein Citroën, ein dunkelroter Picasso. Ja, ich bin mir sogar sicher. Der Freund meiner Nichte Claudia fährt nämlich auch so einen. Den hat sie erst letzte Woche in einer Disco ...«

»Ja, ja ... und das Nummernschild. Haben Sie die Nummer?«

»Nö, die habe ich mir nicht gemerkt. Aber die Nummer begann mit einem E, also aus Essen kam der Mann dann doch schon. Konnte ich Ihnen helfen, Herr Oberkommissar?«

Die letzten Worte rief er Sven hinterher, der schon auf dem Weg zum Wagen war. Entschlossen riss er das Telefon aus der Tasche und wählte die Nummer der Zentrale.

»Hier ist Oberkommissar Spelzer, Morddezernat. Ich brauche sofort die Fahndung nach einem roten Citroën Picasso mit Essener Kennzeichen ... Nein, mehr habe ich nicht. Vermutlich befinden sich darin ein großer Mann, ansonsten keine klarere Beschreibung und eine Frau, Mitte vierzig, Haare leicht grau. Es handelt sich um Frau Doktor Hollmann von der Rechtsmedizin. Es besteht der Verdacht auf eine Entführung. Falls der Wagen gesichtet wird, darf er nicht angehalten werden, sondern wird nur observiert. Ich muss dann unverzüglich benachrichtigt werden. Haben Sie das verstanden?«

Sven beendete das Gespräch, bevor der Beamte wiederholen konnte. Im Register suchte er die Privatnummern von Krassnitz und Hörster. Die Stimme von Krassnitz wirkte verschlafen, als sie sich meldete.

»Krassnitz, bitte fragen Sie jetzt nicht lange. Frau Hollmann wurde entführt. Wir treffen uns im Präsidium. Sagen Sie den anderen Bescheid? Gut, ich fahre schon los. Bis gleich.«

Der Besprechungsraum füllte sich allmählich. Mindestens zwölf Männer und Frauen aus seinem Team hatten alles stehen und liegen lassen, waren dem Ruf nach Unterstützung gefolgt. Selbst Fugger konnte Sven im Hintergrund erkennen. Dankbar sah er in die Runde.

»Es tut gut, Sie alle hier zu sehen. Ich danke Ihnen. Zur Sache. Vor etwa neunzig Minuten wurde Frau Hollmann aus der Rechtsmedizin von einem großen, dunkelhaarigen Mann in einem dunkelroten Citroën Picasso abgeholt. Vermutlich handelt es sich um eine Entführung, wobei es sich, das soll am Anfang schon klar sein, nicht um Pehling handelt. Das macht die Sache aber nicht weniger dramatisch. Die Fahndung ist raus. Ich bin aber nicht gewillt, hier zu sitzen und abzuwarten. Wir werden jetzt Ideen entwickeln, wie wir weiter vorgehen sollten. Gibt es da Vorschläge? Ach, bevor ich es vergesse, Krassnitz, geben Sie bitte die Suche nach dieser Telefonnummer raus. Ich vermute zwar, dass der Täter das Handy von Frau Hollmann bereits abgeschaltet hat, doch ich will nichts unversucht lassen.«

Krassnitz griff nach dem Zettel und verschwand in ihrem Büro. Währenddessen begann eine Diskussion in kleinen Gruppen. Der Schrei aus dem Büro von Krassnitz ließ das Team für einen Augenblick verstummen. Sven spurtete los.

»Es funktioniert, das Gerät wird gerade geortet. Die sind gleich so weit, Moment noch.«

Alle Köpfe, die in das Büro gesteckt waren, besaßen eine ungesunde, rote Färbung. Die Anspannung dieser Aktion ließ keinen von ihnen kalt. Keiner sprach. Sie starrten nur auf den Mund von Krassnitz.

»Scheiße, Scheiße ... die Verbindung ist im letzten Augenblick abgebrochen worden. Kein Kontakt mehr.«

Ein Aufstöhnen ging durch den Raum, bis Krassnitz wieder den Arm hob und um Ruhe bittend, winkte. Augenblicklich konnte man die berühmte Stecknadel fallen hören.

»Die haben einen Radius von immerhin zwei Kilometer ausgemacht, in dem sich das Gerät befinden musste. Gehen wir einmal davon aus, dass es an seinem bisherigen Standort verbleibt und nicht bewegt wird, haben wir doch eine gute Chance, es zu finden. Ich zeige Ihnen den ungefähren Zielbereich an der Karte.«

Wieder einmal bewies Krassnitz ihre Fähigkeiten in der Organisation. Wie folgsame Hunde liefen alle dieser mutigen Frau hinterher und versammelten sich vor der Essener Stadtkarte an der Wand. Krassnitz steckte eine Nadel an einen bestimmten Punkt und befestigte daran einen Faden, an dessen Ende sich ein Fasermaler befand. Geschickt fuhr sie um die Nadel herum.

»Voilà, Herrschaften. Hier in diesem Bereich werden wir die Frau Doktor aufspüren. Kann ich mitkommen, Chef?«

Statt einer Antwort riss Sven seine beste Kraft in die Arme und küsste sie mitten auf den Mund. Regungslos blieb sie stehen, während alle an die Telefone stürzten. Ihre Augen verfolgten ungläubig ihren Chef, der bereits den Mantel vom Haken riss. Fugger erteilte telefonisch seine Befehle an die Einsatzhundertschaft, die das gesamte Gebiet durchsuchen sollte. Einen Augenblick noch blieb Sven nachdenklich vor der Karte stehen. Seine Gedanken flogen bereits über die Straßen und Wege, die sich in dem Zielgebiet befanden.

War es Zufall, dass sie sich wieder einmal rund um diesen verfluchten See bewegten? War es Zufall, dass dieser Kreis auch den Schellenberger Wald umfasste, in dem sich das Pehling-Haus befand?

Sven löste sich von den Gedanken und schüttelte den Kopf. Hörsters Hand legte sich auf seine Schulter. Die beruhigenden Worte hörten auch andere mit und nickten.

»Es ist nicht Pehling, Chef. Ich glaube nicht, dass er sie entführen würde, dass er ihr auch nur ein Härchen krümmen würde. Ich denke, dass er sie beschützen würde. Soll ich Ihnen was sagen? In diesem Augenblick würde ich es mir wünschen, dass er es täte.«

»Sicher haben Sie recht, Hörster. Doch hoffen wir, dass es nicht nötig sein wird. Können wir fahren, mein Freund. Ich möchte vor Ort sein, wenn es einen Hinweis gibt. Krassnitz, Sie bleiben hier mit Kriminalrat Fugger und koordinieren die Einsätze. Ich wüsste derzeit niemanden, der das besser könnte, als sie beide.«

»Jetzt bewegen Sie sich endlich wieder, Frau Krassnitz. Sie machen mir Angst. Wir werden Ihrem Mann nichts von dem Kuss verraten ... versprochen.«

Kriminalrat Fugger nahm schnell den Hörer auf und telefonierte mit den Einsatzkräften. Er ignorierte lächelnd den empörten Blick dieser taffen Frau.

Die Mannschaft verteilte sich auf die Fahrzeuge und bewegte sich Richtung Haus Scheppen. Eine wildentschlossene Truppe, die sich einmal mehr auf der Jagd befand.

- Kapitel 39 -

Karin war nicht in der Lage, ihre Situation realistisch einzuschätzen. Zu sehr war das Tun des Mannes nebulös, nicht vorhersehbar. Sein beharrliches Schweigen machte sie allmählich nervös. Er werkelte ständig in dem relativ kleinen Raum herum, versuchte, Ordnung zu schaffen. *Nur für wen? War es deshalb, weil er sie als Gast beherbergte?* Zwischendurch verschwand er immer mal wieder in einem Verschlag, der sich außerhalb der Hütte befand. Sie hörte deutlich, wie er dort mit schweren Gegenständen hantierte. Hin und wieder stieß er mit Dingen zusammen, die sich metallisch und hohl anhörten. Unheimlich war es in jedem Fall und zerrte an ihren Nerven.

Karin zwang sich dazu, den Puls unten zu halten, versuchte es mit Atemübungen, wie sie es beim Yoga gelernt hatte. Schließlich gab sie auf, da sie spürte, dass die Angst immer wieder an die Oberfläche kam und ihre Gedanken beherrschte. Als die Tür aufging, erkannte sie deutlich, dass der Nebel mittlerweile zu einer undurchdringlichen Wand angewachsen war. Er waberte sogar in das Zimmer hinein und verteilte sich für einen Augenblick auf dem Boden.

Wenn sie sich wenigstens von den Fesseln befreien konnte, rechnete sich Karin eine geringe, aber schließlich vorhandene Chance aus, in dem undurchdringlichen Dunst entkommen zu können. Immer, wenn der Mann im Verschlag beschäftigt war, suchte sie fieberhaft nach einem Gegenstand, mit dem sie sich von den Fesseln befreien konnte. Überall verstreut entdeckte sie zwar Werkzeuge, sie taugten jedoch nicht für ihre Zwecke. Dann endlich sah sie die mögliche Lösung ihrer Probleme. Die schmale Holzfeile lag unter einem Stapel Schraubendreher, direkt neben einer verrosteten Axt. Sie war dadurch, wie ihr schien, für sie unerreichbar geworden. Trotzdem fixierte sie ihr gesamtes Tun auf das Erreichen dieses Werkzeugs.

Im Verschlag neben dem Haus blieb es ruhig – beängstigend ruhig, denn Karin konnte nicht einschätzen, wo sich der Kerl befand. Sie wartete ab. Dass es klug war, bewies sein Erscheinen Sekunden später. Der Mann warf nur einen flüchtigen Blick auf seine Gefangene und beschäftigte sich mit einer Schublade, die er aus einem Schrank gezogen hatte, der gut aus den fünfziger Jahren hätte stammen können. Möglicherweise war es ein Andenken aus seiner Kindheit, von dem sich dieser Irre nicht trennen konnte. Karin hatte jedoch andere Sorgen. Geduldig wartete sie ab, bis der Typ, mit einem Drehmomentschlüssel bewaffnet, wieder verschwand. Erneut ängstigten sie diese unheimlichen Geräusche aus dem Nebenraum.

Sie fasste allen Mut zusammen und hüpfte vorsichtig, jeden Krach vermeidend, Richtung des Regals, von dem aus sie die mögliche Rettung förmlich anlachte. Sie fühlte sich kalt an. Die Feile verschwand unauffällig unter ihrem

Mantelärmel. Karin überlegte krampfhaft, ob sie sich zusätzlich mit der Axt bewaffnen sollte, verwarf diesen Gedanken jedoch erstmal, da sie das Lösen der Fesseln zuerst bewerkstelligen musste. Danach war es sicher eine Option. In dem Augenblick, als sie sich auf die Couch fallen ließ, öffnete sich wieder die Tür. Der skeptische Blick des Entführers ließ sie befürchten, dass er etwas bemerkt haben musste. Langsam näherte er sich und hob ihre Arme an, um die Fesseln zu überprüfen. Zufrieden ließ er sie wieder sinken und blickte sich im Raum um. Ihm musste etwas merkwürdig vorkommen, da er zögerte. Immer wieder sah er sie an, musterte jeden Zentimeter ihrer Kleidung. Dann griff er blitzschnell zu und schüttelte die Feile aus ihrem Ärmel. Das Entsetzen über die Entdeckung nahm Karin für einen Moment den Atem. Dann löste sich endlich der Schrei aus ihrem Hals. Dem folgte das Zittern, das die angesammelte Anspannung nun mit einem Mal auslöste. Ihr Kopf flog zur Seite, als der kräftige Schlag sie an der Schläfe traf.

Eine Ohnmacht erlöste Karin augenblicklich.

- Kapitel 40 -

»Nein, auf keinen Fall jetzt schon. Halten Sie die Hundestaffel noch zurück. Das Gekläffe könnte den Entführer warnen und zu unüberlegten Panikhandlungen verleiten. Verteilen Sie die Suchtrupps rund um das Suchgebiet. Die sollen sich so vorsichtig wie eben möglich auf den zentralen Punkt zubewegen. Wenn die etwas bemerken oder sogar die Zielperson ausgemacht haben, keine Aktion. Nur beobachten und melden. Ich muss die Lage vor Ort selbst einschätzen können. Zugriff erst auf meinen Befehl. Der Schutz der Geisel hat oberste Priorität. Sie können dann los. Meine Männer kommen aus Richtung Haus Scheppen.«

Sven sah auf seine Hand, deren Zittern er nicht unterdrücken konnte. Hörster, der neben ihm stand, tat so, als hätte er es nicht bemerkt. Hektisch suchte Sven in seinem Telefonregister die Nummer der Einsatzzentrale der Wasserschutzpolizei. Er hatte Glück. Mertens, den er von seinem letzten Gespräch auf dem Boot kannte, meldete sich.

»Das wird aber nicht einfach, Spelzer. Bei dem Nebel fahren wir nur sehr ungern raus. Da gibt es immer mal wieder Wahnsinnige, die trotzdem aufs Wasser gehen oder

223

vom Nebel überrascht wurden. Wenn die keine Radarreflektoren am Boot befestigt haben, kann es möglich sein, dass wir sie erst im letzten Augenblick trotz Radar sehen können. Das kann schnell schiefgehen. Aber das ist ja ein Ausnahmefall. Meine Taucher werde ich vorsichtshalber auch mitbringen, man kann ja nie wissen. Übrigens habe ich einige erfahrene Seebären an Bord. Die fahren nicht so gerne bei diesem Wasser raus. Die sagen immer, wenn die See wie eine Badewanne liegt, kommen die Ertrunkenen an die Oberfläche, um neue Opfer zu holen.«

»Toll, ganz toll, Mertens. Danke dafür, dass Sie mich beruhigen möchten. Hören Sie Mertens. Kann ich eventuell bei Ihnen mitfahren? Ich würde am Steg warten und aufspringen.«

»Na, Sie haben aber Nerven, Spelzer. Das ist kein leichtes Anlegemanöver bei der Sicht. Da müssen Sie wirklich sehr fix sein und schnell aufspringen. Wir sind in etwa einer Viertelstunde vor Ort. Halten Sie sich bereit.«

Es dauerte dann doch zwanzig Minuten, bis Sven endlich undeutlich ein Motorengeräusch durch den dichten Nebel vernahm. Ein starker Scheinwerfer fuhr suchend durch die feuchte Suppe und blieb schließlich am Anlegesteg fest haften. Sven hatte als Orientierungshilfe die LED-Leuchten seines Telefons eingeschaltet und winkte. Wie in Zeitlupe schälten sich die Umrisse des Polizeibootes aus den Schwaden und näherten sich dem Steg. Vorsichtshalber hatte Mertens zwei Fender an Steuerbord befestigen lassen, die Beschädigungen am Boot vermeiden sollten. Noch bevor die Schiffswand den Steg berührte, war Sven an Deck gesprungen, wo ihn mehrere starke Arme auffingen.

Nur ein schwaches Summen drang durch den Schiffsleib, als sie wieder auf den See hinausdrehten. Sven gesellte sich zu Mertens, der am Bug stand und in den Nebel starrte. Die Sicht betrug höchstens fünf Meter. Der Bootsführer hielt sich möglichst weit vom Ufer entfernt, da man einzelne Ruderboote befürchtete, die eventuell ins Wasser hinausragen könnten. Die Männer flüsterten nur miteinander, um Geräusche nicht zu überdecken, die auf ein Hindernis hinweisen konnten. Immer wieder zuckten die Strahlen der Suchscheinwerfer wie glühende Finger durch die undurchdringlichen Nebelwände. Bis auf wenige Uniformierte war der Rest der Männer mit Taucheranzügen ausgestattet. Sven betrachtete die in schwarzes Neopren gekleideten Menschen und drehte sich Mertens zu.

»Wie geht es eigentlich dem Mann, der letztens bei der Suche als Erster aussteigen musste? Der hat mir echt leidgetan. Ich sehe den nämlich nicht unter der Mannschaft.«

»Ach, Sie meinen bestimmt Kuhlmann. Der hat sich vor Tagen krank gemeldet. Ich habe dem angeraten, dass er mal zum Seelenklempner gehen soll. Scheint doch empfindlicher zu reagieren, als ich es ihm zugetraut hatte. Der Riesenkerl leidet richtig.«

Svens Augen suchten weiter das Wasser vor dem Bug ab, bis es ihn endlich erreichte. Er fasste Mertens bei der Schulter und drehte ihn zu sich.

»Kuhlmann? Heißt der etwa Frank Kuhlmann? Kommen Sie, Mertens, habe ich recht?«

»Ja, ja, Spelzer, beruhigen Sie sich doch. Der Mann heißt Frank Kuhlmann. Was ist mit ihm? Ist der von Bedeutung in dieser Sache?«

»Verdammt, das ist der Mann, den wir überall suchen. Der könnte Frau Hollmann ... Scheiße ... Scheiße. Haben Sie eine Adresse von dem Kerl. Bei seiner Mutter, wo er eigentlich gemeldet ist, wurde der seit Tagen nicht mehr gesehen. Gibt es einen Ort, wo der sich stattdessen aufhalten könnte? Sagen Sie schon, es ist wichtig.«

»Nun kommen Sie mal wieder runter, Spelzer. Ich frage mal die Männer. Augenblick.

Hört mal, Leute. Kennt irgendwer von euch die Adresse, wo sich Frank derzeit rumtreibt? Ich meine nicht die Wohnung von seiner Mutter. Gibt es irgendein Versteck oder Wochenendhaus vielleicht.«

Das Gemurmel wurde lauter, bis sich einer der Taucher nach vorne bewegte und ans Ufer zeigte.

»Frank hat uns mal zu einem Gelage mitgenommen. Das war im letzten Jahr. Die Hütte müsste so in der Mitte zwischen Haus Scheppen und Kampmannsbrücke liegen. So ganz genau weiß ich das auch nicht mehr. War damals ziemlich zu, wenn Sie wissen, was ich meine. Aber vielleicht weiß das ja einer von den anderen Männern. Hört mal her. Weiß noch einer, wo sich Franks Bau befindet, wo wir im letzten Jahr die Jägermeister-Party gefeiert haben?«

»Jau, da sind wir aber schon vorbei. Dann müssen wir wenden. Ungefähr vierhundert Meter zurück, auf dieser Südseite. Warum willst du das wissen? Ist was mit Frank passiert?«

»Das erklären wir euch später. Klaus, du gehst in die Kabine und weist Fredi ein. Wenn wir da sind, gehen alle bis auf die Steuercrew von Bord. Spelzer, Sie können ja dann Ihre Leute da hinbeordern. Wir sichern die Uferseite.

So, und jetzt zu euch. Wir haben den begründeten Verdacht, dass Frank, aus welchen Gründen auch immer, Frau Hollmann in seine Gewalt gebracht hat. Wir müssen verhindern, dass er über den See entwischen kann. Vergesst mal bitte, dass es ein Kamerad von euch ist. Wir dürfen ihn auf keinen Fall entkommen lassen. Es besteht bei den Kollegen der Mordkommission der begründete Verdacht, dass er auch für die ganzen Morde vom Baldeneysee verantwortlich ist. Ich wiederhole. Es besteht bisher zwar nur der Verdacht, aber haltet ihn auf jeden Fall zurück. Los geht´s, Männer.«

Kurz wirbelte das Wasser neben dem Boot auf, als der Steuermann das Wendemanöver einleitete. Die Taucher diskutierten die neue Situation heftig und machten sich zum Ausstieg fertig. Niemand bemerkte das kleine Boot, das nur zehn Meter weiter ruhig im Wasser Richtung Seemitte gerudert wurde.

- Kapitel 41 -

Sven hielt die Hand über sein Telefon, als er mit Hörster sprach. Jeder Lärm konnte die anrückenden Polizeikräfte vorzeitig verraten und die Suche gefährden. »Das soll eine kleine Hütte sein, die vom Hardenbergufer aus über einen Trampelpfad erreichbar ist. Dürfte bei dem Sauwetter schwer zu finden sein. Haltet die Augen auf und unternehmt nichts Unbedachtes. Ich verlasse mich darauf. Jetzt will ich zusehen, dass ich irgendwie ans Ufer komme. Ich denke, dass ihr von drei Seiten anrückt. Eigentlich kann er uns nicht entkommen. So, ihr könnt vorrücken. Ich stoße vom Anlegesteg aus zu euch.«

Die Taucher waren bereits ins Wasser geglitten und bewegten sich auf die Uferbefestigung zu. Mertens ließ ablegen und das Boot wieder zurück zum Haus Scheppen fahren. Geschmeidig schwang sich Sven auf den Steg und winkte dem Kollegen noch zu, bevor er losrannte. Er spürte deutlich, dass er in den letzten Wochen das Standarttraining vernachlässigt hatte. Sein Atem rasselte. Immer wieder einmal musste er anhalten und Luft holen. Die feuchte Luft sorgte für zusätzliche Probleme. Der unbedingte Wille,

Karin vor diesem Wahnsinnigen retten zu müssen, verlieh ihm immer wieder neue Kräfte. Den Weg konnte er relativ gut, trotz des Nebels, erkennen. Da war er, der schmale Pfad, der sich zwischen dem Gestrüpp abzeichnete. Zwischenzeitlich hatten es die Taucher auch ans Ufer geschafft und saßen flüsternd auf den Ufersteinen. Als sie Sven erkannten, entspannten sie sich wieder und flüsterten leise miteinander.

Der Dunst und das Laub dämpften jeden Schritt. Selbst das Knacken von Zweigen wurde vom Nebel aufgesogen, versank in einer Stille, die an den Nerven zerrte. Jeden Moment konnte der Wahnsinnige ihn von der Seite anspringen und töten. Die Waffe, die Sven schon zuvor aus dem Schulterholster gezogen und entsichert hatte, lag schwer in seiner Hand. Er verabscheute Waffen, hatte sie bisher, bis auf das eine Mal, nur am Schießstand benutzt. Die Vorstellung, sie wieder abfeuern zu müssen, trieb ihm, trotz der feuchten Kälte, den Schweiß auf die Stirn. Doch wenn dieser Kerl Karin auch nur ein Haar gekrümmt hatte ...

Als die Silhouette eines Gebäudes als vager Schattenriss vor ihm auftauchte, duckte er sich und lauerte. Das musste diese Hütte sein, von der die Taucher sprachen. Kein Ton, auch nicht der leichteste Lichtschimmer war feststellbar. Plötzlich, links neben der Hütte ... eine Bewegung, ein Schatten schien sich sogar auf dieses Haus zuzubewegen. Da, noch einer und viele Weitere. Sven atmete durch. Sie waren da, seine Kameraden, hatten bereits auf ihn gewartet. Sven gab das verabredete Zeichen und schlich weiter auf die Tür zu. Ein Fenster, um vorher einen Blick hineinwerfen zu können, war nicht vorhanden. Neben ihm tauchte Hörster auf, nickte ihm zu. Sven streckte die Hand hoch und zählte durch das Wegknicken der Finger rückwärts von Fünf bis Null. Dann sprang er mit der Schulter gegen die Tür, die krachend gegen die Wand schlug. Hörsters Taschenlampe erleuchtete den kleinen Raum.

»Polizei, keine Bewegung!«

Vor ihnen blieb es ruhig. Lediglich die Stiefel der ihnen folgenden Kollegen scharrten auf dem Holzboden. Die Waffen sicherten in alle Richtungen, bereit, jederzeit ein Ziel zu finden.

Die Hütte war leer. Trotzdem hatten alle den Eindruck, als hätten sich hier vor gar nicht langer Zeit noch Personen aufgehalten. Er war da, der unverkennbare Duft, den er an Karin so mochte. Dieses Parfum hatte er bisher noch an keiner anderen Frau gerochen.

»Wir kommen zu spät, Männer. Wir schwärmen aus. Sucht den Wald ab. Ruft sofort die Hundestaffel hierher. Hörster, Sie kommen mit zum Ufer. Wir müssen den See absuchen. Dieses Schwein ist vielleicht mit einem Boot direkt vor unseren Augen abgehauen. Hoffentlich hat er Karin ...«

Den Rest des Satzes ersparte er sich, spurtete über den Trampelpfad zurück zum Seeufer. Das Boot lag etwa fünf Meter entfernt ruhig im Wasser. Die Taucher sahen erstaunt auf den heranstürmenden Spelzer, der während des Laufens den Mantel von sich warf und direkt auf das Wasser zusteuerte. Verfolgt wurde er von einem anderen Mann, in dem sie aber nicht Frank Kuhlmann ausmachten. Zwei von ihnen sprangen beherzt zur Seite, als der Oberinspektor mit einem kräftigen Sprung in das kalte Wasser hechtete. Mit ausladenden Schwimmbewegungen steuerte er auf das Boot zu. Mertens hatte von dort aus die Aktion verfolgt und reagierte als Erster. Er hielt Sven die Hand entgegen und zog den wassertriefenden Mann an Bord. Ein Polizist legte ihm sofort eine Decke um die Schulter.

»Mertens, Sie haben doch Radar im Boot, oder?«

»Selbstverständlich, Spelzer. Warum fragen Sie?«

»Das Schwein muss irgendwo auf dem See sein. Der ist bestimmt mit einem Boot abgehauen. Suchen wir ihn, finden Sie das Schwein. Ich bringe den Kerl um.«

»Ruhig, Spelzer, ganz ruhig. Lassen Sie sich nicht zu etwas hinreißen, was Sie später bereuen würden. Sie sind Polizist und müssen sich an das Gesetz halten. Lassen Sie uns das machen. Jetzt legen Sie sich erst einmal die Decke um und wir suchen den See ab. Ich gehe in die Kajüte, in der Zwischenzeit nehmen Sie sich einen heißen Kaffee.«

Der Finger des Radars kreiste unentwegt. Immer wieder markierte er etwas auf dem Schirm, das Sven in Aufregung versetzte. Er verschüttete unentwegt seinen Kaffee, wenn er aufgeregt auf Punkte zeigte, in denen er ein Boot vermutete. Die Zeit verstrich, in der dieser abgebrühte Mann vor Sorge an den Nägeln kaute. Seit der Kinderzeit hatte er das nicht mehr getan. Immer wieder tauchte Karins Gesicht vor seinem geistigen Auge auf. Verkrampft saß er auf dem harten Hocker und litt.

Die gespannte Ruhe ließ nur das leise Tuckern des Motors durch, begleitete die Männer auf ihrer Suche nach einem verdächtigen Boot, das es mitten im Nebel hinaus auf das Wasser gewagt hatte. Der Schirm blieb leer. Immer mehr sank bei den Männern der Glauben daran, noch etwas finden zu können.

- Kapitel 42 -

Die nasse Wolldecke hatte man gegen eine trockene ausgewechselt. Mutlos lehnte sich Sven über die Reling und blickte mutlos hinunter in das schwarze Wasser, das unendlich langsam und traurig unter ihm vorbeizog. *Wie tief mochte es hier sein? Würde es lange dauern, bis der Tod einen Ertrinkenden gnädig erlösen würde?* Die Gedanken ließen ihn nicht los. Immer wieder sah er Karin, wie sie quälend langsam in die Tiefe sank, bis er sie nicht mehr sehen konnte. Ihre nach Hilfe suchende, ausgestreckte Hand verschwand in der Schwärze des tiefen Seeschlamms. Enger zog er die Decke um die Schulter.

Der Ruf aus der Kajüte schreckte ihn auf. Mertens Hand zog ihn die kleine Treppe hinunter.

»Hier, sehen Sie, die kleine Markierung da auf vierzehn Uhr? Das könnte ein kleines Boot sein. Entfernung ungefähr sechzig Meter. Halbe Kraft voraus. Vielleicht haben wir Glück, Spelzer.«

Sven bekam die letzten Worte nicht mehr mit. Längst stand er am Bug und versuchte, den Nebel zu durchdringen. Die Augen schmerzten bereits. Der starke Scheinwerfer, der suchend den Dunst durchschnitt, machte die Sicht nicht einfacher, da er nur eine weiße Wand vor dem Boot aufbaute. Da plötzlich war sie da, die Silhouette, die das Ruderboot im dichten Nebel erzeugte. Zwei Menschen kämpften miteinander. Als das Polizeiboot noch näher kam, erkannte er diesen Körper, der unverkennbar Karin gehörte. Sie verlor den ungleichen Kampf gegen diesen Riesenkerl, der jetzt ebenfalls in einen Taucheranzug gekleidet war. Karin kippte schreiend rückwärts über Bord, ruderte wie wild mit den aneinandergefesselten Armen. Immer wieder versuchte sie, den Kopf wieder über Wasser zu bekommen, der ihr von Kuhlmanns großer Hand brutal heruntergedrückt wurde.

Mertens erschrak, als ihm die Wolldecke über den Kopf geworfen wurde. Er konnte nicht verhindern, dass Sven Spelzer mit einem irren Schrei über die Vorderreling sprang. Tief tauchte er in die glatte Oberfläche dieses dunklen Wassers ein und verschwand. Mit angstgeweiteten Augen beobachtete Mertens das Wasser. Nichts. Nur der stetige Kampf neben dem kleinen Ruderboot setzte sich fort. Immer näher kamen sie dem Boot von Kuhlmann, würden jeden Moment eingreifen können.

Als wäre ein Delfin aus dem Wasser geschossen, brach die Oberfläche neben Kuhlmann auseinander. Eine Hand packte den Taucher an seiner Sauerstoffflasche, zog ihn über Bord. Prustend tauchte Karins Kopf einen Augenblick aus dem Wasser, verschwand jedoch wieder. Das Wasser beruhigte sich und glättete sich dermaßen, als hätte an dieser Stelle niemals ein Kampf auf Leben und Tod stattgefunden. Mittlerweile lag das Polizeiboot parallel neben dem Ruderboot. Die unbarmherzige Tiefe des Sees hatte seine neuen

Opfer gefordert. Fasziniert blickten die Männer in die Dunkelheit. Mertens richtete seinen Scheinwerfer immer wieder in das Wasser, suchte die wenigen Meter ab, die ausgeleuchtet werden konnten. Der Strahl der Lampe traf auf einen Körper, der bewegungslos dahinglitt. Der Mann neben ihm regierte als Erster und schnappte sich einen Rettungsring, mit dem er über Bord sprang. Mit nur wenigen, kräftigen Zügen erfassten seine Hände etwas Weiches. Nach Luft ringend kam er damit an die Oberfläche. Erst als seine restlichen Männer in Jubel ausbrachen, bemerkte er, dass es sich um die leblose Frau Hollmann handelte, die jetzt an Bord gehoben wurde. Bevor der Retter über die kleine Leiter an Bord kletterte, warf er noch einen prüfenden Blick über die Wasseroberfläche, die jetzt wieder ihre gefährlich anmutende Ruhe vortäuschte. Nichts rührte sich.

Svens Hand krallte sich mit aller Kraft an Kuhlmanns Atemregler fest und riss den schweren Mann mit all seiner Kraft ins Wasser. Heftig stieß er mit dem Kopf gegen die herabstoßende Bootskante, was ihm fast die Besinnung raubte. Verzweifelt bemühte er sich, den klaren Verstand zu behalten. Neben sich wusste er den komplett in Neopren gekleideten Mann, der nun seine Chance erkannte. Er hatte längst bemerkt, dass sich der Griff des Angreifers veränderte. Darin sah er seine Chance. Blitzschnell wandt er sich heraus und ging seinerseits zum Angriff über. Der kräftige Arm legte sich um Svens Hals, der es für einen Moment geschafft hatte, an der Oberfläche einen tiefen Atemzug zu tun, die Lunge mit neuem Sauerstoff zu füllen. Mit um den Hals gelegten Arm, der Sven auch die Blutzufuhr absperrte, ging dieser ungleiche Kampf in die entscheidende Phase. Immer wieder griff Sven ins Leere, wenn er verzweifelt versuchte, das Gesicht Kuhlmanns zu erreichen. Das Licht des Scheinwerfers aus dem Boot wurde immer schwächer. Sie sanken beständig in die Tiefe, ohne dass sich an der tödlichen Umklammerung des Mörders etwas änderte. Die Luft wurde knapper, die ersten Sterne tanzten vor Svens Augen. Nun versuchte er es am Körper des Mannes erneut, griff nach allem, was ihm gerade in die Hände geriet. Der Arm verschwand augenblicklich, als der gewaltige Schmerz durch seinen Körper raste. Sven hatte die Kronjuwelen Kuhlmanns fest in der Hand und quetschte sie mit all seiner verbliebenen Kraft zusammen. Das hatte zur Folge, dass er sein Mundstück ausspuckte, das nun um seinen Körper herumirrte. Luftblasen verließen den aufgerissenen Mund des Killers, Wasser strömte stattdessen hinein.

Endlich war Sven frei und tastete zur Fußfessel des Mannes. Ja, da war genau das, was er erhofft hatte. Svens Hand legte sich fest um den Knauf des Tauchermessers, das jeder Taucher für den Notfall mit sich führte. Und das war definitiv ein Notfall. Eine Schwimmflosse traf Sven mitten ins Gesicht und riss ihm die Unterlippe auf, was zur Folge hatte, dass ihm das eigene Blut in die Augen gelangte, die Sicht nahm. Das angereicherte Adrenalin überdeckte den Schmerz. Seine Gedanken waren nur auf zwei Dinge ausgerichtet: Diesen Mann zu töten und lebend wieder an die Oberfläche zu gelangen. Trotz des einsetzenden Schwindelgefühls suchte er sein Ziel mit der gebotenen Ruhe. Mit all der Kraft, die er noch in sich spürte, stieß er das breite Messer direkt in das rechte Auge des Gegners und drehte es weiter in den Kopf hinein. Nun war die Sicht zur Oberfläche durch das austretende Blut erneut getrübt. Mit aller Gewalt prallte das Mundstück gegen Svens Stirn. Intuitiv griff er danach, zog es zu sich heran. Als er versuchte, einen Atemzug zu tun, fasste der stark blutende Kuhlmann zu und versuchte, ihm das rettende Gerät wieder zu entreißen. Die beiden kräftigen Männer kämpften verzweifelt mit letzten Kräften um den lebensspendenden Sauerstoff. Jeder versuchte, bis zum letzten Atemzug durchzuhalten, denn nur einer von ihnen sollte weiterleben dürfen. Die Schwärze des Wassers vermischte sich mit der des Geistes, der Sven nur noch schwache Signale sendete, bis er es endgültig aufgab.

Die Hand, die sich um seinen Hals legte, war das Letzte, was er bewusst wahrnahm.

- Kapitel 43 -

Küssende Engel waren wirklich das Allerletzte, was er sich im Himmel hatte vorstellen können. Doch deutlich spürte er die Lippen auf seinen, die sich immer wieder verlangend über seinen Mund legten. Genießerisch hielt er die Augen geschlossen, genoss diesen Augenblick. Es war erst ein Zwinkern, dann öffnete er seine Augen und sah nun seinem Engel direkt in die Augen. Die Ähnlichkeit mit Hörster war erschreckend. War er tatsächlich in die Hölle geschickt worden? Die Kraft fehlte, um sich von dem Mann zu befreien, der jetzt aber freiwillig die wilde Knutscherei aufgab und die Arme hochriss.

Wie aus weiter Ferne vernahm Sven das Schreien, das Jubeln einer größeren Gruppe. Seine Hände ertasteten die harten Planken des Polizeibootes, von dem er noch vor wenigen Minuten in den kalten See gesprungen war. Nun endlich erfassten sie auch etwas Weiches, einen Körper, der direkt neben ihm auf einer Decke ruhte. Er war doch im Himmel. Mit absoluter Sicherheit umfasste er den Busen einer Frau. Seine Augen suchten die Person, die er sich erhoffte, zu finden. Karin blinzelte ihn erschöpft an, denn auch sie hatte erst vor wenigen Minuten das Bewusstsein wiedererlangt, lag noch völlig orientierungslos an Deck. Ihr glückliches Lächeln zeigte jedoch, dass sie allmählich begriff, was geschehen war. Fest umklammerte sie seine Hand, führte sie zum Mund. Sven genoss diese weichen Lippen. Erst jetzt breitete sich der Schmerz in seinem Körper aus, den die aufgerissen Lippe verursachte.

Er fuhr zusammen, als er Hörster über sich stehend erkannte, dessen Gesicht komplett mit Blut überzogen war, als hätte er einem Menschen wie ein Vampir ausgesaugt. Doch er lächelte glücklich und zeigte immer wieder auf Sven, als könnte er noch nicht glauben, dass er seinem Chef einmal mehr das Leben gerettet hatte.

Der Marktbrunnen in Essen-Frohnhausen hatte noch niemals zuvor eine solche Anzahl von Polizisten beherbergt, wie an diesem Tag. Anfangs fühlten sich die Stammgäste etwas unwohl und machten aus ihrem Unmut keinen Hehl. Als die dritte Runde auch an ihren Tisch gelangte, prosteten sich diese doch so unterschiedlichen Menschen zu und feierten gemeinsam.

»Sagt mal, wer mich wieder aus der Hölle geholt hat, ist mir ja nicht entgangen, obwohl ich schon zärtlicher geküsst wurde. Aber wer war es, der Karin ...?«

Jeder sah grinsend den Nebenmann an und zeigte mit dem Finger auf den. Krassnitz feixte und übernahm die Beantwortung.

»He, ihr feigen Ratten, habt ihr plötzlich Angst davor, es zu verraten? Der Chef wird deswegen keinem den Kopf abreißen – hoffe ich zumindest. Wenn ich das richtig mitbekommen habe, begann das Spektakel mit Manfred, dann Friedrich, dann Joel, weiter ging es mit ...«

»Ist schon gut, Krassnitz. Vergiss es. Ich wollte mich nur dafür bedanken und demjenigen auch einen Kuss geben.«

»Also ich habe nichts damit zu tun. Ich habe nur zugesehen. Du doch auch, Manfred, oder?«

Das Gegröle der Kameraden ließ das ganze Haus erbeben. Polizisten und Kleinganoven standen noch bis weit nach Mitternacht zusammen an der Theke und erzählten sich schmutzige Witze.

»Sven, du kannst dich bei Mertens bedanken. Ich glaube, dass er es war, dessen Lippen ich spürte. Ein großartiger Mensch, kann ich dir sagen. Er wird es leugnen, ich bin mir aber sicher. Danke für alles, Mein Schatz.«

Karin nahm ihm das Taschentuch aus der Hand und tupfte ihm den Lippenstift von der Wange. Schließlich verwehrte ihr ein großes Pflaster den Weg zu seinen Lippen.

Die Schlagzeilen über das nächtliche Spektakel auf dem Essener Baldeneysee beherrschten sämtliche deutsche Medien. Übertragen wurden die Nachrichten sogar ins Ausland. Der großgewachsene, bärtige Mann, der an der Theke sitzend, den Bericht auf dem Schirm verfolgte, lächelte in sich hinein. Als über die Niederlage von AS Rom berichtet wurde, senkte er den Blick wieder in seine leere Espresso-Tasse.

»Un altro espresso, il Signore?«

Der unauffällige Gast nickte.

- Nachwort -

Liebe Leserinnen und Leser

Hat Sie dieses 3. Buch aus meiner Serie wieder gut
unterhalten können und die erwartete Spannung geliefert?
Das hoffe ich sehr. Weitere Romane aus meiner Feder finden
sie im Anhang. Fortsetzungen dieser Serie könnten folgen.

Wir Autoren wären oftmals relativ hilflos, wüssten wir nicht
diese wichtigen Helfer im Hintergrund, die vor der Veröffent-
lichung eines Buches den strengen Blick auf die Texte
werfen. Besonderen Dank richte ich dabei an drei
großartige, von mir geschätzte Frauen in meinem Umfeld.
Dazu gehören Andrea Schmidt, Sonja Kindler
und Anne Philipps.

Persönliche Anmerkungen und ein Feedback können Sie mir
gerne unter harald2066@gmx.de zukommen lassen.
Sie erhalten garantiert zeitnah eine Antwort von mir.

Aber auch Mitglieder, die bei LovelyBooks aktiv sind,
können sich dort gerne zu meinen Büchern äußern.

Ich würde mich sehr darüber freuen, wenn ich Sie auch in
Zukunft spannend unterhalten dürfte.

Ihr H.C. Scherf

ISBN 978-3746055879

Band 2 aus der Serie Spelzer/Hollmann

Als Taschenbuch und Ebook in allen Buchhandlungen und Online-Shops.

Inhalt:

»Der ist definitiv ertrunken. Die haben ihn noch lebend ins Wasser geworfen, dabei nicht mal seine Hände gefesselt.«

Die Aussage der Rechtsmedizinerin Karin Hollmann ist klar und deutlich. Sven Spelzer, mit dem sie schon den Serienmörder Pehling zur Strecke brachte, weiß von Anfang an, wen er für diesen Zeugenmord zur Verantwortung ziehen muss.

Die Soko wurde gebildet, um den ›SERBEN‹, wie sie den Gewaltverbrecher nennen, nach Jahren der Erfolglosigkeit, endlich zur Strecke bringen zu können.

Brutalster Drogen- und Menschenhandel wird ihm zur Last gelegt.

Mögliche Belastungszeugen verschwinden meist spurlos.

Doch wer ist der unsichtbare Helfer im Hintergrund?

Gibt es einen Maulwurf in den Reihen der Polizei?

Wieder werden die beiden Ermittler in einen Einsatz hineingezogen, der sie, wie schon im ersten Band dieser Reihe, an die Grenzen treibt. Als sie bereits an den sicheren Zugriff glauben, hat der Teufel längst die Falle gebaut.

Alle Thriller der Reihe sind zwar abgeschlossen und könnten auch unabhängig voneinander gelesen werden. Doch der Spannungsbogen ist größer, wenn die Reihenfolge eingehalten wird.

ISBN 978-3746067858
Band 1 aus der Serie Spelzer/Hollmann

Als Taschenbuch und Ebook in allen Buchhandlungen und Online-Shops.

Inhalt:

Der Wald rund um die Ruine der Essener Isenburg - eine Oase der Ruhe und des Friedens. Das ändert sich mit dem Fund einer ersten, grausam zugerichteten Leiche.

Kommissar Sven Spelzer, als erfahrener Leiter der Mordkommission, begegnet einem Serienkiller, der präzise seine unvorstellbaren Taten plant.

Der Täter preist seine Morde als Kunstwerke.

Wenn bisher ein System sein Wirken steuerte, so ist es die Gier Außenstehender, die eine unfassbare Lawine der Gewalt auslöst.

Gemeinsam mit der Rechtsmedizinerin Karin Hollmann begibt sich Spelzer auf die Suche nach dem Wahnsinnigen. Sie ahnen nicht, welche Hölle die Bestie schon für sie vorbereitet hat.

Kalendermord - der erste Fall für dieses Ermittlerteam, der sie sofort an ihre Grenzen zwingt.

242

ISBN 978-3744873024

Als Taschenbuch und Ebook in allen Buchhandlungen und Online-Shops.

Inhalt:
„Gib diese Frau auf, denn die Zeit auf dieser Erde ist endlich ... besonders für sie."

Die Warnung ist eindeutig, die der erfolgreiche Schriftsteller Jan Hellman
in dem Umschlag vorfindet.
Niemals wieder hat er eine Verbindung eingehen wollen. Die Trennung von Claudia
saß noch wie ein Stachel in seinem Herzen. Sein Single-Dasein war beschlossen.
Doch das Schicksal hatte eigene Pläne gehabt. Sandra veränderte alles.
Jetzt aber hält er diesen Drohbrief in den Händen.
Bei Jan Hellmann und den eingeschalteten Ermittlern keimt der Verdacht, dass ihn der
Gegner gut kennen muss.
Lebt der Verursacher dieser Grausamkeiten in einem vertrauten Umfeld?
Ekelige Tierkadaver und weitere Drohbriefe verstärken die Angst.
Perfekt getarnt treibt der Täter sein perfides Spiel. Die Einschläge, die Opfer und Poli-
zei weiter rätseln lassen, kommen immer näher, werden immer brutaler.
Eine Liebe, an deren Erfüllung sich mit jeder gelesenen Seite die Zweifel mehren.
Eine Beziehung, die direkt auf den Vorhof der Hölle zusteuert.

H.C. SCHERF

THRILLER

Der Flug der Libellen

ISBN 978-3744869997

Als Taschenbuch und Ebook in allen Buchhandlungen und Online-Shops.

Inhalt:

Seit Jahren verschwinden Prostituierte im Ruhrgebiet.

Keine Leichen. Keine Spuren.

Nichts kann den Killer aufhalten.

Die erst 10jährige Andrea Lesbe und ihr gleichaltriger Freund leiden schon in der
Schule unter Mobbing. Die Mitschüler machen ihnen das Leben zur Hölle.

Was die Kinder zu diesem Zeitpunkt nicht wissen können:
Ein Hurenmörder beginnt gleichzeitig sein perfides Werk.

Unaufhaltsam verbindet sich ihr Schicksal mit dem des irren Killers.

Als Andrea als Erwachsene wieder in ihre Heimatstadt Essen zieht, trifft sie nicht nur
auf den einstigen treuen Freund.

Sie begegnet auch einem geheimnisvollen Fremden, der sie magisch anzieht.

Hauptkommissar Schlicht ermittelt mit seiner Soko seit 16 Jahren erfolglos im Fall
eines vermissten Kindes und der beängstigenden Mordserie. Erst als der Killer die
Abstände seiner grausamen Taten verkürzt, finden sich erste Spuren.

Damit das Geheimnis um den Serienkiller gelüftet werden kann, müssen die Beteiligten in den Vorhof zur Hölle hinabsteigen.

Erst dort begegnen sie der grausamen Wahrheit.

»Ein Thriller, der die schmale Kluft zwischen Normalität und dem menschlichen
Wahnsinn spannend beschreibt.«

ISBN 978-1511436229

Als Taschenbuch und Ebook in allen Buchhandlungen und Online-Shops.

Inhalt

Die beschauliche Idylle des Sauerlandes möchte der aus Kanada stammende Schriftsteller Patrick Schreiber eigentlich nutzen, um Depressionen und Alkoholprobleme in den Griff zu bekommen. Der Herbstwald offenbart ihm allerdings ein schreckliches Geheimnis und einen Serienmörder, der ihm weit überlegen scheint. Mit Gewalt wird er in einen Sog aus Mord, Lynchjustiz und Intrigen gezogen. Um diese ungewöhnlich brutalen Frauenmorde aufzuklären, schaltet sich der bärbeißige LKA-Mann Franz Kalkove ein.

Fehlende Spuren lassen die Ermittlungen lange ins Leere laufen. Weitere Morde können dadurch geschehen. Die Dorfgemeinschaft entpuppt sich als trügerische Fassade. Erst als sich diese beiden eigenwilligen Typen solidarisieren, scheint eine Lösung dieses Falles möglich. Dazu müssen Schreiber und eine alte Liebe aber erst durch eine wahre Hölle gehen.

Mit Wortwitz wird der Leser durch das Geschehen geführt, ohne dennoch auf den erwarteten Grusel verzichten zu müssen. Nach der Lektüre wird man die kleinen Orte und Wälder rund um das sauerländische Winterberg mit ganz anderen Augen sehen. Nichts wird mehr so sein wie vorher.

GESTOHLENE ZUKUNFT

Thriller

ISBN 978-3741275203

Als Taschenbuch und Ebook in allen Buchhandlungen und Online-Shops.

Inhalt

Täglich gibt es in Deutschland etwa vierzig Fälle von Kindesmissbrauch. Die Dunkelziffer ist jedoch höher, denn viele Opfer und ihre Angehörigen schweigen, aus Scham, aus Angst. Heilt die Zeit diese Wunden? Kann der Mensch erlittenes Leid vergessen? Tina muss sehr bitter erfahren, was es bedeutet, wenn Gespenster der Vergangenheit lebendig werden. Wohlbehütet aufgewachsen, begegnen ihr plötzlich Grausamkeiten, die sie sich nie hätte vorstellen können. Die Gräueltaten eines Sexualtäters verknüpfen sich unaufhaltsam mit dem Schicksal ihrer Familie.

Ein Thriller, der nicht loslässt. Er nimmt den Leser mit in eine Welt, die direkt neben uns existiert. Eine Welt, mit der viele Menschen selbst Erfahrungen sammeln mussten und es aus unterschiedlichsten Gründen totschweigen.

Der Autor möchte mit seiner Geschichte nachdenklich machen und zu Diskussionen anregen. Gibt es hier nur Schwarz und Weiß, nur Gut und Böse?

Eine Geschichte, frei erfunden, doch grausam nah an der Realität.

ISBN 978-3741226458

Als Taschenbuch und Ebook in Online-Shops und im Buchhandel

Inhalt:

Als Nicole Manfred Kirchner begegnet, glaubt sie, den Richtigen für ein blei-
bendes Glück gefunden zu haben. Als das Monster die Maske fallen lässt, ist es
schon zu spät. Nicole muss einen sehr hohen Preis bezahlen: Sexueller Miss-
brauch, grausame Misshandlung und kriminelle Machenschaften treiben Nicole
fast in den Freitod.
Ihr Weg kreuzt den eines älteren Mannes. Nun erfährt sie, dass es auch Menschen gibt, die Hilfsbereitschaft und Freundschaft über ihre eigene Sehnsucht
nach Liebe stellen. Doch Manfred Kirchner ist nicht der Mann, der sein Opfer so
schnell aus den Klauen lässt. Das Schicksal treibt ein makabres Spiel und zwingt
zwei Menschen an die Grenze des Zumutbaren.
Wird Nicole sich befreien können? Erkennt sie das wahre Glück und greift
danach? Kennt das Glück wirklich kein Erbarmen?
Der Autor lässt den Leser wie schon in seinen beiden vorangegangenen Roma-
nen tief in die dunklen Seiten des menschlichen Zusammenlebens eintauchen
und bietet viel Stoff für Diskussionen.

Als Taschenbuch und Ebook in allen Buchhandlungen und Online-Shops.

Inhalt:

Alfred Reimann, dreiunddreißig, Single, gut aussehend, Jungfrau.
Bis heute lief das Leben des liebenswerten Finanzbeamten und seiner Teddy-
dame Bienchen in geordneten Bahnen. Noch weiß er nicht, dass sich dieser
Zustand mit dem Einzug der süßen Nachbarin Verena ändern wird. Ein glück-
licher Umstand führt sie zusammen.
Seine Mutter ist davon alles andere als begeistert, denn in ihren Augen wollen
junge Frauen wie Verena nur das Eine. Und dieses Chaos wird sie zu verhindern
wissen!
Mithilfe von Verena und dem kauzigen Pfarrer Hollerberg stolpert Alfred in das
eine oder andere Abenteuer. Ob er auf den Reisen sein Glück findet, bleibt abzuwarten ... Ein rasanter Liebesroman mit dem gewissen Schmunzelfaktor.

248